明
室
Lucida

照亮阅读的人

无罪者

[奥]赫尔曼·布洛赫 著 李晓艳 译

Die Schuldlosen
Hermann Broch

目 录

声音的寓言 001

声音：1913 007
 Ⅰ 伴着微风启航 015
 Ⅱ 条理的构思 030

声音：1923 045
 Ⅲ 浪子 050
 Ⅳ 养蜂人之歌 087
 Ⅴ 女仆策琳的故事 098
 Ⅵ 惘然若失 131
 Ⅶ 参议教师扎哈里亚斯的四次演讲 150
 Ⅷ 老鸨之歌 187
 Ⅸ 买来的母亲 201

声音：1933　　　　　　　　　　257
　　X　石客　　　　　　　　　270
　　XI　乌云飘过　　　　　　 308

成书记　　　　　　　　　　　321
在地狱中寻找家园　　　　　　328

声音的寓言

拉比利未·巴尔·凯姆乔生活在两百多年前的东方，享有盛誉。一天，众弟子前来请教：

"拉比，为什么主——他的名字为圣——在开始造物时要发出声音？如果他打算用自己的声音来称呼光、水、众星、地和地上的活物，并把它们唤来，从而使它们全都听到自己的声音并遵从自己的命令，那它们此前必然就已经存在。然而它们中并无一物如此，并无一物能够听到他的声音，因为他在发出声音之后，才把一切造出。这就是我们的问题。"

拉比利未·巴尔·凯姆乔扬起眉毛，颇为不悦地答道：

"主的语言——和他的名字一样为圣——就是沉默，他的沉默就是他的语言。他的看见就是盲目，他的盲目就是看见。他之为即不为，他之不为即为。回家想想吧。"

他们忧伤地离开了，因为他们显然激怒了他；次日他们惶恐迟疑地回来了：

"请原谅，拉比，"他们选出发言的那位畏畏缩缩地说起来，"昨天你告诉我们，对于主——他的名字为圣——来说，为与不为是一件事。但是他在第七日安息，他自己为什么要把为和不为区分开呢？他只需要一口气就能做成一切，又怎么会劳累需要安息呢？难道说造物如此劳神，需要他发出声音来为自己提神打气吗？"

其他人对这番发言点头称是。拉比注意到，他们正在紧张地观察着自己是不是又要恼怒，于是就抬手掩嘴，免得被他们发现自己胡子后的笑意。他说：

"让我用反问来回答。为什么他——他的圣名已经宣告了自己的身份——要让天使围绕在自己身边？是为了襄助他吗？但他不需要任何襄助。明明可以自足，为什么他还要被他们环绕？现在回家想想吧。"

他们回了家，因为他的反诘而大伤脑筋，反复思量了半夜后，他们清晨回到老师那里，高兴地对他说：

"我们相信已经理解了你的问题并且能够作答。"

"愿闻其详。"拉比利未说。

于是他们就坐到了他的面前，派发言人阐述他们的想法：

"因为，哦，拉比，根据你的解释，对于主——他的名字为圣——来说，沉默和言说，以及所有对立的一切，都相当于同一种事物，所以他的每一次沉默中也包含着言语，但是他觉得，没有人听的言说就像在没有造物的虚空中作为一样毫无意义，于是，为了实现他神圣的特性，他屈尊让天使们围在他身边凝神谛听。因此他在命令造物时，他的声音是对天使们发出的；伴随着整个伟大工作的完成，他们精疲力竭，需要休息。所以主在第七日和他们一起安息。"

拉比利未此时突然放声大笑，把他们吓了一跳；拉比笑着，胡子上方的眼睛笑成了一道缝：

"你们就这样把主——他的名字为圣——当作一个爱在天使们面前讲笑话的人吗？当作年市上拿着小棍敲敲打打、宣布戏法开演的魔术师吗？我差点觉得，他造出你们这样的傻子，就是为了像我刚才那样，来看笑话。因为确确实实，他的严肃就是大笑，他的大笑就是严肃。"

他们很羞愧，但是看到拉比如此开心又非常高兴，于是请求道：

"请再指点一下我们，拉比。"

"我会的，"老师回答说，"我会再利用一个反问来帮助你们。为什么上帝，神圣的主，明明瞬间就可以造出万物，却用了七天？"

他们回去商量，次日来到拉比面前时，他们知道自己已经离答案很近了；他们的发言人说道：

"你向我们指明了道路，拉比，因为我们已经认识到，主——他的名字为圣——创造的世界存在于时间中，因此万物，由于它们也属于造物，需要一个开端和尽头。然而要有开端，时间必须在此前就已经存在，为了造物开始前的时间段存在，才有天使们在场，这样他们就能扇着翅膀穿过时间并承载时间。没有天使，就不存在上帝的无时间性，按照他的决定，时间就嵌在这无时间性之中。"

拉比利未看起来很满意，他说：

"现在你们上了正道。你们的第一个问题，圣明的主为造物而发出声音，——如今考虑得怎么样了？"[1]

弟子们答道：

"我们花了不少力气，才想到刚才我们讲的这一点。但是对于上一个问题，也就是我们的第一个问题，我们还一筹莫展。你现在又对我们和善起来，所以我们希望，你可以告诉我们答案。"

"我会的，"拉比说，"而且会说得很简短。"

于是他开始说起来：

"在他——他的名字为圣——创造的或将要创造的每一样事物中，都进入了——又怎么会不呢——一部分他的神性。但什么既是沉默又是声音？千真万确，在我所知的万物之中，首先就是时间具备了这种双重性。是的，就是时间，尽管它把我们环抱并穿过我们而奔流，但它对我们而言同时也是静默和无言；而当我们老去，学着侧耳倾听过往时，我们会听到一声低语，这就是我们所背离的时间。我们倾听的过往越

---

[1] 本书部分标点符号使用情况与中文稍有不同，为尊重原著因此保留原文的用法。下同。——译者注（本书脚注均为译者所加）

是久远，我们倾听的能力越是强大，我们就会越清晰地听到时间的声音、时间的沉默，圣明的主为了自己、也是为了时间的缘故创造了时间，这样时间才能塑造我们。越多的时间流逝，时间的声音对我们来说就会变得越强大；我们随着时间成长，我们会在时间的尽头抓住它的开端，并听到上帝造物时的召唤，因为那时我们会听到圣明的主的沉默。"

弟子们沉默着，大为震动。拉比没有再发一言，而是静静地坐着，双眼紧闭，于是他们轻轻走了出去。

声音

1913

1913年——，为什么你一定要创作？
为了再次遥望我的青春。

一对父子，已经行进多年：
"现在我累了，"儿子突然说道，
"到底要去往何方？
现在比来时可怕得多；
天气糟糕，危机环伺，妖魔当道。"
父亲答道："在神圣的指引下，
进步不停。谁人敢提！
你用怀疑和惶恐的张望干扰了进步；
因此闭上眼睛盲目信任吧！"
儿子回道："我感到一阵寒意——，

你仍未感到任何痛苦吗?

我们已经——哦看看吧——陷入魔道,

我们的进步——哦看看吧——是原地踏步;

我们脚下的根基被抽走,

我们如毫无分量的鸿毛般来回飘荡。

我们的行进只是假象;它缺少空间。"

父亲答道:"每一次的进步不都美妙地

给人类打开了无限的广阔吗?

进步通向无限;

你却将其当成妖魔。"

"咒骂进步也好,歌颂进步也罢,

进步本身为我们打开了空间,

没有空间,任何人都无法前进一步,

没有空间,人就会失重。

新的世界观是:

灵魂不需要进步,

但它极为需要新的重量。"

行进中的父亲摇了摇头:

"我儿的反应已经过时。"

啊,秋日里的春光,

从来没有比这秋日里更明媚的

春光。

在狂风骤雨来临之前,

已逝之物、风教纲纪、可爱的宁静
再次盛放。
连战神马尔斯都在微笑。

必须承认，鉴于人类加诸彼此的种种苦难，
战争不是最糟的一种，但它绝对是最蠢的一种，
从战争，从万物之父那里，
愚蠢根深蒂固地
在人类世界中传承。
你瞧着，你等着！
因为愚蠢毫无想象力；
它闲聊抽象，空谈神圣，
扯什么乡土根基和国家荣耀，
吹嘘应该要保护
那些妇女和儿童。但是落到实处，
他们开始沉默，他们想象不出
男人们
被撕碎的脸庞、身躯和四肢，
同样也想象不出
他们加诸忠诚的妻子和可爱的孩子们
的饥饿。这是愚蠢，
真正让上帝怜悯的愚蠢，
同时也是哲学家和诗人的愚蠢，

他们满脑、满口地
鼓吹着战争的神圣；
他们当然也该提防街垒上冷冷飞扬的旗帜，
因为那里同样也潜伏着抽象的空话，
孕育着灾祸、血腥而又冷血的不负责任。
你瞧着，你等着！

在曾经不能被称作空间的太空中，
因为所有天使都位列其中，
所有圣徒均在其侧，
灵魂曾经就哥特式地栖居在那里。
它既不需要根基，也不需要穹顶甚或进步，
因为它的行进是悬浮，
由上方支撑，一种相互交织，
无限和永恒地趋向完美。
然而在这里，由于无限已经在示意，
精神再一次被退回，
回到此岸的空间中，因为它必须重新获得空间
作为收益，
接受高度、广度和深度作为
存在的无限形式：这就是知识，
如今在鲜血、痛苦和妥协中
变成进步，它的新开端

混杂着巫术和异端，粗野中深深的
信仰分裂，
冷酷如恶魔般地折磨，但又
远离人性，
巴洛克有见地地愿做任何研究，
它又一次在尘世的图景中预感到了无限。
但是和从前一样的游戏——，几乎被精神抵达，
无限又一次溜走，指向更为陌生的空间，
指向认识的边缘，指向那些词哑声息的
冰冷的梦，那里连图景都
摇摇欲坠：
这里的尺度不再是尺度，没有天使栖居，
没有誓约有效。
这是失去方向的灌木丛，远和近
可怕地滋生与交织，沸腾，如巫婆的锅一般，
时冷时热，因为一种没有空间的无法测量的
空间在这里诞生，新时代的空间，
再一次向着痛苦出发——啊，此心悠悠——，
再一次向着战争出发——啊，罪孽重重——，
为了人类的灵魂重生。

这是平民青年的伟大时代，
他们思考爱情、金钱和此类的事情

并且完全乐意牺牲其他的东西，
怀着嫉妒让一个世界与另一个世界接合：
上帝是一个道具，可用在诗中，
对于那些在报纸中寻章摘句、
把以往的贵族美德看作群氓之罪的人，
政治只不过是蔑视；这使他摆脱了所有义务。
1913年充满了空虚的灵魂噪音和歌剧般的姿势，
然而依旧是美丽的轻微的弧线，
爱情仪式的气息，昔日盛会的余音，
上浆的衣领，紧身胸衣，花边，啊钟形裙的魅力：
啊，与巴洛克作别的最后一个温柔的年头！

即使是历时长久、早已发霉之物，
在作别时也获得了伤感的柔和色调，
啊，昔日！
啊，欧洲，啊，西方的几千年，
罗马条理的生活和英国睿智的自由，
彼此对立，如今却都面临着威胁，
昔日的一切再次矗立，
尘世象征的宜人秩序，
这象征中——啊，强大的教堂——
映照着广博的无限，
宇宙映照在安宁的三和弦中，

在它缓慢的瓦解和同气连声中。

而这曾经正是欧洲的体面,

驯顺的动作,对整体的预感,

在前进中遵循着同一种音乐的线条,

这种音乐——啊,塞巴斯蒂安·巴赫的基督教信仰——

如同尘世的眼睛般仰望,又带着彼岸的烙印,

上与下就这样建立了连接,

文明秩序和自由的事件

平缓地从一个象征移到另一个,

直到最隐秘的太阳,

欧洲的宇宙。

而现在突然眼见着一切齐上阵,

各种图景毫无关联,因迅捷而裹足不前,

几乎不再有象征,有限和无限一起来,

三和弦变得不堪忍受和可笑,

传统使人求生不得;

仙境与冥府冲向彼此,

无法再区分。

珍重吧欧洲,美好的传统走到了尽头。

又奏又唱,

我们开赴战场;

我们不知这样做的缘由,

但是一个个地在墓中安息
或许是乐事一桩。
意中人在家中,温柔不改,
伤心啜泣,
而当大敌当前,
大炮轰然作响,
战士则如骑士般
嘲笑着妇人的眼泪。
哈利路亚,哈利路亚,
我们开赴战场。

I 伴着微风启航

已是深夜，白棕条纹的遮阳凉篷仍然张着，底下是轻便的藤桌藤椅。轻柔的晚风拂过一排排的房屋，拂过林荫路上嫩绿的树冠；让人禁不住以为，这风是从海上来。但这清凉怕是仅仅来自潮湿的石子路，洒水车刚刚驶过空旷的街道。再拐几个弯就是环形大道，从那里传来了汽车喇叭声。

那个年轻人似乎已有些许醉意。他沿着马路走下来，既没戴帽子，也没穿背心；两只手搭在腰带上，让上衣大敞着，尽量让风吹到后背；就像在泡舒适清凉的澡。人二十岁出头时，几乎时时可以感觉到身体里的生命力。

咖啡馆前的地面上铺着由椰子纤维编织的棕色垫子，闻起来有点让人窒息。年轻人略带不安地穿过藤椅蜿蜒前行，不时地蹭到这位或那位客人，微笑着道歉，最终来到了敞开的玻璃门前。

酒馆里头似乎更凉爽。年轻人坐到靠墙的一张皮革长椅上，椅子上方挂着一排镜子；他特意冲着门坐下，因为他想把第一手的阵阵微风吸入肺中。吧台上的留声机恰在此时停止了播放——又吱吱地转了一阵，才让酒馆归于宁静，类似咖啡馆里的嘈杂不堪的宁静——，真是讨厌恶毒；年轻人望向大理石地面，那些蓝白相间的小方块让人想起一种碾磨机叶片的图案；但是其中的蓝方块在中央组成了一个斜十字，一个圣安德鲁十字，而碾磨并不需要这玩意儿——，就是，纯属多余。但是不该受此烦扰。桌上铺着有细微纹理的白色大理石板，他的面前立着一杯黑啤酒；一个个小气泡膨胀、破裂。

邻桌，也是在皮革长椅上，坐着人。他们在交谈，但是年轻人懒得转过头去。两个声音，男声像小男孩，女声有喉音、带着母性。肯定是个又胖又黑的女孩，年轻人心想，现在他有意不把头扭到那边去。刚死了母亲的人，不会在别处寻求母性。他努力回想阿姆斯特丹的公墓，回想父亲在那里的墓穴，他以前从来不愿去想，但他眼下必须去想，因为母亲也被放了进去。

旁边的男声响起："你需要多少钱？"

一声带着喉音的低沉的笑算是回答。那边那个女人真的是深色头发吗？他想到了一个词：深色的成熟。

"你倒是说啊，你需要多少！"这是一个激动的男孩的声音。当然每个人都想给自己的母亲钱。这里的这位需要钱。他的母亲在世时不需要，她什么都不缺。要是能照顾她该多好，因为他的收入——在南非——不断增加。现在没用了。一干二净，百无一用。

低沉的笑声又在旁边响起。年轻人心想：现在她抓起了他的手。然后他听到："你从哪儿来的这么多钱？……就算你有，我也不要。"母亲们都这么说，她们只拿父亲的钱。

为什么他在父亲死后没有回家？他该回的。他那时还在非洲厮混什么呢？他留了下来，没有考虑到母亲也会死。现在她死了。当然，人们没有及时给他发电报，但是按理说他该预料到。她死后六周他才到达阿姆斯特丹。他现在还在巴黎干什么呢？

年轻人望向地面，望向那个圣安德鲁十字。整个地面都覆盖了细小的锯木屑，它们在铸铁的桌子腿底座周围堆成了一个个小山丘。

片刻之后，年轻人心想：很可能一百法郎就能帮到她。要是知道该怎么做，我会很乐意给她一百，不，两百，三百法郎。如今我又有了荷兰的遗产，这笔钱我不会动。父亲以前总是担心我会把它挥霍掉。要是他现在看到我，会不会失望？不，我不会碰他的钱。我只是把它好好存了起来，稳妥但有利息。父亲肯定想不到。他又思考了一番自己新的资本投资的利弊。

他因此漏掉了旁边的对话。现在他又竖起了耳朵，男声说道："我是爱你的。"

"所以你才不能谈钱。"

年轻人心想：两个人都在发出自己的声音，两张嘴都在发声的同时喘息，在离他们几拃远的地方，可能就在他们的桌子上空，在桌子后面的不远处，这些喘息的声音交汇到了一起，彼此结合。这就是爱情二重唱的本质。

的的确确，再一次清晰可辨："我是爱你的，那样地爱你。"

一个低声的回答传过来："啊，我的小家伙。"

现在他们接吻了，年轻人想。幸好对面没有镜子，否则我就看见他们了。

"再来一次。"女人低沉的声音说道。

我愿意为此给她四百法郎，年轻人想，并且查看了一下自己鼓鼓的钱包是否还在——为什么，见鬼，我总是要随身带这么多钱？我要以此来引起谁的注意呢？四百法郎就能让她幸福。但是小男孩般的声音说出了他想说的话：

"你一下子就要这么多吗？……分期我可能会弄到。"

那个小子大概和我同龄，年轻人想，至多年轻一点点。为什么他不赚钱？该教教他，赚钱有多容易。我想向他建议，随我到金伯利去。就我来说，他把她带上才好。

"我宁愿死，也不愿意拿你的钱。"

喂，年轻人想，这样不对，她可不能和我这么说话。我知道了，我知道了，她想给他省钱；她宁愿养他，用勺子喂他，可她想活，她得活，而活着就需要钱，臭钱。但是她想和谁一起生活？想和谁一起生活呢？和他吗？如果我给她五六百法郎，她就会和我一起生活并且背地里养着他。要是她要了他的钱，她可能就会和他一起生活，但那样他就不再是她的小家伙，她要避免这种事发生。这样不好。如果她能死去，当然对他来说会更好；但是她死不了，更不会去自杀。实际上要保护这个小男孩,让他不要受到这个女人的伤害。但是没法再顺着这个想法想下去了,喝了些酒以后,不是每个念头都能想到底。

与眼前的啤酒不相干。他已经把最后一杯一饮而尽,觉得有点晕。胃部像是黏附着什么冰凉的东西,衬衣紧贴着,连深呼吸都无法再找回刚才的舒适感;有个母亲般的女人在身旁该多好。

他自顾自地笑了:如果我自杀,把我的钱留给她,所有这些美妙的臭钱,那她就可以养活那个小子,要是她能再效仿我去自杀,那个小子就完全摆脱她了;这样才好,或者说应该会好,因为我不打算自杀,没想自杀。为什么我现在会这么想呢?

柜台后有个有点老气的女人在走动,身穿一件半粉不粉的连衣裙。当她与那边的服务员说话时,可以看到她的侧脸,她的上下颌之间形成了一个三角形,一开一合。一只雪白的大安哥拉猫悄无声息地跃上吧台,舔了舔身上,便一动不动地坐在那里,鼻头粉红,瞪着圆圆的蓝眼睛观察着酒馆。

我真高兴,看不到坐在我旁边的那个女人,他想。突然,完全出乎他自己的意料,他低声说道:

"大可以自杀。"

说了这句话,他为此惊骇不已:这就像是对他听到的一声呼唤的回答,但他并没有听到;尽管如此他还是知道,有人唤了他的乳名,命令他停止玩耍,命令他回家。他思索着:

要是我没有名字，她就不能呼唤我，唤了我我就得跟她走；要一直听妈妈的话，她是这样教我的，必须随她到坟墓中，不能独自苟活。尽管不得不杀死自己非常可怕，但是只能如此；对就是对，必须公开说出来：

"只有死亡才能阻止我们有新的交织。"

此时这句话作为他的一部分自我似乎清晰地站立在空气中，一定程度上刻入空气，同时本身又构成了他说过的话的一个证明。因为现在可以期待着，他刻入的声音将会与其他两个声音交织，他测定，可能会交织在他面前的哪处空气中：刻好的图像正正好就在那儿，离他约八九英尺远。现在成了三重奏，他想。他凝神倾听，另外两人对此作何反应。但是他们大概没有注意到，因为那个女人半是好玩半是害怕地说：

"真希望他现在能来！"

"他会杀了我们，"小男孩般的声音回答道，"至少会杀了我，要是他误打误撞来了这里……他不可能来的。"

两个人净说废话，年轻人想，他们说的这个人，明显是某类仇人，某种考官和法官，一种刽子手，会把他俩宰掉。我必须得安慰她：

"他不会来的。三年前死于心力衰竭，在阿姆斯特丹和鹿特丹之间的火车上。"

"给我一根烟。"女人说，她的声音听起来确实平静下来了。

好，她懂了，年轻人点点头，我要来杯苏格兰威士忌压压惊。他喊过服务员来点了一杯。

喝完他觉得自己真的舒服多了，甚至非常惬意。接着喝："服务员，再来一杯！"是的，让我们继续。他们聊些这么可怜巴巴的废话。死人应该走出坟墓，杀死他们。骑士长。石客[1]。只有歌剧中才有，诸位，只在《唐璜》中。突然他脱口而出：

"但他现在就会前来，算个一清二楚。"

可站在他面前的只是手拿威士忌的服务员，服务员觉得很有意思，禁不住笑着重复："但他就会前来，已经前来。"

自然，旁边的女人当了真："说不定还是离开更好。"

"对。"年轻人说。说不定确实很危急，说不定那就是石客，而不是服务员，来索要，而不是送交。

"你别惊慌失措，"小男孩般的声音央求着，"我们在大街上遇到他的可能性更大……他怎么也不会碰巧撞进这家酒馆。"

不要这么草率，小子。要是他能误打误撞进到医院，带走母亲，为什么他就不能撞进这家酒馆呢？医院里的医生们说过，不得不给她做了胃部手术，但手术损伤极大，就算机体更为强壮也很难扛过去；不过并没有证据证明，他没有强迫她自杀。

旁边的女人答道：

"在大街上至少还能逃跑。"

---

[1] 骑士长和石客出自莫扎特创作的歌剧《唐璜》，骑士长被荒淫的唐璜所杀，后以石客的形象要求唐璜悔改，唐璜拒绝后下了地狱。另外，本书后文出场的埃尔维尔、策琳等人物也出自这部歌剧。

无处可逃，我亲爱的。如果您逃跑，他就会射向您的背部。只有一种保护方式，那就是无名无姓。没了姓名的人，就没法再去召唤他，他们就没法再召唤。谢天谢地，我已经忘了自己的姓名。他从自己的小匣子中挑了一根烟出来，惬意地点上。

"我们将会远走高飞，亲爱的，走得远远的……没有什么事什么人能再来烦扰我们。"男孩的声音响起。

所以说你还是开窍了，我们去非洲，赚钱。正合我意。只不过，这烟我抽不来，半点都抽不来，不合我意。真讨厌，我得要杯热牛奶。

邻桌的女人突然接过了话头："服务员，请给我来杯热牛奶。"

现在我们进展顺利，年轻人心想；声音的交织无可指摘地进行着，命运的交织会紧随其后。现在我该脱身逃跑。为什么我还要放任自己交织到这两人的命运中？我想塞给她一张一千法郎的钞票，然后消失。他们与我无关。我孤身一人，这样我才能最大程度上免受他的伤害。要是我和他们待在一起，就没法从他的手中逃脱。

"亲爱的，亲爱的，亲爱的……"旁边的小子央求着。

这两人没有对彼此的称呼吗？还是他们已经知道了名字的危险？这就情有可原了；但我还是要提出批评。就是啊，我亲爱的，您也太不像位母亲了；母亲为孩子起名，就算危险再大，也不能阻止她使用这个名字。

"我们是在公共的酒馆里。"女人觉得抱歉，可以感觉到她指了指服务员。

服务员的光头像面镜子。不忙的时候，他就倚在柜台上，女收银员嘴巴一张一合，起劲地向他说个不停。幸亏听不到这两人在说什么，要不然他们的声音也会交织到声音的命运、命运的声音的线团中，搅到一起，但是每一条命运、每个人又都孤苦伶仃：这线团就在我的脖颈上威胁着我；我又渴得要命。

女人点的热牛奶送来了，女收银员把剩下的倒了一些到托盘里。"阿鲁埃特，"她要引安哥拉猫过来，"牛奶，这里，这里，阿鲁埃特。"阿鲁埃特高傲迟疑地起身，越过柜台向牛奶盘踱去。

很可能那个女人现在同样也在小口地舔着她的牛奶，因为男孩的声音赞赏地说着：

"啊，我是多么爱你……我们永远都会心意相通。"

"心意相通是交织，"年轻人说，"这我懂。要是事物没有名称，就不会心意相通，但是也不会发生什么灾祸。"他心里想：我已经酩酊大醉了，无名无姓，酩酊大醉，我再也没有名字了；母亲死了。

女人回答了吗？她回答了：

"我们相爱，一直相爱，至死不渝。"

"那个人会来而且开枪，在此期间你尽可以心平气和，我仁慈的小姐。"年轻人非常满意，因为他发现了中央灯在服务员光头上的反光：光头是光头，灯是灯，手枪是手枪，在种种名称之间横跨着事件，因此如果没有了名称，世界就会静止；

但是我的口渴是口渴,可真够渴啊。

此时有个男人踏进酒馆,微胖、留着黑色髭须,从那泛着红血丝的脸可以推断出,他很容易中风。他没有四处张望,而是径直走向吧台,倚在那里,从口袋里掏出一份报纸看起来——一名不需要亲自点单的常客。女收银员自然而然地推给他一杯苦艾酒。

年轻人心想:他们没有看见他。他大声说道:

"现在他来了。"

没有任何动静,连倚着吧台的男人都没有转身,他就大喊了起来:

"服务员,再来一杯黑啤酒。"

在口渴和啤酒,在这两个名称之间,舒适地横跨着喝酒这一事件。

外面的风大了些,遮阳凉篷垂下的帘子也动了起来,在底下藤桌旁读报的人,时不时就得快速抚平被风吹皱的纸张,发出沙沙的响声。

不管怎样,倚在吧台的男人比读报的人要有趣,正在观察着他的年轻人突然觉得,那人手里的报纸拿反了;这是一种错误的、侮辱性的印象,因为吧台的女人转过了身来,那个男人明显在谈论刚才读过的内容,因为他一再用长着黑毛的手背和手指节骨敲打着报纸的某处。

这个人读到些什么呢?什么让他如此激动?简直让人担心他会因为激动而再次中风。一种毫无疑问的可能性是:那人在报纸上已经读到了对自己的审判，发现对他谋杀的审判已经印了出来，这就够怪了，更怪的是，由此不仅确定了未来，而且等级也随之颠倒——，人们怎么敢对一名法官和考官进行审判？杀死那个小子、杀死那个女人、杀死他们所有人，难道不是他的权利，他天经地义的权利，他永恒的权利吗？年轻人盯着那里，那个他们所有人的声音和命运交织的位置，从而可以在那里重新与人交织。

"我们在这儿。"变得不耐烦的年轻人说道。

"要是我能筹到钱就好了，"女人说，"可以收买他。"

"我来付钱，"年轻人说，"我……"他把一张百元瑞士法郎的钞票放到桌上，仿佛为了测试这些钱是否足够。

吧台旁的客人对这个动作、对这些钱毫不在意。亏欠必须用生命来偿还。

"不要担心，我不想你担心，"男孩的声音央求着响起，"我……"

什么叫"我"？你闭嘴；没钱的人就该闭嘴。你让我作呕。我愿意付钱，我会付钱。我是我。是我，即便没有名字也是我：

"这里！"

年轻人喊道，年轻人大喊，是为了让那边的那位客人、那位一动不动的客人最终转过身来并发出那声令人期盼的、盼望已久的认出人来时的喊声，喊声加入喊声，命运交叠着命运，交织在那个共同的会合点。

然而什么都没有发生。连服务员都没来；他在外面的露台上忙碌着,白围裙被强劲的风来回刮着。吧台旁的男人一动不动,像石头般一动不动,他把报纸递给了女收银员,继续与她交谈着。这是他对无名无姓的报复——,石头般冷漠的蔑视。

邻桌的女人说道:

"我不担心,相反,我的心中充满希望。但是我的手和脚都像灌了铅,要是他来,我会瘫掉……是时候回家了。"

希望?是的,希望。无名无姓的人,生活在一潭死水中,什么也不会再遭遇;他摆脱了所有的交织:我没有名字,我不愿再有名字;我早就受够了顶着一个强加在我头上的名字四处晃悠,现在所有的名字都让我作呕。只不过,这难道不是一种空虚无用的反抗吗?甚至是一种对呼唤过我名字的母亲的反抗?他几乎带着哭声总结道:

"没一点用……"

"是的,让我们回家吧……"男孩的声音说道。

你想回家?没有自我?无名无姓?没有的事,从来都没有这种事。年轻人觉得一阵虚弱,自己的脸——但旁边那小子的脸说不定也一样——变得苍白。他把手伸向额头,摸到了冰凉的汗珠:我拥有所有的名字,从 A 到 Z 的所有名字,因此我一个名字都没有。

"啊,我亲爱的小宝贝……"女人轻声说道,充满爱意和悲伤。

年轻人点点头。现在她要告别了。我也会告别,无名地告别。我将把所有名字的链条挂在我的自我上。我会从 A 开始,这样我就会成为第一个被考验的人,经受严格考验,生死考验,即使判决已经清楚明白地装在他的上衣口袋里。

吧台旁的男人现在确确实实掏出了左轮手枪,并向服务员演示这种武器如何操作;也就是说,报纸一事只是铺垫,一种非常适宜的铺垫——,为什么所有的事情不能颠倒过来?

服务员在手里掂了掂向他演示的武器,然后用纸巾把枪管擦得锃亮。

不,过分就是过分。服务员根本与此事无关,但愿他事后可以洗刷掉大理石地板上的血迹并撒上木屑。为了让他回归本职,年轻人喊道:"再来一杯黑啤酒!"同时晃了晃手中的百元大钞,这也是对射击手发出的最后的、拼死的,然而毫无指望的信号。那人自然是无动于衷,他继续把手枪拧来拧去,上了膛——他,集法官、考官和刽子手于一身。

小猫阿鲁埃特喝光了它的牛奶,舔了会儿自己的胡子、脖子和尾巴,就明智地蜷成一团睡觉去了。

一名女服务员正在把一些杯子放到吧台上,一长排的杯子,每放一个就发出轻微的叮当声。左轮手枪咔嚓一声。在校音,年轻人想,等所有声音和谐一致,死亡的时刻就到了:到时候我会被甩出去,被他刚刚放入弹仓中的子弹击中,被甩到大理石地板上,甩到大理石的圣安德鲁十字上,就像我注定要被钉在那里一样,钉在我的名字上。我以前不是就叫安德鲁吗?或许吧,我现在已经忘了。不管怎样,安德鲁是以 A 开始的,他请求道:

"从此请诸位称呼我为 A。"

变得更强劲的风又涌了进来，带来金合欢的香气。

"今晚大树和朗朗星辰下的夜色很美。"女人低沉柔和的声音说道。

"在死亡的朗朗星辰下。"年轻人回应道，他不知道自己是否说了这句话。

男孩的声音却说道：

"在这样一个夜晚，死在你的怀里都行。"

"是啊。"年轻人说道。

"是啊，"女人深沉的声音说道，"来吧。"

吧台旁边的男人活动起来。他不慌不忙、从容不迫地活动起来。他先是从收银员的手中把报纸取了回来，再次用力敲击了一下报道他的案子的地方，然后缓慢地把脸转向在场的人，视而不见地扫过他们，但嘴中仍然宣布着判决：

"可以开始处决了。"

法官的声音尽管柔和，但是不容许有半点异议；这声音一直抵达交织点，年轻人仍然着了魔般聚精会神地瞪着那里，那声音就悬在了那里。

A 却——因为他愿意从此被人这样称呼——说道：

"现在链条闭合了，出生和坟墓，两处都有母亲。"

吧台旁的男人不为所动。他胳膊画了个很大的圆，举起枪来，暴露在周围着了魔般呆滞的目光下，然后，把枪藏在背后，坚定不移、让人无处可逃地举步向前——岂不是天从人愿？——朝着 A 的邻桌走来。由于现在到了灾难性的时刻，由于倒流的时间到达了此刻，此刻这一点，死亡的此刻这一点，就在这一点上，时间从未来跃到了过往，啊，由于现在一切又变成了过往，A 于是决定实现下一刻就要把他一同吞没的梦想：第一次也是最后一次弄个清楚；他盯着走过来的那个男人，追寻着他和他选定的方向，望向邻桌。

邻桌空了，两人不见了。同时留声机又开始演奏《胜利之父》。

服务员晃动着餐巾纸，跟在走过来的那位客人身后。A 把那张百元瑞士法郎的钞票递了过去：

"刚才坐在这里的两人付钱了吗？"

服务员不解地看着他。

"我想替他们埋单。"

"付过了，先生。"服务员无动于衷地说道，眼看那位留着黑髭须胡、有中风迹象的微胖客人要坐到旁边的皮革长椅上，他连忙用手里的餐巾纸为他把桌子擦干净。

客人微红的脸庞上堆满了笑意："您别这么诚实，我的朋友。"

他说的是谁？ A 想，是服务员还是我？我真是喝醉了，醉得要命。

女收银员开始清洗那一排玻璃杯。她一个杯子接一个杯子地拿起来，杯子叮当作响，每一个都反射着酒馆里的灯光。阿鲁埃特醒了，不时地用轻快的前爪碰一碰闪亮的杯子。外面的风渐渐弱了。

II 条理的构思

每一件艺术品都必须拥有示范性的内容,必须独一无二地展现整个事件的统一性和广泛性:音乐如此,音乐尤其如此,与音乐一样,一件叙事性的艺术作品在结构上也必须进行有意识的建构和复调性处理。

假设,具有中等广泛性的概念获得了全面的繁殖力,中等阶层的主人公落脚在一个中等的省会城市,也就是昔日德意志的一个小都城中——时值1913年——,我们假设此人是一所高级中学的助理教师。还可以进一步设定,此人,他教数学和物理,凭借着操作精确的小小天赋入了这行,曾经满怀着热情、耳朵通红、扑通跳的心脏中怀着美好的幸福感投入到自己的学业中,当然并没有考虑或追求过自己选择的这门学科的更高的使命和原则,而是坚信,通过教师职务考试之后,不仅可以到达市民在这个专业所能达到的上限,而且也能到达这个专业在智力上的上限。因为平庸的性格很少会考虑虚构的事物和认识，是的，它们在他眼里光怪陆离，他只知道运算问题，分配和组合问题，从来没在意过存在的问题，对于生存涉及的是生活方式还是代数公式漠不关心，他始终只追求"精确的结果"；对他来说，数学由他或他的学生要解的"题目"组成，这些题目同时也是他进行教学安排和解决金钱之忧的问题所在：对他而言，连所谓的生活乐趣都是题目，是一种部分由出身、部分由同事预先确定的状况。小市民的家用器具和麦克斯韦[1]的理论融洽而又势均力敌地相互渗透、四平八稳的外部世界的事物完全支配着他，这样一个人在实验室中忙活着，在学校里劳作着，为学生补习，乘坐有轨电车，有时晚上喝点啤酒，酒后逛逛妓院，有路子去看专科医生，放假时坐在母亲的餐桌旁；边缘发黑的指甲装点着他的两只手，泛红的黄头发装点着他的脑袋，他对作呕所知甚少，但他觉得亚麻油地垫用来铺地很实惠。

可以让这样一个没什么个性、没什么自我的人成为人类兴趣关注点的对象吗？那岂不是可以为任何一件无生命的物品——比如一把铁锹——作传？在人生的重大事件，也就是教师职务考试之后，还会有什么重要的事情发生呢？此时，连他在数学方面小小的思维天赋都开始枯竭，这种主人公——

---

[1] James Clerk Maxwell（1831—1879），出生于苏格兰爱丁堡，英国物理学家、数学家。经典电动力学的创始人，统计物理学的奠基人之一。

名字无关紧要，就叫他扎哈里亚斯吧——的头脑中还会产生什么想法呢？他现在在想什么？他以前想的是什么？他的想法会超出数学试题，延伸到人的领域吗？很可能的是：在通过大学结业考试那段时间，这种思想越来越多地变成一定程度上对未来的希望；比如，他看到自己在自己的家里，看到，尽管有些飘忽，未来的餐厅，在昏暗的夜色中，餐厅里一个雕花美丽的配菜柜的轮廓和图案精美的亚麻油地垫的绿色微光越发清晰地显现出来，可以预感到，这种类型的将来完成时中，一名主妇会被娶进这个房子，但是正如刚才所言，一切都还影影绰绰。对他来说，一个女人的存在实际上是一件无法想象的事情；当他想象未来的主妇时，一团情色的雾霭会进入他的大脑，当那个女人有时作为紧身胸衣、有时作为长袜松紧带显现在他面前时——当时方兴未艾的表现主义的一项图解任务——，他的内心有个声音在抱怨，将来他会对她内衣上的所有污渍和破洞了如指掌，就像对自己的内衣一样熟悉，但是另一方面他又觉得无法设想，一个能用平常的句法讨论平常事物的具体的姑娘或女人，怎么可能会有一种性爱的氛围。干那种事儿的女人，离经叛道；绝不比另一种女人低级，但是在一个完全不同的世界中，这个世界与人们生活、交流和吃饭的那个世界没有一点共同之处：她们就是不一样，是一种有着完全不同的构造的生物，说着一种对他来说无声的或者至少是非常陌生的和非理性的语言。因为，每次到了这些女人那里，就会按部就班地直奔主题，她们从来不会想到要聊一聊抹布——就像他的母亲一样——或是聊一聊丢番图方程——就像女同事们那样。因此他难以理解,从这种纯粹客观的话题怎么可以过渡到更主观的情欲的话题;这对他而言是一种裂缝,这种裂缝的非此即彼(所有性道德的起源)与情欲上的不安同时出现,因此也可以被视作时代艺术放荡不羁的缘由,尤其可以被视作特别的淫游制[1]的缘由,该时期的大部分文学都突出地表现了这种特征。

扎哈里亚斯除此之外不可动摇的世界就在此处有了一道裂缝,这道裂缝或许会把他以往下意识的行为转变为一种人为进行判断的责任。

眼下自然还没发生此类事情。大学结业考试后不久,扎哈里亚斯就被分配到了一个旨在改善教育效果的助理教师的岗位,他开始把现在已经封闭、干干净净扎紧并且轻便的知识包裹切割成一个个小包裹,传递给学生,从而再以考试成绩的形式从他们那里索回。如果学生做不出题来,扎哈里亚斯心里就会想,那个学生想扣下他借来的物品,于是就责骂他冥顽不灵,觉得自己吃了亏。就这样,他觉得每一间他上课的教室都成了存放他一部分自我的地方,正如他租来的斗室中存放他衣服的柜子,因为这些衣服也可以被视作自我的一部分。如果他在学校班级中发现了自己的概率计算,在家中的盥洗台上发现了自己的鞋子,他就会感觉自己确定无疑

---

[1] 区别于专偶制的另一种婚姻制度。

地被托付给了周围的世界，与这个世界有了关联。

由于这样的生活已经持续了几年，早先勾画过的情欲震动也是时候登场了。如果让扎哈里亚斯结交别的而不是近在眼前的补数，也就是他女房东的女儿——她叫菲利皮内——那就是一种非常做作不自然的结构。

这符合扎哈里亚斯对女性的理解，他可以数年心无杂念地生活在一个女孩身边，尽管这一消极因素或许不尽符合女孩的愿望，但他肯定不是一个能理解平民女孩叹息的人。因此可以毫不费力地设定，菲利皮内的幻想，不管她与扎哈里亚斯打没打过交道，现在都在外物上，而且给她安排一个浪漫的性格总没错。比如说小城姑娘普遍天天去火车站，看着经停的快速列车，而菲利皮内很乐意遵循这一风俗。很有可能遇到一位年轻的先生，站在准备开动的火车的车窗旁，朝着不无姿色的小姑娘喊："一起走吧！"这种奇遇瞬间把菲利皮内变成一个傻笑的木桩，而且是一个拖着沉重的脚步回了家，但是又把一种新的梦想带回家的木桩：她只好夜复一夜拖着疲倦的，唉，多么疲倦的双腿啊，追着奔驰而过的火车，火车明明近在咫尺，却又坠入虚无，什么也没留下，却把她徒然惊醒。然而就连在白天，如果放下针线活儿抬眼望去，看一阵苍蝇绕着屋里的灯飞出恼人的不完美的锯齿形路线，火车站的那个场景就会再次出现，比在梦里更加清晰和丰富，并且比已经消逝的现实更加丰富；菲利皮内着了魔般地意识到，她原本可以跳上那列要发动的火车，她明白自己要冒很大的生命危险，她看到，不，她感觉到自己在纵身一跃时不可避免会惊心动魄地受伤，然后她看到自己睡在一等车厢的软垫上，被他牵着手，驶向漆黑的夜；菲利皮内看到了这些，还看到自己向乘务员交了补票的罚款，并给了他一大笔小费，打发他服服帖帖地离开。因此需要抉择的只是，在关键时刻是不是还能抓到她荣誉的紧急制动器，因为这两样都让人喘不上气来。

生活在这种氛围中，她无暇再注意扎哈里亚斯，不是因为她为他缝补的灰色针织袜——连快速列车上的情人她也愿意想象成穿着灰袜子——，大概是由于扎哈里亚斯周日背着背包、用雄羚羊毛做帽饰去郊游时乘坐的是四等车厢；她几乎觉察不到他的存在，即使提到他有退休金也不能让她血流加速。

确确实实，只有时空的偶然才能让这两人相遇；在粗糙的暮色中，由于真正的偶然，他们的手碰到一起，突然之间在男人的手和女人的手之间升腾起的欲望，让他们也惊讶不已。当菲利皮内搂着他的脖子，重复着"我以前不知道，我是这么爱你"，她说的完全是实话，因为她此前确实不知道这一点。

扎哈里亚斯面对这新的情况感到有些不安。现在他的嘴巴满满都是她的吻，眼睛总是看到他们拥抱时的门角，看到他们匆匆会面时的阁楼楼梯。他在讲台旁昏昏欲睡地歇一歇，他有一搭没一搭地讲着教学材料，心不在焉地听着考生的回答,同时在吸墨水纸上写着"菲利皮内"或者"我爱你",但是他从来不按正常的字母顺序来写,而是分散开,这样就不会泄露内心的秘密,所有的字母按照挖空心思想出来的任性的规则分布在整张纸上,过后再把这些神奇的单词重组起来又是一番乐趣。

他疯狂想念的那个菲利皮内,当然只是甘愿仓促性交的那个菲利皮内:门后是情人,在公共场所则是正常的、可以谈论食物和家务的谈话对象,这个女孩对他来说成了一种双重的生物,当他把其中之一的名字深情地画到吸墨水纸上时,另一重对他而言却像一件家具一样无关紧要。

这样一种态度能被任何一个女人毫无知觉地接受吗?不能:哪怕这个女人也是类似的秉性,也绝无可能。菲利皮内也做不到,她肯定已经注意到了。于是有一天,她那女性的认知汇总成了幸福地发现、幸福地选出的那句话:"你只是爱我的肉体。"虽然她说不出,自己除此之外还有哪些可爱之处,她甚至还很有可能忍受不了其他形式的爱,但是她和他都不知道这一点,他们觉得刚刚提出的事实是种侮辱。

扎哈里亚斯记在了心里。到目前为止,他们的爱情游戏都是下午才开始,他从学校回来了,母亲也出门了,他们无声地达成默契,上午由于相对更灰头土脸,被排除在了这种较为美好香艳的活动之外,但他现在努力扩展到了全天,以证明自己爱情的兼容并包。在去学校之前的短暂时间里,他把端来的咖啡吧唧着匆匆咽下时,现在总不忘向她耳语几句真挚热情的话语；以前在阁楼上相会时，两只嘴巴匆忙而且不停歇地寻找着彼此，现在则更多地变成了内涵丰富的无言紧拥和十指相扣。要是他们晚上单独在家——考虑到他的退休金，很容易解释母亲为什么经常不在家——，这段时间如今通常不会在拥抱中被虚度，菲利皮内会要求他继续批改作业，这项工作他在餐厅的桌上顶着煤油灯进行；而她则会踮着脚，清理雕花精美的配菜柜，偶尔才会走到他的身边，亲亲俯在灯下的脑袋，毫不在乎他头上的头皮屑，或者把手搭在他的肩上，有时也放在他的腿上，安静惬意地坐在他的身旁。

只不过，虽然他们的爱现在逐渐进入了更精神化的天堂，但是这片天堂无法驱走与那个无法解决的任务注定相连的不适。甚至不只是不适，因为扎哈里亚斯几乎干脆要对自己不停升华感情的任务而绝望：第一次接吻时的那句"我爱你"虽然出乎意料，但还是脱口而出，而他现在觉得没办法用不断增长的激情来填满这句话，激情的军械库绝不那么容易操控，尽管他一如既往地在吸墨水纸上描着这句话和菲利皮内的名字，但是现在他的内心毫无波澜，而且他也没法再把这些艺术性分离的单词重新组合起来，相反，他愤怒地注视着比以前还要无知的学生。他情感上无止无息的紧张把他内心自在之物的概念推了出去：如果说以前这个存在嵌于他有限的数学知识中，嵌于他与学生交换的有限知识中，嵌于他按照特定的良好秩序摆放的衣服中，嵌于他与上司和同级交往中恪守本分的等级，而这些无疑合理的方面如今在他的自我中已经令人不快地荡然无存——，他刚刚，就像对待其他任务一样，全力承担起的菲利皮内的这个任务，不仅无法完成，而且无穷无尽，因为不能只爱她的肉体，就意味着要追求一个无限遥远的点；就算是调动起可怜的被捆绑在泥土上的灵魂的一切力量，就算是这个灵魂为了这一目标而抛弃现实世界中重要的一切，也就是它所有处理过的形而上的重要经历，它仍然会因无法企及而绝望，而且必然会贬损和否定自我以及它意识到自我存在这个神奇的现象。

所有的无限都是无与伦比、独一无二的。由于扎哈里亚斯的爱情向着无限投射，它也想变得无与伦比、独一无二。但是这就与它成长的局限性相对立。不仅是因为他只是偶然才被分配到了这个都城的高级中学中，不仅是因为他偶然才在菲利皮内的母亲那里租了一间房：现在让他觉得阴森可怖的是这种毫无选择余地、突然被完美化的爱情开端的偶然性，而且他也认识到，当时两手相触而出人意料地升腾起来的情欲，与他在今天骂作娼妓的女人怀中所感受到的那种很难区分开来。当然，如果他只考虑到他本人，他毕竟还可以对这种无与伦比的缺乏不予理睬，但是他不得不合乎逻辑地假设菲利皮内也感觉到了这种缺乏，这种想法非常伤人。因为在对无限的追求中，人或许可以上升到个人体验无与伦比的兼容并包，但是苛求他把伴侣扩展到同样的高度却实在过分：这时，扎哈里亚斯追求无限的力量就只得失灵，他无法感受到菲利皮内爱情的无与伦比、独一无二；他不断地看到情欲的火焰，毫无方向，无从选择，在菲利皮内双手周围熊熊燃烧，尽管确信她的忠诚，但是一想到她可能不忠，他就非常痛苦，比在涉及物质利益时还要痛苦。

就这样，他不光在学校时，而且在面对这个女孩时也变得让人难以忍受。当她按照惯例，来到园中凉亭，亲昵地坐到他的身旁时，他有时会粗暴地把她拉到自己身边，咬伤她的嘴唇，而有时又会粗鲁地把她推开；简而言之，他用最粗野的形式表达着嫉妒。菲利皮内没有意识到自己的罪责，不解地承受着这一危机，找不到任何补救的措施。鉴于从一开始就理所当然同意的亲昵举动，可以把她自己所谓的最后的恩典称作象征性的占有。她很长时间内一直拒绝最后的恩典，在他为了向她证明自己的灵魂有多么爱她，一点也不再表达这方面的愿望和姿态时，她才献出了自己，因为在她直来直去的想象中，现在要在以前鄙视的肉体之爱中寻求疗效，于是热情地向他献上了以往戏谑地竖起手指、不愿交出的身体。可怜的姑娘，她不知道这是火上浇油。因为无论扎哈里亚斯是否拒绝这所谓的恩典，他事后只会越发懊恼，因为他越发清醒地认识到，献给他的一切，原本也可能以同样的热情献给另一个人，所有那些年轻而又优雅的男人中的任何一个；他此前从来没注意到他们的年轻和优雅，而现在，他突然看到他们穿行在初夏的大街上。

他开始四处乱逛。他们所有人不是都嘲笑他，嘲笑痴迷无限、探寻自我的他吗？这些路人，他们轻浮浅薄，不是不只可以享受菲利皮内,也可以享受所有女人的爱吗?!他们不是都嘲笑他吗?就因为迄今为止他一直觉得女人不可亵玩,而在他们眼中女人只是坏娘儿们?他甚至开始怀疑地审视高年级的学生。然后当他回到菲利皮内身边时,他就会勒住她的脖子,理由是,没人,你听着,没人能够且将会像我这样爱你。女孩受宠若惊,眼泪和他的眼泪汇聚到一起,她下定决心,只有死亡才能摆脱这种痛苦。

菲利皮内起了死的念头,她浪漫的性情使各种死亡方式的优点有了改变。他们狂热的爱情也要有个狂热的结尾。但是什么也没发生,既没有山崩地裂,也没有火山喷发,扎哈里亚斯虽然一副痛苦的表情,但每天都去学校,菲利皮内的脖颈和胳膊上则满是瘀伤,于是她说服他做个了结,让他搞来一把手枪。他觉得,连促成这一切的我们也觉得,木已成舟。他口干舌燥、双手是汗地踏进枪支商店,结结巴巴地描述了自己想要的武器,接着立马又抱歉地说,他是在一个人漫游时用来防身的。买来后他藏了好几天,直到一天清晨,菲利皮内端来咖啡后,回过头向他小声说道:"跟我说,你爱我。"为了证明,他把枪拿出来放到桌上,胆怯、专横而又痛苦。

接下来进展迅速。下一个周日他们就会面了,女方还是借口去一个朋友那里,还是在老地方,就像往常一起去散个步那样。但这是最后一次彼此相拥,他们选了一个僻静的可以远眺山峰和峡谷的林中空地,现在他们正向着这块空地走去。但是,压抑的心情令他们再也感受不到以往他们赞叹的美景。他们在森林里漫无目的地逛到了下午，饥肠辘辘，因为食物与死亡并不匹配。他们绕开护林员的房子，尽管或者恰恰因为可以在那里找到牛奶、黄油、黑面包和蜂蜜；绕开华丽的老狩猎屋，黄色墙壁、绿色百叶窗的老狩猎屋从阳光照耀的枝叶下探出头来，友好地向着他们张望。他们越来越饿，最后筋疲力尽地随便停在了两棵树间。"只能这样。"菲利皮内说。扎哈里亚斯掏出枪来，小心地上了膛，轻轻地放到自己身旁。"动作迅速点。"她下令，搂住他的脖子，给了他最后一个吻。

树叶在头上簌簌作响，阳光透过轻轻晃动的山毛榉的叶子，成了一个个小碎块，只能看到一小片无云的天空。死亡触手可及，只需要接纳它，是现在还是两分钟后，或者五分钟后，完全自由，夏日将尽，但骄阳余威不减。只需一抬手就能终结纷繁的世界，扎哈里亚斯觉得，在他和那个综合体之间又出现了一种新的重要的张力：面对做出一个统一的简单决定的自由，这一决定的意志对象也变成了一个整体，它变圆，把缝隙和自身包容在内；因其整体性而易于上手，毫无困难，变成完整性的知识，等待着他接纳或摒弃自己。一种结构产生了，其秩序完全临近终结、澄明消解、充满最高的现实性，他的内心明朗起来。世界的清晰度渐渐远离，随之沉没的还有他胸前姑娘的脸庞，但是两者都没有全部消失，相反，他觉得自己比以往更加投入地交付给了世界和那个姑娘，与他们有了更深的联系，对他们的认识比任何一种情欲都要透彻。星星环绕在体验之上,透过天空中的恒星,他看到新的太阳组成的世界在他知识的法则中盘旋。他的知识已经不在头脑的思维中,一开始他认为在自己的心中感到了大彻大悟,但是这种醒悟延展了他的自我,冲出他的躯壳,飞向星空又折返了回来,在他的内部闪闪发光,用神奇的温和使他冷静下来,它打了开来,变成无数的吻,被女人的嘴唇接住。他把这个女人视作自身的一部分,然而他知道她又悬浮在无限的远方:爱欲的目标,它是绝对,是无法企及的目标,然而当自我穿过它没有后路、毫无希望的孤寂和理想,超越自身及其所受的泥土的捆绑,告别自我,并且把时空抛在身后,在永恒中获得自由本身时,它又是可以到达的目标。就像两条平行线在无限的远方相交,扎哈里亚斯"我是宇宙"的认识与女人"我融入宇宙"的看法也在无限中相遇,并统一为最后的人生意义。因为对安坐在青苔地里的菲利皮内来说,男人的容貌向着越来越远的天空飞去,但是在她灵魂越来越深的地方,混合着树叶沙沙、树木噼啪、蚊虫嗡嗡,以及远方火车的鸣笛声,在人生接受和生发的知识中,越来越感到真相大白的痛楚,这痛楚让人感动和喜悦。不断增长的认识性感受无边无垠,令她入神;同时不能抓住这一感受也成了她最后的恐惧:她闭上双眼,看到扎哈里亚斯的头就在身前,看到它被沙沙声和星星环绕,她微笑着与他相向而对,伏在他的心脏处,他的心跳声与她太阳穴的血液流动声交融在一起。

是的，如此一来这个秘密就可以想象、可以建构、可以重构了，但是也可能是另一番情景。因为自然主义者狂妄地误以为，可以用环境、气氛、心理学和类似的成分来清晰地决定人，却忘了，任何时候都把握不住全部的动机。我们在这里谈论的并不是唯物主义所说的局限性，而只是要指出，菲利皮内和扎哈里亚斯的道路原本有可能通往殉情的极度狂喜，从而在殉情中找到那个无限遥远的点，实现在肉身之外然而又被包含在其中的融为一体的目标，但是这条从卑微到永恒的道路对普通人来说只是特例，一种"非自然的"特例，因此大多会被提前，或者按人们的习惯说法，"及时"中止。毫无疑问，光是共同赴死的决心就已经是一种伦理上的解放行为，这种行为对有些恋人来说可能会强烈到持续一生，终其一生都赋予他们一种价值现实感的力量，一种他们此外永远也不会拥有的力量。然而，人生漫漫，婚姻磨灭了很多记忆。因此首先只能假设，灌木丛中的情形如往常一样笨拙迟钝，这样接下来就可以给他们一个自然的，当然并不一定幸福的结局。深夜，扎哈里亚斯和菲利皮内或许赶上了最后一班火车，像一对新婚夫妇一样——为了庆祝这一天买了一等车厢的座——手挽手回了家。他们将会手挽手地来到担惊受怕、苦苦等待的母亲面前，保留着下午的激情，有资格领养老金的扎哈里亚斯跪到发出绿色微光的亚麻油地垫上，接受母亲的祝福。而森林里一棵树的树皮上被扎哈里亚斯用尖刀刻上了"Z"和"P"两个大写字母，这两个字母盘绕在一起，周围是美丽的心形。很有可能，事情就是如此。

每一件艺术品都必须拥有示范性的内容，必须独一无二地展现整个事件的统一性和广泛性，但是也不要忘记，这种独一无二并不必然包含严格的明确性：甚至可以说，在丰富的可能性中，连音乐始终也只是一种，或许只是一种偶然的解决方案！

声音

1923

1923年——，你为什么必须创作？
为了报道我们所有的失职。

虔诚，也只有虔诚
才能让人超越自我，
当他专注地祈祷，
献身于更伟大的事物，
那么他头颅的正面，
他的脸庞就会变得人性，
存在于他就变得人性和充实，
世界于他就变得充满意义。
因为虔诚，也只有虔诚
才能令人笃信，

没有笃信于他便失了任何意义，
肃然起敬的笃信，
转向更伟大，也因此是
地球上纯粹的谦逊：
助人是善，杀人为恶，
最朴素的绝对，
为之抗争的神圣
总是接近殉道，向着
充实人生纯朴的体面升华，
升华至唯一可以容忍的信仰，
直至朴素的纯净，神圣的近旁。
然而这种信仰及其神圣性，
这种纯朴的体面如果减弱，
失势，而代之以
各种各样神圣无比的信念，换言之，
代之以各种各样、
假扮神圣的意见，
那时就会出现偶像崇拜，
多神教，
从不让人尊崇比自己伟大之物，
而是让他匍匐在比自己藐小之物面前，
就这样，他丧失了人性，
沉迷于自我矮化，最终怀着虚假的崇敬

崇拜自我，却对真正的人性毫无敬畏：这里晃动着

　邪恶，世界的真空，所有的一切都

毫无差别地有着同等分量，一切都有着

同样邪恶的神圣性。

如此一来

各种信念毫无差别，

毫无敬畏，毫不神圣地敌视彼此，

每一种都是最神圣、最绝对，

每一种都意欲铲除其他信念，做好了

谋杀的准备：如此一来

在大量的信念和虚假的神圣性之中

可怕地产生了

真空中嘶哑野蛮的

恐怖统治，

但即便是它也仍然模仿神圣，

从而让人为它快乐地殉道赴死。

而且

当男人们战罢返乡，

离开咆哮着空虚的战场，

发现家中并无二致，技术的空虚

如炮弹般咆哮着，人类的苦痛

和战场上一样，必须蜷缩在真空空间的

一角，被这一空间中恐惧的沙哑笼罩着，

被残忍的虚无无情地笼罩着。
这时男人们仿佛仍要送命,
他们问了一个所有将死之人
都会问的问题:哎,我们把我们的人生
挥霍到了哪里?什么把我们置于
这种虚空,交付给了虚无?
这真的是人类的使命和命运吗?
我们的人生真的
不能拥有这种无意义之外的
其他意义吗?
然而,对这些问题的回答
只能由自己给出,因此
又只是空洞的意见,又只是
空洞的虚无,
嵌于虚无,被虚无塑造
并预先确定,再次滑落到
混乱的信念中,人们被这些信念
逼迫着,再次献身,
再次像战场上那样,
再次邪恶空洞地英勇起来,
再次殉难而死,
再次做出空洞的、永远
也超越不了自身的牺牲。

可怜啊，一个充满了空洞信念
和空洞牺牲的时代！可怜啊，
空虚的没有自我的人！天使自然
也为他落泪，但天使的眼泪
仅为他的无望而流。
走开，诸多的信念！走开，
混乱的信念！走开，邪恶的
神圣性！啊，朴素人生的体面，
啊，朴素人生的绝对性！啊，把
它永恒的正当权利再次归还与它吧！
啊，虔诚的心愿！没有人可以实现，
因为每个人都无辜地
对它的无法实现负有罪责；然而
若谁为了一己私利利用人类的罪责，
那他的罪行一定会受到惩罚；
他会遭到堕落的诅咒。

Ⅲ 浪子

面对火车站大厅成排的旅馆侍者,他犹豫不决。他从这些人身旁走过,把自己的行李箱放到了寄存处。外面下着雨。夏日的雨细密、近乎温柔,笼罩着天空的云层仿佛薄如蝉翼。三辆旅馆大巴停在火车站前,两辆蓝色,一辆棕色。稍远一点的右侧是通往火车站的有轨电车的终点站。

由于旅途劳顿,A 有点昏昏沉沉的。他穿过粗糙闪亮的柏油路,来到一个公园的边缘,想也没想就转身向左,沿着公园外围的人行道走起来。一开始他只看到自己右侧湿润的小草和灌木,或者不如说闻到了它们。潮湿的空气中弥漫着一种松弛的氛围,他一下子便沉浸其中;一棵小树的枝丫从铁栅栏探出头来,他伸出手,让手指抚过潮湿的叶子。过了一会儿他才回过神来、辨认方向。

他的身后就是火车站。火车站构成了一个长长的等腰三角形的广场的底部，三角形的尖儿指向城区，就像一个漏斗一样，把现在自然不存在，但在其他时间段或许存在的人流倒向城里的主干道之一。这与潮湿的天气惬意安宁地融合在一起，新来的人简直要误以为自己正置身于英国某个宁静的温泉浴场。因为这座无疑与火车站同时建造，也就是约在1850到1860年间建造的广场，尽管明显有着城市建设的谨小慎微，但仍然带有严谨优雅的痕迹，这是帝国风格的最后余音，它把新的技术时代与古老的宫廷外观游戏般混合在一起，因为后者的统治仍未式微，而前者尚未完全掌权。如此一来，这个广场便唤起一种虽然冷静却不失隆重的前厅的印象，让人期待更加华丽的内部。三角形的两条腰上立着两排几乎一模一样的房子，无一例外都是三层小楼，体现着那个时代得体、克制的风格，而且由于公园的草坪被明智地沉到平缓的洼地中，显得这些房子就像矗立在碧绿池塘的岸边；把它们与池塘隔开的只有两条通道，这两条通道清净气派的特征直到此时——乘火车到来的人们此刻也消失了——才真正显现出来：偶尔才有汽车驶过，最后甚至有一辆出租马车蜿蜒而来。

两条对称的S形的人行道穿过三角形的公园，并且相交，相交之处立着一个顶着一座大钟的报刊亭；大钟有三个面，分别朝向广场所临的三条街道。指针每分钟跳跃一次。A发现现在指向五点十一分，并与自己的手表做了对比，过五点了，下午和晚上的分界线。他顿时丧失了对这个城市了解更多的兴趣。火车站广场后方是何种景致，对他来说已经变得无关紧要。仿佛火车站仅仅是为了这个三角形的住宅区而建，而火车仅仅是为了这里的居民而停留。其他所有人只能由大巴运走。A突然强烈地想成为这里的一名居民。

他打量着这些房子。其中没有旅馆，连商店都没有。这也正常。要是他没弄错的话，刚下火车就有一家旅店，但是并不在广场这边；窗户和入口都朝向火车站。如果想住在广场这里，想透过窗户望向潮湿闪亮的绿色草坪，想在岸边漫步，就意味着要放弃入住旅馆后全无后顾之忧的舒适。最重要的是，很可能得巡视两排房子，找一找某处是不是张贴着招租的纸条；这个过程肯定不舒适，但是A已经被成排的旅馆侍者吓到了，所以他放弃了舒适，现在只能承担后果。

于是A开始系统化地寻找。他一直走到公园的顶部，快速扫了一眼始自那里的主路，然后缓步沿着左侧的房子向火车站方向走去，并仔细察看每扇门上是否贴有招租广告。到达三角形的底部后，他沿着从那里起始的S形小路穿过公园，又来到顶部，然后沿着右侧的房子走起来，穿过公园后再返回顶部。这个游戏他重复了两次，尽管查看了两圈，他却没有发现一张广告。他该再来一遍吗？还是就这样算了？他觉得一无所获正称了自己的意，因为他越是打量这些房子，内心对陌生房屋和职业包租婆的反感就越是强烈；他看到这些房子装满了家用器具，有床和厨房器皿，从陌生的祖先那里传承下来，他看到了生命机制的密集体——是的，就是密集体——，这个密集体散布在每个房间，然而同时又是一个整体，填满了这两排房子，堆积在这个绿色的三角形周围。

此时报刊亭上方的大钟几乎就要挪到六点，广场右侧的窗户开始闪耀金色的光芒。雨歇云散，大树和灌木绿油油地闪着金属般明亮的光泽。广场也焕发了生机，明显是因为职员们从办公室涌了出来，加上这个点大概有一列火车要驶离火车站：至少可以看到很多人匆匆向火车站的方向赶去。但是也有几个人被新绿吸引，坐到了还略显潮湿的长椅上。

广场由于人潮涌动而发生的骤变并没有真正进入 A 的意识，但他感到自己有了改变。因为不管人的灵魂多么孤寂，寓于一个配备了肠胃的躯体内与它并没有多少相干，就算它对其他同类生灵同样生活在地球上、聚居在一个封闭的广场上无动于衷，然而，只要一看到这样一个生灵，灵魂就会立即与其建立隐蔽的联系，它就会丧失自己的统一性，立即被肢解和扭曲，在意识到尘世与死亡时被分裂于悲喜之间。A 在这个由人力在并不遥远的过去建造的广场上胡思乱想了一个小时，失魂落魄地以为再也找不到一张床容身，而且也想当然地认为自己也不再需要这样的一张床，于是他径直走向由三部分组成的大钟下的报刊亭，扫了几眼挂出来的被雨打软的画刊，买了一份本市发行的地方报纸。在找钱的时候他问报刊亭的售货员，附近是否有合适的单间出租，因为显然周围的人都从这里买报。

报刊亭里的姑娘想了一会儿，然后说道，他或许可以去

W男爵夫人那里问一下；她抬起胳膊，越过柜台指向东侧的一幢房子，说道，那是男爵夫人的房子，她有一两个房间想出租，当然前提是还没租出去。

A注视着那幢房子和它闪闪发光的窗户，奇怪自己怎么没有一开始就去那里打听一下。在一排中规中矩的房子中，这一幢在房门上方建了一个阳台，更加别具特色的是，阳台铁栏杆的底部因装饰着花朵而格外引人注目：红色的天竺葵与闪亮的玻璃交相辉映，就仿佛灵魂单为快乐而生，而且还一直存在、永恒不朽。这自然只是房屋立面，A也知道；他同样知道，在最明亮的，或许可以说最超越时代的立面之后，只有一些又小又暗的房间；他清楚地知道，没有实体的承载就没有颜色的存在，但是在所有的这些知识中诱惑性地、分解式地涌动着空气的蓝色和彩虹令人欢喜的转变；彩虹现在零碎地横跨在广场之上，留下透明的丝丝纹理，让人预感到宇宙的幽暗无垠：一个把黑暗尘世、封闭实体与天空敞开的光芒相连，同时再次导向无限黑暗的刻度盘。或许报刊亭里的姑娘也知道这些，就算她本人不知道，她的手也知道，因为多关节、多血管、多骨头的手指仍然在指向那幢房子，隐蔽地向着房子延伸，那幢死的建筑与活的手指之间的统一也隐而不现，一种交相辉映，闪亮的天竺葵如同温和的中间人一般漂浮其中。就这样，A被隐藏的暗流裹挟着，盯着自己的目标，向着那幢房子迈步走去；就像每一个漫步这里的人都有自己的目标、都被自己的暗流裹挟一样，他也在暗流的裹挟下迈步向前，他，一个被包裹着多层衣服的赤裸的、多关节、多血管、多骨头的人。

人生各个站点上发生的事情大多会被遗忘。但是当 A 此时穿过马路以及向着火车站赶去的稀疏人流时，他突然闪过一个念头：自己永远也不会忘记这一刻，而且愿意在临终之际回想起这一刻，并把它带入永恒的彼岸。为什么恰恰要选择这一起伏不定、难以捕捉的时刻，而不是某个崇高明确的时刻，大概连他自己也无法言明，因为他穿过街道时的轻盈，由高贵的彩虹神奇地转化而来，肢体的放松虽然进入了他的知识，但是并未进入意识的思考中。如果有人问他现在在想什么，他很可能会说在考虑自己期待的房租，或许他会试着回忆自己来这座城市的本意。但是他的尝试不会成功；现在更不可能成功，因为一位女士推门而出，向他走来。她看着上行和下行的两条路，似乎在抉择投身哪条洪流，抑或她只是在期待来宾，是要来迎接和欢迎他？

A 理所当然地问起了 W 男爵夫人和招租的房间。

她瞠目结舌。

"是的，那是我的母亲……"然后她生硬地加了一句："但是我们现在不出租。"

接下去她没有再说一句话，根本没看 A 一眼，一点没注意到他的失望，就又消失在了房里，仿佛她必须返回去保卫家园、抵御入侵。

如果这一切发生在一小时前，雨还在哗哗下着的时候，那还可以理解，但现在这位小姐——显然是位小姐——的行为如此突兀地背离了整个自然环境，简直让A难以置信。要么在可见和可实现之事的内部还有着隐蔽的关联，要么就是出了错，观察上有失误。A壮着胆儿进了门厅。门厅的另一头安了一扇刷着白漆、装了玻璃的门，门外是一座花园，花园和房子同宽，一直向后延伸，延伸出去很远，花园后部的长椅位于房屋阴影的边界之外，在夕阳中闪着湿润的光芒。

厨房里飘出一阵宜人的香气，标志着很快就是晚餐时间，混合着楼梯间白石灰墙的气味。A也知道，只要推开通往花园的门，晚上湿漉漉的泥土和植物的气息同样也会涌进来。一切都井然有序，A又满怀信心地径直走上楼梯。

来到二楼，他站在一扇同样刷了白漆、装了玻璃的门前，门上小巧、闪亮的黄铜牌子上写着冯·W男爵的名字。朝向花园的楼梯窗户反着光，映得门上的铜搭扣金光闪闪，然而老式的铜质拉铃线下却安装了一个现代的电子按钮，破坏了整体性。A等了片刻，然后毅然决然地按下了按钮。

过了好一会儿，门才打开。一个戴着白色女仆帽的老妪把脑袋伸了出来。

"我来租房子。"A说。

年老的女仆退了回去，几分钟后再次现身，请他进去。A来到一个前厅，这里只有入口和对面各一扇门，对面门的玻璃上严严实实地挂着蕾丝窗帘，由于透不进阳光，再加上家具满满当当，给人一种很不友好和沉闷的印象。虽然堆积的不是前厅通常摆放的那些家居用品，而是古色古香的上乘家具，也无济于事。年老的女仆退到一个角落里，监视着等待之人；不久便厌倦了小心翼翼，虽然依旧站着，但垂下了头，用疲倦的眼神盯着陌生的来客。

闻起来有一股霉味。也就是说，诱人的晚餐香味是从别人家飘出来的。A想明白了整个房子的构造，确定玻璃门通向房子中央的大堂屋，而那个装饰着天竺葵的大阳台肯定属于这间堂屋。他迫不及待地想要进去。

玻璃门后有交谈声，两个文雅的压低了嗓门的女人声音：

"房租那么低……我不明白，你为什么还想着把房子租出去。我们今天收到的房租，明天就会一文不值，货币贬值得非常可怕，而且会越来越可怕。"

"终归是笔收益。"

"早晚会花到维修上。"

"哎，别这么悲观。"

"房子里住个陌生人……是位女士也好啊。会觉得一直很拘束。"

"或许拥有男性的保护是件好事。"

一把椅子向后撤去。

"如果你不愿意搞清楚，我们是生活在1923年，而且输掉了一场仗……总而言之，如果我没法说服你……"

"我的天，试一试嘛，我不明白你为什么要这么抗拒。"

"好吧，我会请他进来……但是我走了，我一点都不想掺和。请原谅。"

上述对话在礼貌和平静中完成，尽管或许也隐含着怒气。然后便有脚步声传来，推门穿过狭窄的走廊，——这走廊很可能连着另外几个前厅——小姐出现在了前厅。房间昏暗，她一时没有辨认出陌生人来。她简洁冷静地向老女仆说了声"请"，命她请他进去，但是她在出口发现了站在自己面前的来客。她显然非常惊讶和恼怒，只说了一句：

"不可理喻。"

A 鞠了一躬：

"我认为我们之间有误会。"

小姐思索了几秒钟：

"如果您现在离开，我的母亲会生气……但是我急切地建议您……"她想说下去，但是此时老女仆伸着脖子、屏气凝神地悄悄走近，于是她沉默了。她只是做了个微小的、近乎请求的秘密手势，暗示 A 去别处求租。而恰恰是这个秘密的联络又让 A 重拾信心，他确信有一种隐藏的法则会清除掉他在上一刻钟遭遇到的世事中的小干扰。尽管他听到了小姐说自己不愿意掺和租房事宜，也或许正是因此他才鼓起勇气问，她是不是不愿参加商讨。

她确实也思考了一会儿，然后冷漠地说了句"但愿没这个必要"，便走了出去；老女仆则打开了通往堂屋的玻璃门。

A 没有弄错，这的确是个有三扇窗户的大房间，朝向阳台的窗户敞开着，洒满了落日的余晖。阳台铁栏杆的底部，天竺葵的红花在强壮的叶子间闪耀,绿色花槽中的泥土则是黑色的。报刊亭的姑娘曾用手指向这里,奇异的是,彼时站在报刊亭前的他,沿着那条看不见的直线拾级而上,如今来到了直线的另一端,带他前来的与做这件事情的那具躯壳以及那具躯壳的双腿其实不再有什么关系。坐在窗边扶手椅上的老夫人,背对着晃眼的光,侧脸因此显得暗淡,她伸出手来,出人意料地向他表示欢迎,这种协调一致会使他越陷越深,但也让他欢喜。

"您想在我们这里租房子。"当他在对面坐下时,W男爵夫人说。

是的,是有这个打算。其实她的存在对他来说是种干扰,他不得不面朝她,而他的目光却更愿意扫视房间。房间井然有序,镶木地板闪闪发亮,他的四周堆满了各种家具和物件。透过阳台打开的门,广场上温和的声响飘了进来,其中枝头鸟儿的啼叫最为清晰。

"是有人推荐您来我家吗?……我女儿根本不想出租……但是如果有人推荐……"

"我已经见过仁慈的小姐了。"A没有正面回答。

"是吗?"声音中透出不安,"您已经和她谈过了?……我们深居简出,甚至可以说与世隔绝。"

"我感觉到了,"A说,"当然也不想贸然侵犯您的习惯。"

"我女儿担心扰了我的清净……她对我有太多顾虑,我还没有老到那个程度。"

没有谁是老人。岁月流经男爵夫人的脸庞和身体，但是她的自我在不受时间限制地说着：我不老。而且记忆不受时间限制地保留着过往。夜幕很快就降临了，但是房间中的家具和墙壁也如同不受时间限制般地矗立着；天竺葵盛开又枯萎，冬天就会从阳台搬进来；睡意来袭，人穿过自己住处的房间，来到床上，梦见周公，但是他的自我在一次次的睡眠中仍然不变地醒着，被人流和直线承载着，越过广场和花园来到这里，系于存在的直线，同时也延伸到挂着彩虹的苍穹。

男爵夫人说：

"自从我的丈夫死后，我们就与世隔绝地活着。"

他回答说：

"您的家非常安宁，男爵夫人。"

奇怪的是，男爵夫人似乎摇了摇头，但是也有可能只是老人脑袋的惯常晃动。她没有进一步回答，而是吃力地站起身来，A以为这意味着商谈就这样结束了。但是当他准备告辞时，她说：

"无论如何您可以先参观一下。"

她拄着晃晃悠悠的拐杖，走到门口，按了按门框旁边的门铃，继续前行，走进前厅，老仆就在这里，和她一道引领着客人穿过幽深的房间，进入另一个昏暗的居室，深色的家具在白墙的衬托下漆黑一片。就好像在欢迎客人一般，中间铺着印花桌布的桌子上立着一个花瓶，花瓶里插着新摘的矢车菊和罂粟花。

"一直是我的女儿负责花。"男爵夫人说道。接着她下令:"策琳,打开窗户。"

老策琳开了窗,花园中的所有芬芳一下子涌了进来。

"这里一直是我们的客房,"男爵夫人说,"隔壁就是卧室。"

老策琳倏忽闪进卧室,就像把新郎送进新娘的卧房一样,用患痛风的手做出一个近乎狡猾的动作,邀请他闯进来,鉴定一下她现在指着的床。

男爵夫人留在了前一个房间,她喊道:

"策琳,橱子是空的吗?你彻底清理过了吗?"

"是的,男爵夫人,橱子是空的,床也换了新床单。"说着她打开了两个橱子中的一个,手指抚过一个隔层,从而让自己和 A 确信,一切都光亮如镜。"一尘不染。"她看着自己的手指说道。

"你该把卧室也通通风。"

"我本来正要这么做,男爵夫人,"策琳继续说着,"两个罐子也新灌了水。"

"行,"男爵夫人说道,说句表扬的话对她来说显然是件难事,"这就对了,但是晚上可以再换一次水。"

"晚上我再带一罐温水来。"女仆胜她一筹。

A 此时来到了窗户旁边,呼吸着花园里的芬芳。天还没有黑透,但是一楼的一个房间已经开了灯,光束正落在花坛上,赋予了玫瑰花和它的各种色泽一种不真实的外观,把叶子变得像是上了漆的铁皮。但是在大后方,摆着白色长椅的地方,那里仍是日间的自然色彩，只不过在暮色中暗淡了些而已；两排丁香挨得很近，蓝绿的树干慵懒地垂向花园中间的道路。

花园散发出的安逸逐渐让 A 背离了原来的打算，他感觉到了，软弱地试着修正：

"我原想租个临街的房间。"

"这里的旭日很美。"老策琳答道。当他微笑着表示赞同时，为了不让隔壁的男爵夫人听到，她轻声说道："现在我们有了一个儿子。"

A 本想置之一笑，可他不能。他回到前一个房间，男爵夫人仍然拄着拐杖站在那里。就好像两个女人的思想有着秘密的联系，尽管她们想彼此隐瞒，男爵夫人却还是问道：

"您究竟多大年龄，A 先生？"

"已经三十多了，男爵夫人。"

每当被人问及年龄，他都有点羞愧。金黄的头发，娇嫩的皮肤，身材堪称纤细，稍显柔弱的下巴和嘴，好在蓝眼睛传递出精明的眼神，总而言之，他给人一种年轻的、太过年轻的印象；他只得蓄起了窄窄的、彼得麦耶尔[1]风格的短须，好让自己威严一些，但成效不大。

"三十多了，"她重复道，"三十多了，我女儿……"她

---

[1] Biedermeier，原为一个虚构的庸俗市侩的姓氏，后用以指代 1815—1848 年间盛行于德语国家的一种脱离政治、庸俗保守的小市民的生活方式和艺术风格。

没有继续说下去，显然她差点暴露女儿的年龄。过了片刻她接着说道："那您是从事什么职业的？"

A 想要任性一把，也想试探一下父母对待儿子的底线，他很想谎称自己是个政治间谍。但是为什么要拿已经取得的成果去冒险呢？于是他说，自己从事宝石贸易。这已经够胆大妄为了，因为男爵夫人很可能会以为，他打着买卖珠宝的旗号从事黑市交易，甚或以为，他是觊觎她家的珠宝首饰才混了进来。

男爵夫人一开始自然没想那么远。她对这个词似乎没什么概念，脸上带着心不在焉的表情，茫然地问道："宝石贸易？"

随后赶来的策琳确认道："对，对，宝石贸易。"但是和女主人正相反，她用的是令人振奋的语气，就好像那是一种令人满意的、非常尊贵的职业。

"我们接着谈吧。"男爵夫人最终决定，显然她觉得待在一个珠宝商的房间里不舒服，于是她和 A 一道向堂屋走去，而策琳则去了厨房。

他们再一次面对面坐下，男爵夫人迟疑地问：

"A 先生，这么说，您是位珠宝商？"

"不，男爵夫人，我做的是宝石贸易，这是两码事。"

或许让男爵夫人反感的是"贸易"这个词，或许她想到了菜贩子、煤贩子，以及诸如此类的小人物，很可能她觉得一名商贩根本不可能被上流社会认可。她甚至都不愿与一名珠宝商共用一个浴室。于是她说道：

"对商务上的事情我女儿比我更在行。可惜她出门了……"

A察觉到了真相,继续解释道:

"宝石贸易是桩美差。我在南非的钻石矿田待了很多年。"

"哦。"男爵夫人恢复了对他的信任。

"我办完欧洲的业务之后,就会返回非洲。"

"哦,"男爵夫人对他越发信任了,都忘了问他是何种业务把他带到了这个城市,"您不像是英国人。"

"我是荷兰公民。"

这句话起了决定性的作用。男爵夫人舒了口气。人们当然更容易、更应当,也更乐意为一位从异国他乡而来的客人,而不是当地人提供容身之处,后者只是穷人间的交易,而前者却笼罩着慷慨待客的光环。就这样,虽然没有说破,但是两人在这个已经完全被暮色笼罩的房间中达成了一致。墙上挂着的樱桃木框的建筑铜版画变成了一个黑点,窄的两面墙上,挂在窗户旁边的两幅展现罗马风光的油画倒还能辨别出线条和已经灰蒙蒙的色彩。遥远光明的回忆。就像母亲与儿子晚上有时会沉默相对,他们二人就这样坐在那里,窗外浅绿的天空如丝绸一般,此时已是万里无云,残照当楼。怀着对彼此的信任,A请求允许他到阳台上,获得许可后他便走了过去。

眼前就是三角形的广场,虽然并不完全符合他的预期,但也差不多。公园里的树木已经黑乎乎的,映衬得四周浅灰色的沿岸大道格外明亮,道上的沥青已经干透了。火车站内部已经开了灯,那里的前厅站满了旅馆侍者,但是 A 已经不把他们放在心上了。他俯瞰沿着房子缓步而行的几个路人,听着公园 S 形人行道上的沙子被漫步者踩得吱吱响,因看到几只出来遛弯儿的狗而欣喜。不时有鸟儿啾啾鸣叫,空气温和而又湿润,偶有狗吠声传来。被一个母亲生下来,躯体借由另一具躯体而生,呼吸时身体里的肋骨张开,手指可以抓住栏杆,可以用活力拥抱死亡,生与息的永恒转化,无限透明地隐藏着彼此:是的,出生,然后漫步世界和世界上安详的街道,那永恒的慈母之手,安宁地握着娇儿的手,人生在世最自然的幸福呈现在他的面前,因为他倚墙凭栏,背后是祥和的家,俯视黑漆漆的草坪和黑漆漆的树木,同时他也了然屋后花园中的玫瑰丛,生生不息的房屋群,虽是砖木材料、没有生命的人造品,但仍是故乡。A 知道,不管他多晚回来,屋中的老妇都会耐心地等着他,如此地耐心,就像母亲在盼儿归。

他返回黑乎乎的屋子,坐回男爵夫人对面那个位置。男爵夫人微笑地看着他,然后身子前倾,对他说道:"外面很美,是不是?"

"一个难忘的良宵。但是又要下雨了。"

"希尔德加德(这是她第一次称呼自己女儿的名字),希尔德加德散步去了……"就好像他是一名家庭成员,应该让他知道家里的状况。她接着说:"……我当然被她拘禁在这里。"

他一点都不吃惊，也没有怀疑自己听到的话语，但想赋予它们戏谑的含义："哎，男爵夫人是名囚徒。"

"是的，我的确是，"她郑重其事地回答道，"您来这里后一定会发现，我是名囚徒。"

Ａ点点头。因为每个人都在拘禁另一个人，而每个人都认为自己是唯一的囚徒。连他自己的生活空间如今不也被局限在这个三角形的广场上和这幢房子中了吗？被局限了，他却说不出始作俑者是谁，是谁拘禁了他。

男爵夫人继续解释说：

"我让那两人为所欲为⋯⋯我说'那两人'，是因为策琳，我的老女仆，您刚才见过了，和希尔德加德沆瀣一气⋯⋯是的，我没有剥夺她们这个乐趣，因为我已经有过自己的人生，现在很容易舍弃。"

"您现在有其他的乐趣，男爵夫人。"Ａ说。

但是男爵夫人继续说：

"策琳曾是我母亲的女仆，一直都在我家⋯⋯您理解吗？她是个老姑娘⋯⋯"

老姑娘的爱给了谁呢？是她日日擦拭的家具？四十年来反复拖擦、熟悉每一条缝隙的地板？她独守空床，如果曾经，在家乡的村子中，有一个青梅竹马，也早被忘怀了，尽管在自我的无时间性中什么都不会被忘记，不被忘记，不被原谅。

Ａ说："策琳爱您，男爵夫人。"

"她没有原谅我，"男爵夫人说，"她和孩子，她们没有原谅我……"她张开两只手，就好像要展示它们所给予和接受的爱抚。"千辛万苦才说服策琳踏入我的家门，她连这个孩子都不喜欢。"

苍穹只剩一抹亮光，在布满街道和铁轨的土地上矗立着这座城市，压缩的风景；而在广场的草坪和花园的碧绿之间矗立着这幢房子，与左邻右舍共同构成了广场的统一体，人和人的关系跨越各户死板僵硬的墙壁，无可挽回，闲言碎语口耳相传，气息飘过包容一切、悬着彩虹的苍穹。

"有几颗星出来了。"A指着窗外说道。天空已经不复丝绸般柔滑硬挺，而是变得深邃起来，颜色也由绿转紫，天空舒了一口气，因为马上就是它的统治时间了，夜来了。

"希尔德加德马上就回来了，"男爵夫人说着站起身来，"我们开灯吧。"她站得不太稳，不复圆润的双腿驮着老迈的躯干，她的女儿就诞生自这个躯干，她曾经慈爱的手握着拐杖。房间昏暗，只有三扇窗户亮堂，但是它们不发光，通往卧室的门上着锁。

现在外部又有了力量，夜幕降临，人们既期待也担心着所有关系的重组，因此就该趁着现有的成果没有消散，赶紧把仍然在外的残余与现存牢牢系紧。A担心灯光亮起造成破坏，于是抓紧问道："我现在可以去火车站把行李取来吗？"

男爵夫人有些踌躇地说道：

"希尔德加德肯定就要到家了……请您先打开灯，开关挨着门……"就好像她不想被撞见和他共处暗室一样。"……请您马上按铃让女仆过来。"

他照办了。彼得麦耶尔风格的枝形水晶吊灯内,灯泡发出飘忽不定的光芒,先前掩在黑暗中的边边角角,如今与其他摆设有了同等价值;整个房间因此坦荡地严肃起来,令人一下子明白过来,这里仍然怀念着一个男人严肃、坦荡的精神,是的,留在这里的女人们仍在服务于他。A感觉有探寻的眼睛在盯着自己,但是他看不见这双眼睛,因为无论是男爵夫人还是刚刚进来、准备关上窗户的策琳,似乎都在忙着其他的早已逝去的事情。然而在这片刻的静谧和紧张中,传来走廊门打开的声音。

"是希尔德加德。"男爵夫人说。

"我就不打扰您商量了。"A说着就想离开。

"您请留步,"男爵夫人说道,"我们单独说几句话就好。"

她走出房间。策琳拉上窗帘,抚平窗帘上的褶皱。她显得懊恼呆滞。他试图寻找她的目光,她却闪闪躲躲。她从男爵夫人的书桌上拿了份报纸递给A,打开壁炉边上沙发旁的落地灯,关上房间正中的大灯,然后也走出了房间。她做完这一切,使得A只能到宽敞的扶手椅上就座,就好像读报的男主人一般。

他没有读报。报纸,报刊亭姑娘最后的问候,是外部世界,而整个房间已经缩成落地灯照亮的那一圈。A坐在那里,身子前倾,手随意地抓着报纸,悬在张开的双膝之间。在前倾的脑袋中的自我俯视着趴在双腿之间的躯干,而不属于自我的他尽管深深埋在暗夜的环境中，却光彩夺目地从环境中脱颖而出；自我孤零零。

五斗柜上有台座钟嘀嗒作响。就算解开联系周围世界的每条线，时间之线也都会穿过我的无时间性，无数条线编织而成、自行产生，同时却不可逃脱的网，仅仅用来让时间之线消失，这样一来，在无限宽广、无限浩瀚的宇宙中，所有的存在又变成了永恒。

但是现在八点的钟声响起。

A听到了脚步声，匆匆忙忙、近乎恼怒的脚步声，接着希尔德加德就出现了，脸上确实带着恼怒的表情。

"您的目的达到了，A先生，"她开门见山地说道，"祝贺您。"

"最后的决定掌握在您的手中，仁慈的小姐。"

"骗取两个老妇人的信任并不是很难！要是我现在拒绝，我的母亲会很生气，"——她今天说过这话了，A想——，"所以我只能和您处理一下业务。"

"很遗憾刚才的商谈您没有在场，否则您一定会改变对我的看法。"

"我请求过您，不要再执迷不悟。"

她的恼怒无法止息，她的眼神和语气都表现出压抑的，或许有点像老处女一样的恼怒——这与她别的矜持而又略显笨拙的举止协调一致。此时命运与命运碰撞，自然事件中的断裂至今仍然无法澄清。为什么他不愿意另寻住处？为什么他立即就对这个广场入了迷，对这个不可阻挡、无法避免地发展到如今这个地步的事件着了魔：所有事件不是都像街道一样汇聚到他自我的这一点上吗？他孤独地位于落地灯光束下的自我？所有的对立不都是要在这一点上澄清和消散吗？于是他对僵硬笨拙地坐在光线边缘的小姐说道：

"您不了解我，却对我充满反感。无论来的是我还是另一位房客，都是如此。"

"不是针对您个人……我至多只能接受一名女租客。"

"我觉得，男爵夫人恰恰希望得到男性的保护——恕我斗胆把自己看成这样一个人。"

"我们不需要保护。"小姐严厉地说道。

这些女人独居，是因为已故男爵的遗愿和严厉吗？女儿和女仆联合起来执行这一遗愿？如此一来自然事件中的断裂就可以理解了：因为命中注定和无法更改的始终都是死亡，是渗进生的死；死亡的无时间性取代了自我的无时间性，麻木的灵魂，在死亡的建筑学中，麻木的幸福。

小姐缓慢而固执地说道：

"我得和您处理一下业务。"

"我们在这方面很快就会达成一致，"A说，"我只是还想指出，我添的麻烦肯定要比一位女士少，相反，您还可以差遣我。"

"您大概就是用了这招让老策琳上钩的，"小姐说，"骗不了我……我希望，作为一名外国人，您会愿意为膳宿出一个体面的价格。"

"在荷兰,这样的两间房每月大概要花四十盾,我愿意出这个价,提前支付三个月房租,而且用荷兰盾支付,这样您就不用担心通胀。"

总的来说,几乎没什么可以从物质方面来解决,但至少是个开端。"提前支付一百二十荷兰盾?"小姐简直难以置信。

"当然。"A证实道。

她深棕色头发下严厉、直线条却漂亮的脸庞容光焕发,现出一抹几乎迷人而且因此值得向往的微笑,露出强健、洁白、随时咬住、非常均匀的牙齿:"我愿意为了一百五十荷兰盾收回所有的抗议……您看,连我也可以被收买。"

她是什么意思? A思索着;但他接受了一百五十盾的价格,也同意了附加条件。当男爵夫人进屋,满怀信心和喜悦地问是否一切顺利时,女儿只能点头称是。

"我很高兴,"男爵夫人说,"那么A先生马上就能和我们共进晚餐了。"

"A先生说,他只要在家,就在自己房间用餐,"希尔德加德回答道,"我们刚刚是这样商定的。"

"好吧,但今天您是我们的座上宾。"男爵夫人坚持道。她转身朝向汇报晚餐已好的策琳:

"为A先生摆上餐具,策琳。"

"遵命,"策琳说,"已经摆好了。"

她们颇有教养、心平气和地接受了,就好像策琳的行为方式完全理所当然一般，就像她提前在 A 的房间里插好鲜花时那般理所当然。但是那时自然而然发生的事情，现在当着小姐的面不会再发生了，令人愉悦的协调一致没了，因为仍未找到解决方案。但是，现在出现了另一种协调一致，当然是更加外在化的一种：由于现在她们都坐在灯罩镶花的吊灯下，洁白的桌布把耀眼的光反射到她们脸上，而策琳则戴着白手套，在桌旁来回上菜，这时明显可以发现，这三个女人的面容彼此相肖，部分是由于天然的血缘关系，像男爵夫人和小姐，部分是由于长期的共同生活，像策琳。同一种面容在不同的人那里有三种形式的变化！肯定还有很多其他的变化形式，但是这里体现的一定是三种基本类型，与三原色异曲同工，而三原色包含了彩虹的所有其他颜色。如果说男爵夫人在这个三角中实际上如母亲一般，那么没有生育过的策琳和希尔德加德的脸庞则都稀奇得像修女，虽然一个土气年迈，另一个文雅年轻，但无论老少，两人都有一种修女的无时间性。房间里的窗帘拉着，人们对外面的树木和房后的花园一无所知，这幢房子了无生机、孤独寂寥地矗立着，像坐牢一样：人们不知道，生命从何处陷入这个死寂的世界；人们更不知道，为什么从尘土中来又复归尘土的生命只能生成尘土，却又由此而创造出生命。但是尽管与外界隔绝，或者说恰恰因为与外界隔绝，与苍穹笼罩下的广场隔绝，与世界隔绝，与知识和知识的任何一种可能性隔绝，部分便成了整体的镜子，这个房间和它四壁之内的空气成了无垠苍穹的一部分，同理，有限关系中存在着多条线头的无限性，三个女人外貌的相似转变成了镜像，成了永远也不可能在外面，只能在此处找到解决方案的希望。

一个奔流的刻度盘，把黑暗尘世、封闭实体与天空敞开的光芒相连，同时又一次导向无限的黑暗；空气冲刷着所有的存在，苍穹般冲刷着物的密集体。A 的双眼在填满了黑暗空气的房间中探寻，试图辨认出光圈之外的事物。空气撞到了墙上，撞到了家具上。策琳在屋里走动，踏入光圈，又倏忽退回暗处，那里是宽大的配菜柜。空气在橱柜的内部涌动，但是它也冲刷着人，充盈于人的内部，在他们体内的所有空穴中，被吸进又呼出，从一个人飞向另一个。活物与活物的中间事物，内部承载着灵魂，保护与隐藏着灵魂，辩解与生命，充满光芒和透彻的眼神。配菜柜的上方，墙中央挂着很大的一幅画，一幅肖像，现在 A 认了出来，画的是一位穿法官袍的先生。

希尔德加德不怀好意地盯着不受欢迎的客人，对他说：

"您好奇我们为什么会在餐厅挂一幅画像……是我父亲的画像。"

"我们放在这儿，是想用餐时也让他分享。"男爵夫人说道。

凝神倾听的策琳沉默地打开了画像左右两侧的壁灯，然后专注地望向逝者的脸庞，或许此时她隐隐约约地觉得，这个男人在俗世中的存在对她来说始终都只是一种干扰。因为她尽管专注，却是一脸的满意，显然在等着别人夸奖。画像中的男人拥有和女儿一模一样的眼睛，和它们一起不怀好意地盯着桌旁的客人。

现在连希尔德加德也抬眼望向画像，她和策琳的眼神就像两条交会的道路一样汇聚在父亲的眼睛中，而离画上的男人最近的男爵夫人却内疚似的看着自己的盘子。A 熟悉司法部门，他从画中法官袍的天鹅绒条纹辨认出了法官的等级，他说：

"男爵先生在世时是位法院院长。"

"对。"男爵夫人说。

如同士兵要时刻做好上阵厮杀和被杀的准备，将军要时刻准备着调兵遣将开赴战场，一位法官也必须做好准备，在必要时做出死刑判决，他日复一日对普通罪犯做出的常规惩罚，始终都是对法官生涯可怕顶峰的那一重大行为的准备和接近、镜像和补偿。他在审判庭的四壁之间呼吸着与罪犯同样的空气，置身于同样的空气中，却必须准备好除掉对方、夺走对方的灵魂。

用吻过法官严峻嘴唇的嘴巴，用饮过法官气息的嘴巴，用依然还在吐气言说的嘴巴，男爵夫人吃着切成小块的煎牛排。然后她用这同一张嘴巴说道：

"策琳，你可以把灯关上了。"

"开着的话房间不是更温馨吗？"希尔德加德反驳道。策琳不等男爵夫人回话，没有关灯，就匆匆去了厨房。她们两人为什么要这样？她无疑与小姐看法一致，认为得让灯一直照着画像；或许是在要求新来者遵从家中的规矩。

男爵夫人说：

"好吧，为了欢迎我们的客人，我们今天就灯火辉煌吧。"

"法官，"A说，"一个伟大的职业。"

"是的，"希尔德加德说，"就像教士一样，高于人性。实际上法官不该结婚。"

男爵夫人笑了：

"法官也是人。"

希尔德加德望着画像，抿着嘴唇说道：

"教士也是人，但是遵从更纯洁……也更严格的人道。"

"我的丈夫经常因为要使用严厉的手段而苦恼。好在他从来没有下过死刑判决。"

希尔德加德一副决意代替父亲补上死刑判决的样子。但是这时策琳端着饭后甜点进了屋，而且作为妥协，亡羊补牢地执行了男爵夫人的命令，熄灭了画像两旁的灯。

"灯火辉煌结束了。"A说。

"人必须随遇而安，"男爵夫人说着笑了笑，"境遇始终比人的意志强大。"

确实，灯关了并未带来什么好处。相反，昏暗墙壁上的画像现在似乎长大了一点，画上的空气像是进入了房间的空气中，这样一来，被包围着她们的空气包围着的法院院长仿佛进入了女人们构建的三角形，成了中心，尽管他属于过去，现在挂在了墙上。因为在自我与自我的关系中，无时间性占主导，房间变得无限小，同时又无限大。

希尔德加德僵硬地坐在那里吃着一个桃子。她窄窄的嘴没被亲吻过，她的气息还从未给哪个人带来愉悦。一张嘴在人生的哪个节点上失去了愉悦的天赋？它何时降格成了吃饭的工具？尽管如此，言谈的天赋却使它高贵美好，并将伴它直到暮年。

男爵夫人抓住靠在椅旁的拐杖，站起身来，或许是为了逃脱愈拉愈紧、无比强大的关系网。尽管如此，她还是向 A 伸出手来，似乎是要代替祝酒词——显然葡萄酒已经超出了家里的支付能力，但也有可能是法院院长看不上饮酒——她说：

"再次欢迎，A 先生。"

策琳站在一旁，赞同地微笑着；就好像男爵夫人是她的代理，执行了她的委托一样，尤其是男爵夫人现在还转身朝向女儿，吻了她的额头一下，不管是出于公正并且与她和解的缘故，还是为了通过同等对待双方而在希尔德加德和 A 先生之间创建一种和谐的联系。策琳参与这一仪式的方式是，洞开通往堂屋的门，并把堂屋的灯打开。

大量的空气如今在各个房间中不受阻碍地流动，这种平衡分布的突然更改不仅缩小了法院院长画像的空间，减少了他本人的分量，降低了他在闭锁的餐厅中的主导性地位，而且由于现在空气只是微微活动，刚才的紧张便有了缓和，各种关系也有了一定的松动，三个女人之间所有的爱与恨——剥离了她们显而易见的中心和真正的根源——落回了日常的悄无声息中，尽管堂屋现在灯光闪耀，光线强烈地投射到画像的玻璃框上，使得多幅建筑铜版画变得模糊不清，但这是没有灯火辉煌的日常。A很想抽烟，但是没人请他抽。法院院长也禁止抽烟吗？他们犹豫不决地站在房间中央，只能隐隐感觉到远处黑暗中法院院长的画像。鉴于这种状况，A顺理成章地说道：

"请允许我现在正式入住并取来行李。"

"啊，您的行李还没取来吗？"男爵夫人大吃一惊，"我们都在干吗啊！"她求助地望向策琳。

"A先生可以取您的行李了。"希尔德加德干巴巴地说。

"再好不过。"A说着，向女士们告了辞；眼下他对这里的恐惧大过希望，另外越早到达火车站越好，再晚怕是找不到工作人员了。

但是到了前厅又找不到自己的帽子，在用作衣帽间、通往厨房的门廊，A也是一无所获。他不耐烦起来，因为在他找寻着四处张望的时候，他感到花园中清新的空气通过敞开的厨房门轻柔地吹了进来，这时他才注意到，自己是多么期盼着能在走廊上看一眼花园，然后走到街道上，溜达到火车站,可能会走穿过公园的那条路，脚下踩着沙沙作响的小石子，有家可回的男人，被编织进固定的关系中，不被衰老而压抑，所有这些必须是那一刻，策琳打开厨房门、重建隔绝和有限与无限之间的关系的那一刻，在逻辑上的继续，这样一来它们才获得真正的意义。他急不可待地想实现这种统一。正当他打算光着脑袋出门时，策琳闪了进来：

"您在找您的帽子，A 先生，我把它放在了您的衣橱中。"

倒是顺理成章，因为他已经是这里的一员，也有可能是希尔德加德不愿意前厅挂着男人的帽子才命令她拿走的，但这也表明，连希尔德加德也默认了他的存在。没等他自己回屋去取，策琳已经驼着背、不作声地取了来，就差亲手给他戴上了。

头顶帽子，脊柱奇怪地变长了一些，A 用帽子盖住头发，缓缓走下楼梯。他透过走廊的玻璃门向花园问好，现在自然只能看到花园被屋内灯光照到的部分；然后来到街上，快步横穿，直到来到公园的边缘，也就是几个小时前他还无助地兜着圈子的那个地方，这时他才举目四望。他站在那里，重新打量着那幢房子和摆着天竺葵、被弧光灯照亮的阳台。阳台的门恰好开着，他看到了堂屋闪着黄色光芒的水晶枝形吊灯，他看到了意大利城市风景画和建筑画画框的上边缘，他看到了刷成白色的天花板，炉子上方的部分已经熏得发暗，对此他已经了如指掌，他专注地打量着餐厅那两扇死窗，清楚地知道法院院长的画像悬挂的具体位置。但是弧光灯的上方是黑漆漆的天空，因灯光的明亮而加倍漆黑，连云彩的边缘和几颗星星也晦暗不清，城市入口的房顶上却有一块广告牌像鬼火般闪耀着红光；夜色中有清凉的风吹过。

按照先前的打算，A走进公园，沿着S形的人行道，信步而行。路旁的长椅上坐着一对对情侣，亲热地相互依偎着。每隔一段距离就会有一盏路灯，让一部分灌木丛和草坪从黑暗中现身；树干笨拙地立着，覆盖着异常急躁地簌簌作响的黑叶子；从偶尔张开的叶缝中可以瞥到一颗星星。这一切都位于和发生在石质的三角形内，现在A来到了报刊亭。窗户已经用一个棕色的铁质卷帘封上了，但是在亭子上方，铁质结构的钟表被内部的光源照亮，用它的三个明亮的表盘统治着周遭一切未被照亮的自然，控制着自然。这是人创造出的一缕光芒，这光如星辰般暗淡，如空气和无垠的苍穹般死寂，尽管如此，却仍是生命的温床。蚊虫在高处绕着大钟飞舞，又四散在无穷的世界中；在那里，高悬着从死者的眼睛中、从恋人的气息中飘升而出的灵魂。

两条主路斜交于此，正是公园的中心，是所述圆圈的中心；A双手插在裤兜里，绕着报刊亭转了一圈，当他的目光向天空的方向扫过时，他看到了火车站和城区上空更明亮的光，终于又看到云彩露了出来，你推我挤，在幽暗的天空中显得越发乌黑。很快就要下雨了，A既没有穿大衣也没有带雨伞，只有一顶帽子，于是他加快脚步向火车站赶去。

他离开公园，穿过广场，此前旅馆巴士就等在这里，踏进火车站大厅，扑面而来一股子旅途的气息，煤烟味、餐馆飘出的酒菜味、厕所和冰冷的瓷砖地面上升腾落下的尘土味，风尘仆仆的味道。多么大的差别！在三角形的底部这里，喧嚣、肮脏、不得安宁，而外面却是广场的凉爽与从容。震慑性地位于金字塔的顶端，威严得恰到好处，超越人世和污秽的纷乱，悬浮在人类之上，是道义的守护者！买张车票，放弃永远不会到达、永远无法实现的统一，重返所有道路和轨道彼此交错的无限世界中的多义模糊与无牵无挂，不是更好吗？抉择的时刻到了，到底是放手一搏还是落荒而逃？

售票窗口边缘镶了黄铜片，铜片已经变得暗淡肮脏，在光秃秃的白炽灯下可怜地闪着微光。开了一个窗口，其他窗口后面都挂着绿色污秽的帘子。A从它们前面走过。行李车刷着棕色的漆，抽去了架在车边缘的木头框，就像马厩里的一群马一样摆放在一起。搬运工们把帽子塞在泛红的脖颈中，胳膊肘撑在大腿上，毛茸茸的双手合拢着，身子前倾，坐在一张长椅上。A问他们，是否有人愿意把他的行李运到火车站广场的另一侧：不行，他们干不了，他们不准离开火车站，但是他们愿意给他找个人来。

通过一条敞开的过道，可以看到灯光暗淡的站台上长长的顶棚，可以看到检票处，检票处的小亭子里站着一名工作人员，手里百无聊赖地拿着钳子。

哦，A说，没必要劳烦先生们为他找个人过来，他们只需要告诉他，大概在什么地方可以找到一名差役。搬运工们想了一会儿，然后说，在那边的小酒馆里有一个在喝啤酒——他们甚至还指名道姓。事实的确如此。那名差役坐在那里，喝着啤酒，抽着烟斗，对A毫不掩饰地表示不耐烦。A的烟瘾也犯了，只因为现在身在火车站，他就点了一支烟，领着嘟嘟哝哝咒骂着钱不值钱、什么活儿都不顶用的差役去往行李寄存处。他没有注意到，也没有思考过，自己其实已经做出了决定。当他们走出火车站时，他才意识到这一点。

旁边的差役以推车人独有的姿势随他而来，弯腰屈膝，胳膊撑在车杆上。车轮缓慢地转动着，发出吱吱呀呀的响声，铁质轮胎滚过柏油路，发出低沉的响声。空荡荡的街道寂静无声，甚至连城里的喧嚣都传不过来。在城市的入口，广场汇入的地狱之口，先前鬼火般闪耀的广告牌已经熄灭了；箭头指向安宁的所在，街道似乎在缓和地升高，但对他旁边的人来说就不那么缓和了，只见他非常吃力地推着车。在公园的围栏之后，树木郁郁苍苍，但是在弧光灯的照射下，树冠的顶部呈现出鲜明的绿色，就像一条丝带覆在黑压压的树林之上。风偃云动，云层越降越低，像是要与陡然升高的道路相拥。

A很羞愧，不受货币贬值烦扰的自己径自昂首阔步，身旁的人却只能弓背推车；他只好目不转睛地盯着头顶发生的、具有决定性意义的事情。被照亮的树冠，乌云密布的夜空，左侧房屋陡峭的外墙，随着他们走近他要返回的那幢房子，这一切的意义越来越大；阳台上立着一个明亮的身影，似乎证实了这正是他的家，站在那里、双手扶着栏杆的是小姐，僵硬而笨拙地向着探出阳台的天竺葵俯下身去，似乎在盼他归来——他清楚地知道，并非如此。但是当他和行李停下时，她离开了阳台，不一会儿策琳就来到了房门前，指挥并协助差役把东西运上了楼。

通往堂屋的门开着，A 在堂屋遇到了小姐。她讥讽地说：

"我们都得等着您，因为对您大示欢迎的时候，忘了把房门和屋门钥匙给您。"

"这么快就给您造成了不便。"A 说。

"希望不要有更大的不便。"希尔德加德说，不知她说这话是怀着善意还是敌意。"先把行李放到房间，然后我就给您钥匙。"

送回屋后，A 付给了差役报酬，旋即来到客厅拿钥匙，屋门仍然开着。

"我还以为，您只是打算在阳台上享受夜色。"A 说。

"说不定啊。"希尔德加德说。

"再次请求您的原谅，"A 说，"我当然希望，自己的存在绝不会再搅扰到您。"

希尔德加德做了一个动作，大概是想表达无奈、无望，或许还有谅解，接着去了阳台，把 A 一个人留在了客厅。一切都悬而未决，仍然没有决断，虽然似乎唾手可得。他正想轻轻离开，却发现她已经转过身来。

"A 先生！"她喊道。——他来到阳台，站在她的身旁。

"既然您已经在这里了，最好马上向您做几点必要的声明。"尽管她的声音很低，和平常一样干巴巴的，但仍能听出她的激动。

"我非常感激您。"A说。

"我的母亲信任您。她说,您从殖民地来,是位绅士。我的母亲太容易相信别人,太容易了……这次我也要这样。"

"我不会辜负您的信任。"A说。

"那好吧,"她继续说道,"您在这里不是普通的租客。"

"以我而言,我确实不是。我来到这里,一定是命运的安排。"

"也可能是因为您不可理喻的固执,"她断言,"但是我不想谈论这个问题,而是想谈论一下您由于自己的固执而陷入的境地。"

"好。"A说。

"长话短说,我的母亲想让我嫁人;她觉得那样才算尽到了义务。她坚持不懈地找寻租客,实际上是在找寻一个女婿。"

"很奇怪。"A说,可实际上并不感兴趣。

"并不奇怪,"她回道,"她那代人都是这种观念。"

"但是,"A说,"您可以自己决定自己的命运。"

"不,"她说,"我可以,但是我不能。"

现在已经无法清楚地辨别公园的轮廓,在公园的三角形和房屋的三角形之间又插入了一个新的、悬在三条街道中央的弧光灯构成的三角形。对面的路灯只有少数几盏被树梢遮挡。

片刻之后,他说道:

"我应该明天离开吗?"

希尔德加德摇了摇头:

"意义不大……您都来了，要不然战斗还得从头再来。"

"战斗？"

希尔德加德沉默无语，然后坐到阳台一端的藤椅里。她两脚并置，双手合拢按在膝上，来回晃动着稍稍前倾的脑袋。这副与此前完全相反的样子让她有了一种独特的温柔，他鼓起勇气问道：

"您爱着某个人？"

她竟然莞尔一笑，这是她今天第二次笑了，她的嘴唇又丰满起来，甚至有点性感，又露出了强健、整齐的牙齿。和她母亲的牙不一样，A很想知道，画像上的法院院长是不是也会笑，在他薄薄的嘴唇之后是不是也藏着这样的牙齿。强硬中交织着渴望，A心想，肉欲中散布着柔软，严格中隐藏着松弛。

希尔德加德还在来回晃着脑袋，然后轻声说："我的母亲想让我离开家门，所以她才想让我结婚，责任感只是她自欺欺人的幌子。"

"世界很美好，"A说，"您没必要一直留在家里。"

"那我的母亲怎么办呢？谁来看守她？"

听起来简直激情澎湃。

"男爵夫人看起来精神矍铄。此外，我认为，她受到了极为稳妥的照料。"

楼下有个孤独的女人走过。她的两条腿在来回摆动的裙子下一步步往前挪动，略微倾斜的身体上的脑袋转过来时，简直不像个女人。

希尔德加德翘起修长的腿说：

"我的母亲缺乏主见。策琳面对她提的要求又太软弱。您自己也看到了。"

她坐在阳台的窄面，把目光转向城里的方向，她盯着城市入口，就好像在寻找什么。

"策琳没有孩子，"她说，"她不知道该把谁当孩子，是我还是我的母亲。"现在看来，她好像，在三角形的腰、两条街道交汇的地方寻找一个孩子，或许是策琳未出生的孩子，但更有可能是她自己的孩子。A心想：她这样是不会找到的。

"快下雨了。"A说。

"对。"她说。

空气寂静无声，没有人注意到雨已经下了起来。在房檐的遮挡下，他们看着柏油路上的黑点越来越密。街道空无一人，刚刚走在街上的那个女人也消失在了火车站的拐角处。在西岸的房子后方不时亮起一道闪电。

A说：

"您母亲的要求并没有过分到要被人看守的程度。"

希尔德加德犹豫了片刻，然后说道：

"要不是风烛残年，她早就抛下了一切……她会混迹于人群，坐进三等车厢去周游世界；她信誓旦旦地说过很多次。"

不可能是失去母亲的恐惧让小姐有如此偏执的想法。现在肯定可以解决了。A又握住了铁栏杆，光着脑袋、呼吸着向外探出身去，更大更密的雨打在他的身上，树冠上的叶子窸窸窣窣。土地在呼吸，土地在房子后面呼吸，生者的气息上升并在屋顶重叠，房里藏着生机和人性。他们多关节、多骨头、多血管，悬浮在生的气息中，被托举到了大地之上。由母亲所生，享受着安宁，离开安宁的家，再次找到安宁：更多地隐藏起躯体不能再做孩子、在行尸走肉中僵硬麻木的恐惧，不再隐蔽，衣冠之下赤身裸体的所有女性的恐惧。

在她身上，松弛和柔软再次荡然无存，她的嘴唇又变得稀薄，像修女般坐在那里，呆呆地望着街道上箭头的尖儿，说道：

"我父亲促成了这里的和平……我必须维持下去。"

A抚了抚自己金黄的、彼得麦耶尔风格的颊须，回答说："您给自己设定了一项奇特而艰难的任务。"

"是的。"她答。

从火车站传来车头的鸣笛声、火车的隆隆声与雨水的滴答声混合在一起，汇入叶子各条脉络簌簌作响的生命中。A现在也抬头望向城市的入口，就好像他在期待着那里会有一个声音对远方的声响做出最终的回答。那会是孩童还是法庭的声音？那里会出现孩童还是父亲的眼神？两者都有，因为笼罩在城市上空、逐渐减弱的雷声温柔地吸纳了火车的轰鸣，在树木的沙沙声中越来越弱，逝者和来者合为一体，被吸纳到悄不可闻的余响中，堕入无时间性中，堕入既是生之笑靥亦是死之微笑的永恒中。

IV 养蜂人之歌

他曾是一名制作绘图工具的机械师,经他之手打磨、调试的每一支绘图笔都在小盒子的蓝丝绒衬垫上闪着银光,每一支都是艺术品,笔触柔和顺滑而又强劲有力,每一滴油墨都牢牢密封在笔芯内,不用担心油污。但凡是还把技术绘图当作艺术的地区,都熟知他的大名和产品。他在公国技术学校附近开了作坊和店铺,学校的两千名学生是他稳定的客户源;收入似乎不无保障,日益增长的存款看似也能保证老来无虞。当然了,离着晚年还有很长一段好年华呢。那时他的妻子还在世,妻子健在时——啊回忆,永远不会离他而去——他每天收工后都会去村子里,那里有生前担任乡村营造师的岳父给他们留的一幢小屋;夜晚和周日他都用在了养蜂上,这是他和妻子的乐趣所在。夫妻俩情投意合,经常一边劳作一边唱歌。妻子怀孕了,眼看着就要十全十美。但是这时可怕的事情发生了。轻松的孕期过后，生下来的却是个死胎，年轻的妈妈也撒手归西。经此打击，他再也不想看到乡村的小屋和蜂箱。他卖掉了田产，来到省会。重复昔日成双成对的美好生活对他来说难以想象，而且越来越难以想象，于是他就成了一个没有婆娘的鳏夫，既活在过去，也活在现在。尽管选择了孤独、想要孤独，但是这位日益老去的人儿却越来越难以忍受孤独；有一天他来到城里的育婴堂，领养了一个刚出生的小姑娘。出于对昔日美好时光的怀念，而养蜂正是当时美好生活的一部分，他给小姑娘取名梅莉塔[1]。他现在胡子都白了，就让孩子喊他爷爷。为了逗她，他又唱起了歌。要是自己当初有个儿子，会这么愿意给他唱歌吗？恐怕不会。这就是他选择领养一个女孩的原因之一，尽管他也希望有个能当成亲生儿子来培养的继承人。但是谁又能保证，这个继承人就真的能掌握制作绘图仪器的手艺呢？

好啦，都是些多余的想法，而且会愈发多余，因为很快就会证明——德国与协约国的残酷战争还在遥远的将来——，一个新时代来临了，一个仇视手工业、仇视品质的时代，连手工制作的优质绘图工具都将毫无用武之地。绘图工具如今在所有的纸张文具店都有售，都是些冷冰冰的工厂货，笔头如刀子般尖锐、毫无弹性，圆规没有平衡性，连娴熟的大拇指都无法借助它画出优美的圆来，两条支腿要么太紧，要么

---

1 "蜜蜂"之意。

太松，把它们连在一起的螺栓不是太粗就是太细。谁还愿意同流合污！他退出，关了作坊和店铺。那些破烂货并不比他的产品便宜，他原本可以维持原价干下去，但是他不乐意。新一代连笔的好坏都区分不了，再没人有本事绘制一个像样的阴影面，没有人愿意花力气，都拿水彩颜料的涂鸦来凑合，简直像个油漆工粗枝大叶地在绘图板上乱抹了一通。为这些人供应优良的产品，简直是自甘堕落；还不如随便在哪儿做个小工！他确实也这样做了。尽管年岁渐长，他还是在战争刚爆发时去一家大的精密机械企业当了一名机械工人。确实，这一举动最初只是为了尽到对祖国的责任，但是后来变得非常必要，因为如果不借助日渐公开、日益无耻和昂贵的黑市买卖，是没法正儿八经地养活一个孩子的——战争伊始，梅莉塔九岁。但是，这个孩子让他快乐，养活她让他快乐，工作也因此让他越发快乐，还有一个重要的原因就是，他虽然已是满头白发，但身体强壮，干起活来毫不费劲，而且还会得到相应的报酬。就这样，他的存款在经历了巨大的缩水之后，现在又明显地增长起来——因为马克还是马克，只考虑数字就是了。他打算在和约缔结后退休。

他的愿望当然没能实现。和约缔结后物价仍在上涨，甚至上涨得更多更快，最后变成了公开的通货膨胀，账面上的存款变得一文不值。于是老人留在了工厂，要不是最后因为年迈被解聘，他很可能会一直干下去；年轻一些的同样面临着被辞退的危险，他们要保护自己的权益，不愿再容忍他。

幸运的是，梅莉塔这时已经中学毕业，因此也能赚钱出力了；她在一家洗衣店做起了帮工。负担毕竟减轻了些，老人现在有了空闲寻找新的营生。妻子健在时，他与一所公办的养蜂学校一直有联系，那所学校位于相距不远的县城。他一时兴起，去了那里，由于熟识的校长仍然在位，他得到了一个云游教师的职位。虽然报酬很低，但是有望获得农民的额外补助；最重要的是有机会在乡间到处漫游，这正合老人之意。

通货膨胀似乎成了上帝对他的恩赐。与金钱捆绑，与稳固的生活捆绑，由此而让人的灵魂变得逼仄和不安，越来越让他觉得违背天性。尽管他一如既往地爱着蜜蜂，一如既往地一次次惊叹于它们大放异彩、精密绝伦的技术和社交能力，尽管他一如既往地满怀着喜悦，用养蜂人细致的手去触碰那精密的构造，为了不吓着这些小家伙，自然而然地让自己的动作顺应它们的活动，但是如今在爱中又对蜂群——市民阶层未雨绸缪、追求安稳、遵守纪律、积谷防饥的象征——掺杂了一种充满蔑视的惋惜，他觉得，包括所有的家畜，自然的东西渐渐变得不自然。他面对打交道的农民时也有类似的感觉，尽管他喜欢乡村的生活，但是农民贪婪的占有欲让他极为反感。他经常想，只有手艺人——他一直还把自己当作手艺人——真正摆脱了占有欲，只有手艺人——困于土地的农民不行，更不要提汲汲于利的城里人或者被流放在厂房里的工人——才能脱颖而出，摆脱束缚，率性而为，因为只有他，就像在继续上帝的工作一样，能用自己的双手创造出新的东西,并在第六日看着一切所造的都甚好,也因此只有手艺人能够吸收神性、赞美神性。

有时候他会想,上帝为了消灭工厂和商业才降下通货膨胀,意欲将它们连根拔除,这样一来世界就会摆脱金钱的统治,只剩手艺人和变得不再贪婪的农民,造物主会再次觉得一切甚好,从今往后,永永远远。他自然不会当真,但他喜欢这样遐想。

就这样,随着年事日高,他虽然没有变得更虔信,至少没有对教会更虔信,但是可能却越发亲近上帝。他像是开了眼,强大的造物主的世界在他的眼中越来越清晰。他在田野中漫游时,就会放歌。他不再唱以前和妻子合唱过的民歌,更不唱知名度高的咏叹调,以及人人都在传唱、连村姑都会的流行歌或是空洞的爵士乐,只有瞎子才会唱烂熟的歌曲。一个开了眼的人(他大概因为只是看而最终变成了盲人,但那才叫眼明心亮)歌唱澄明,歌唱人生不断更新的澄明,歌唱新鲜,因此他只唱给自己听。只有真正开了眼的人才会真正地歌唱。这位漫游者的歌曲中总是伴着蜜蜂的嗡嗡声,低音如野蜂的营营,高音如云雀娇柔的鸣啼,从来不是对这些声音的模仿,而是目之所及的蜂群、目之所及的云雀之巅,以及目之所及中隐而未现、转入声音的东西。这就是老人的歌,歌唱就是他本人,因为他歌唱他看到和曾经看到过的一切。

因为,人最终极的看见发生在不可见中:在不可见中,他被赋予了在死中、在据说已经死亡的物质中感受生的能力,一种感受式的看见。手艺人的手被感受式的看见引导着，赋予材料以活生生的形式，让它的生机展现在肉眼前。这是手艺人对造物主的模仿；艺术家对造物主的模仿同样如此，甚至还更为清晰，之所以更清晰，是因为艺术家可以更广泛地在无生命的物质中感受到隐藏的勃勃生机，而且这种感受以一种几乎不被人察觉的更强烈的方式席卷了他的整个存在，他的整个人。也正是因此，歌曲和音乐才可以超越，才可以、能够和必须再一次接纳已经看到的、已经被清楚展示的和预制而成的事物，从而可以为它褪去最后一丝残存的死气，把它谱写成最纯粹的生命、高不可闻的可见的歌曲。啊，人的眼睛，生之本身，造化的硕果，最成熟的生命！眼中的造物远离了造就自己、毫无生机，但又愿意孕育生命的尘土，眼中的造物贴近创造了自己的创世行为，在第六日觉得一切甚好，本身也被嘉奖了创造的天赋，并觉得所作甚好，眼睛被赋予了审判人类一切认识的职责，有权决定自己的创造行为，无论是数量，还是技术，它都是试金石；眼睛集聚了人性，这里栖居着人的本质，是人的安宁之所，因为人凭借眼睛的观察力变成了造物主。神圣的眼睛，却只是回声般的神圣！因为人的创造行为就如回声一般，只是形象地传递了自己感受到的生命；人知道要认识自己，通过眼睛觉得自己和自己的所为甚好，于是就自以为拥有了其实并不拥有的直接性；他的眼光变得傲慢，复归死气，丧失了感受生命的能力，他的行为变成了搜翻死物，成了错误的模仿，空洞的恶。对神的错误模仿，这种错误模仿的空洞和恶是艺术家面临的危险，不太是，在很长时间内不太是手艺人的危险，手艺人对生命的感觉仅限于双手所及；而一名艺术家越是接近造物主，就越要向着更微小的手工业领域回归，如此才能达成其最伟大的作品。

身材高大、唱着歌辗转各方、享受清风吹拂的他也知道这些。从前呢，从前只要管风琴声从教堂敞开的门飘出，他就会进去；如果他喜欢唱诗班合唱的圣歌，他也会放声大唱，否则他就默不作声。他还会注视圣坛上的画像，如果看中哪幅，就会在那幅杰作前伫立良久；他对拙劣之作不屑一顾。他去音乐厅、博物馆或是戏院，也是这种情形。就如同他对每一支绘图笔到底是上乘之作，还是工厂造出来牟利的蹩脚货，都了然于胸一样，他在艺术方面也能一眼便鉴别出优质真品和劣等赝品；农民虽然也能创造艺术，但缺少这种货真价实的鉴别力，甚至还表现出对舒适和庸俗的偏爱；商业化的城里人则需要一位专家来教他鉴别良品，但大多不怎么成功；而有些人的脑和手则具备手工业天然的觉察力，也只有他们几乎能立即发现艺术品的生命力，并且不假思索地为之欢呼雀跃。他从前就是这样；但是都过去了。他变得无动于衷，而且越来越无动于衷。再没有管风琴声能把他吸引进教堂，再没有类似的东西能吸引他倾听或者张望，是的，他甚至有意不去倾听或者张望，因为他察觉到了艺术的回声感，摒弃它中间人的角色；他不再需要任何中间人。把这一切从生活中剔除后,他变得贫乏,但也更富有。随着一天天越来越直接地靠近生活,他离死亡的知识也越来越近,而死亡只能最直接地被感知。因此他歌唱,只在自己一个人的时候歌唱,从来不在人前,也从不为任何人放声:其他人只能从生命之歌中听出间接的东西,而非最终的真相;他自己却能在自身的深处听到死亡的合唱,听到他不可以泄露的秘密。如果他具备把自己的歌用音符记录下来的能力,那他在年轻时或许会那么做,但是现在肯定不会。他一直都是个手艺人,他几乎不曾发觉,自己始终站在艺术家的门槛上;现在,他已经——他感觉到了这种成长——超越了这两者,而且由此也克服了手艺人的骄傲和艺术家的虚荣。他曾经骄傲于自己的绘图笔、分毫不差的小圆规,骄傲于自己的量角器和附有多个表格的计算尺;但他新的存在、新的知识却超越了这些,只剩顺天之道。他是一名云游教师,教人养蜂:蜂巢的构造和培育、运用人工和自然建造的蜂房、工蜂的传播、蜂后的选任、蜂群失踪后蜂巢的摘取、花园和田野植物对蜂蜜种类和品质的影响——这样就可以种植合适的植物,虽说不能完全避免,但至少可以限制蜂箱消失。为了传授这些经验,他挨家挨户地跑,与农民一起吃饭,放工后与他们一同坐到屋后的菩提树下,向他们讲述蜜蜂的冒险故事;他讲述工蜂的分布和奋斗,讲述它们对家园的保护,讲述婚飞[1]和雄峰被

1　蚂蚁、蜻蜓、蜜蜂等昆虫通过飞行来寻找配偶并完成交尾。

杀，讲述蜜蜂使用神秘的语言来向蜂群下达寻找好的蜜源的命令，从而让蜂群沿着最精准的方向，在最短的飞行距离之后到达；他讲述蜂群的牺牲精神和不惧死亡。孩子们称他为爷爷，蜜蜂爷爷。他让一只蜜蜂当着他们的面在自己手背上爬行，却并不蜇他。这就是他的职业，他从事的职业，这是他的日常，是他本人，是他想要的全部。但是对于那些孩子们，那些每当他背着一包的工具和家当出现在村子时，就向他跑去、跟在他屁股后面的孩子们，他却不只是一个蜜蜂杂耍人。孩子们惊叹不已，蜜蜂竟然不蜇他，同时他们也知道，再没有什么能伤害他。蜜蜂不会伤害他，世界伤害不了他，或许连死亡也对他无可奈何；他们预感到了这一点，清楚这一点。是的，连成年人都开始明白，尽管比孩子们开窍要晚，而且很可能是受了他们的感染。要不是老人不愿惹医生和兽医不快，明智地拒绝了为任何人和动物看病，那村里每个得病的牲口、每个染恙之人都会请他来救治，而且他很可能也会手到病除。因为疾病的威力汲取自死亡的势力范围，而他利用歌唱的力量熟悉了死亡并且变成了死亡的好邻居，他的身影、制服死亡的身影就从那儿延伸到了成人、孩童和牲畜的国度，所以他可以战胜疾病。他从外地而来，人们把他视作森林、河流、山丘的一部分，视作自然的一部分、死亡的一部分，他已经成了妙手回春的自然、妙手回春的死亡。很快就没人再问他来自何方；人们不敢问，害怕萦绕在他身上的远方。他自己也害怕这种遥远，他会提及自己昨天、前天落脚的地方，说自己从邻村来。

尽管如此，他无法向自己隐瞒这种遥远的存在；它折磨着他，只要一想到回家，就会觉得不舒服。漂泊在外的时间越来越长，城里的家已变得陌生，在那里歇脚的时间越来越短。或许，他害怕梅莉塔的不安；他把她当自己的孩子一样来爱，但她不是他的骨肉，而且现在逐渐长成了一个年轻姑娘。他或许更担心，自己的另类会让这个如此年轻、仍不稳定的生灵的人生轨迹同样也拐入歧路，无论如何他都要规避这种风险。在他短暂停留后重又上路时，她央求道，不要每次都匆匆离去，他笑答："老牛和小牛犊待不到一块儿去。"不等她反应过来，他在她脸上用力亲了两下后便推门而出。后来他连这样的告别仪式都省了，干脆不辞而别，过后再寄信来辞行。一旦出了城，他就如释重负；他已经不属于那里，不适合任何房屋宅舍：天气糟糕时也是如此，他只需到这个或那个村子，在这户或那户农民家里投宿；但凡过得去，他就睡在露天里，此时生与死融为一体，进入他的睡眠。每当黑夜或者一大早，他的灵魂再次惊叹着复苏，仰望高悬于上的苍穹，俯耳聆听安详的大地，这时他自己就变成了高悬的和安详的对整体的感受，变成了整体，这整体填充着世界，也被世界填充：身下的岩石和体内的骨骼与星辰冰冷的光芒合为一体，与其结合，与死物向生的意愿结合；与此同时，周围各种各样的生命，包括活生生的他自己，他鲜活的血肉、跳动的心脏和脉搏，都愿意回归死亡。生和死这两极的无限循环事实上就是直接性，是整体性的内部潮汐，是由生死无限转化生成的永恒的直接神圣性，是直接远方的神圣性，只要毫无保留地听命于它，就会被它接纳。他已然臣服，他的觉醒便是有关自己身处神圣远方的知识。

他曾是个手艺人，现在是一名云游教师。但是当他，白发白须的巨人，歌唱着云游四方时，远方就像一件神圣的袍子披在他的身上，蜜蜂不会伤害他，生活伤害不了他，连死亡也对他无可奈何。

V 女仆策琳的故事

城区各教堂的钟刚刚此起彼伏地敲了两下——其中较为清晰的,只有从缓坡上宫殿教堂里发出的巴洛克式组钟的响声。这是夏天的一个周日,晌午已过,越发无聊,可能比任何一个工作日都无聊。A躺在自己客厅的长沙发上,意识到:周日的无聊是一种气氛;熙熙攘攘的停滞传达给了空气,不想受此侵袭的人就必须用两倍或者三倍的工作来把周日填满。工作日时,再怎么无所事事,也不会听到教堂的钟声。

工作? A想到了自己在城里的商业区开设的办事处;在那里,他偶尔忙忙碌碌,但更多的时候只是无所事事,当然,他的思维一直都在绕着金钱和赚钱的机会打转。这让他气恼。他对赚钱的敏锐嗅觉有点可怕。当然,他讲究吃喝,喜欢舒适的生活。但是他不喜欢扮演这种角色的金钱,相反,赠予他人让他快乐。为什么这么容易就能把远超自己需要的钱积聚到自己身边？对他来说，正确稳妥的投资始终比赚钱艰难。他现在买地购房，支付的是贬值的马克，简直像不花钱一样。但是他感受不到快乐，反而像是在尽讨厌的义务。

　　早晨为了遮阳把百叶窗放了下来，尽管到了下午投下一片阴影，他还是懒得再拉上去。当然也没什么损失，房间暗一点会更凉爽，晚上再打开窗子就是。他总能化懒散为好事。他也不是真的懒散，就是畏惧做决定。他不能违拗命运，不，命运应该替他做决定，他听命，当然也不无一丝戒备。是的，有必要狡猾一些，因为这种决定机制为自己的操纵编制了一个奇怪的系统：它先是让他面临一种他一定要逃脱的危险，逃脱后就有金钱收益。他疯狂地害怕高中毕业考试，害怕被考官抓个现行——这种考官注定令人生畏，因为他们扯下了考生最后一块遮羞布，因此亲自清空了他的知识，就像他什么都没学过一样。这种对考试疯狂的恐惧让他十五年前逃去了非洲，一文不名——父亲对儿子的行为暴跳如雷，只肯支付旅费——在刚果上岸，畏惧做决定、身无分文，但是很快活，因为那里出人意料地没有考官，大概只有对命运的信仰：他那时变得相信命运；这是一种警觉的迷糊，正是因此，或许是因为警觉，或许是因为迷糊，他从此再也没缺过钱。园艺小工、服务员、店员……一开始他干了一堆这样的工作，只要没人询问他的才能和相关经验，他就能表现得令人满意；一旦有人询问，他就立即走人，当然每次口袋里的钱都会更多一些，因为殖民地那边就是这样，有很多干副业的机会，很快副业变成了主业。命运驱使他到了开普敦，到了金伯利，让他来到一家钻石辛迪加[1]，还成了合伙人；一切都是命运的安排，命运让他东奔西走，让他逃避不快，逃避在别处不得不忍受的问与答；他不记得自己曾经真正发挥过主观能动性，更多的时候是近乎懒惰的随波逐流，这种勤奋的懒惰，就是他对命运的信仰，他凭此创造了自己的命运。"懒散地消化生活，懒散地消化命运。"他内心有个声音在说，并且把他心满意足地带回了今天：虽然周日将尽，百叶窗紧关，但是会有个好结果的。

这时——或许是在犹疑的敲门声后——门开了一道缝，像鸟儿般探进来女仆策琳的脑袋：

"您在睡觉吗？"

"没有，没有……您进来就行。"

"她在睡觉。"

"谁？"愚蠢的反问。当然只能是男爵夫人。

皱纹上闪过一丝狡黠的、好似轻蔑的笑意："里面的那位……睡得很沉。"紧接着，一方面是要证明这个下午无人打扰，另一方面也是她的首个议题。"希尔德加德出门了……那个杂种。"

"什么？"

---

1 源于法语 Syndicat，"组合"之意，指人或企业的联合，是资本主义的一种垄断形式。辛迪加总部统一管理各成员企业的销售和采购事宜。

她现在整个人都进到了屋里，礼貌地保持着距离，但是膝盖痛风，所以一只手撑在五斗柜的边缘上。"她是男爵夫人与别的男人生的，"她披露道，"希尔德加德是个杂种。"

尽管他还想了解更多，但是又不能深入下去："听着，策琳，我只是这里的一名租客，这种事与我无关……我听都不能听。"

她摇着头俯视着他："但您想听……您在想什么？"

她审视的目光让他愤怒和不安。他的裤子没有拉好吗？他感到自己不幸被抓了现行，还不如跟她说，他在想自己的生意。但是凭什么她觉得有资格质问他？他没出声。

她感到了他的狼狈，没有退让："要是她爬进您的被窝，那就关您的事了。"

"说说看，策琳，您究竟想干什么？"

她不为所动："她总是往外跑，要是她真有个情人和她睡觉，倒也正常；那她就是个真正的女人……可她就是假装，没人像她这样……她假装自己是个真正的女人，秘密地去与情人私会，而且总是编造一些拙劣的谎言，她就这点能耐……是这样，恰恰因为每个人都知道做礼拜的确切时间，每个人都必定而且应该一目了然，所以她就假装愚笨，拿着祈祷书假装去教堂……她满嘴虚假的谎言。也就是双重的谎言，背后隐藏着龌龊……她拿着祈祷书跑到别的床上去干了什么，我根本不想知道，但我会搞清楚的……什么我都会搞清楚。"

她等了一会儿，见 A 没有接话，反而闭上双眼以示拒绝，于是往前走了几步，一只手继续撑在五斗柜的边缘，另一只手有点僵硬地举着："什么我都会搞清楚,我已经搞清楚老……男爵夫人当年怎么生下的这个孩子……我几乎没花多长时间。虽然离现在已经很远了，三十多年了，但我那时候也不那么年轻、不那么傻了。当年，哎，当年我还在将军夫人身边，将军夫人是男爵夫人虔诚的母亲。那房子真好啊。我是将军夫人的贴身侍女，我下头还有一个副手，那时候我们还有一个厨娘和一个厨房帮工。将军大人还在世的时候，家里的粗活由他的小厮来干，小厮还帮忙上菜。但是那时候大人已经去世，在一个美丽的日子，当时是二月，我还记得，就像昨天一样，湿漉漉的雪粘在窗玻璃上，将军夫人摇铃唤我，我上了楼，她说'策琳'，她对我说，'策琳，你知道，我们只能压缩开支，但我又不想完全失去你'……是的，是的，她就是这么说的……'你愿意去我女儿家吗？她怀孕了，我更愿意让你，而不是一个陌生的保姆陪着我的外孙'。是的，她就是这么对我说的，我也顺从地去了。尽管心情沉重。那时候我已经老大不小了，天知道我多想拥有、照顾我自己的孩子。但是一旦成了女仆，就必须把这些想法抛到脑后；入了女仆这一行，就意味着放弃，孩子对她来说就是应该害怕的不幸事件。真为我自己可惜，我生上一打也不成问题。我刚到将军夫人身边的时候，非常年轻……"——她用胳膊做了个满不在乎的动作，大概暗示着欢呼的意味，但是显得有些像戈雅[1]笔下的人物——"……您真得看看那时候的我。我身上什么都是圆的，乳房坚挺，谁都想抓一把。甚至连男爵先生，那时候他还不是法院院长，只是地方的一个法院审判员，也把持不住。您觉得，他当时什么都没做，是因为他是个年轻的丈夫，那么做不得体？才不是呢，不是这么回事。他属于那种克服了肉欲的人，为了自己的灵魂绝不恋慕任何女人。他很有可能，"——大拇指指了指身后的门——"从来也没恋慕过那位。唉，她也没想过让他开心。我吧，我原本倒是能给他点乐子，但我不愿意，尽管他是个漂亮人儿；那样会损害他的灵魂。为此我就和他的小厮调情，而且，哪次都算快活，但也不尽兴。差不多从来没上过床，都只是穿着衣服，当东家去了剧院，就在黑乎乎的屋子里，在大厅赶紧搞一下。对于一个来城里谋生的姑娘来说，就是这样。小厮们在老家的村里有自己喜欢的姑娘，可能和我在一起更快活，我可能比他们村里的姑娘更漂亮，但是没用；等待的人有更充分的权利。就这么回事。青春年华，"——显然引用了别人的话——"一去不复返。我服侍了将军夫人十二年多，然后是这位，"——又用大拇指指了指身后——"怀孕的不是我。我可比她像样多了。她赢了。我答应去伺候她和她的野种。"

她顿了顿，长叹了口气。她没有怎么理会已经坐起身来的听众，继续说道：

---

[1] Francisco José de Goya y Lucientes（1746—1828），西班牙画家。

"后来那个孩子，希尔德加德，就来到了世上，那时男爵先生差不多都五十了，刚刚当上法院院长。或许他不愿意我来这个家，因为他大概和我一样，都还记得他曾经抓过我的胸；这种事不管多久都不会忘的。现在呢，我穿得再好，看上去再像样，他也瞧都不瞧一眼。他已经成了他注定要成为的那种人，那种不渴慕任何女人的男人。就算他当时是雄风不再，但有很多人，因为不能才特别想要。而他的不能是源自不愿，因此他变得越来越漂亮。要是希尔德加德是他的种，她一定是个漂亮的女人。"

现在 A 不得不反驳了："她就是个漂亮的女人，我第一次在餐厅看到院长的画像时，就觉得他们俩很像。"

策琳扑哧笑了："我，是我把她变得像他。我一次次把这个孩子带到那张画像前，让她学习画中人的眼神……都在眼神里。"

无论如何都出人意料。A 沉思着："伴随着眼神，她想必也获得了他的灵魂。"

"我正是这么打算的，虽说，是否完全如此……况且她还是个女人，流着另一个人的血。"

"另一个人是谁？"他脱口而出，并非单纯的好奇，他实在是不由自主。

"另一个人？"——策琳微笑着——，"嗯，另一个人，他时不时地到将军夫人府上喝茶，一开始我根本没有注意到，男爵夫人也几乎总是在场，而且她的丈夫并不同来。但是我立马注意到了另一个人，朱纳先生，他同样非常漂亮；他留着赤褐色的山羊胡，赤褐色的鬓发，皮肤像深色的海泡石[1]，手搭在腰上，就像要起舞一样。不得不承认她的本事，她真会挑人。只不过，要是好好观察，会发现在他漂亮的山羊胡，甚至在他漂亮的嘴巴背后，显现出丑陋的面容，雄风不再却欲求不满，荒淫好色，就是他的弱点。这样一个人很容易到手，要是我喜欢他，我就会……"她的手指做了个动作，像是在弹去一只虱子——"在第一天轻轻松松把他搞到手。将军夫人说，他常年旅居在外，用她的话说，从事外交事务，是个外交官。他住在那边森林里的老狩猎屋，"——她的胳膊指向遥远的某处——"但不是为了狩猎，而是为了自己身边的那些女人。当然人们更多的只是私下谣传，没有人知道真实情况；他无所不用其极，就是为了让人们对他的神出鬼没和众多女人好奇。我也好奇。从给他照料房子的守林人老婆那里，我什么都没打探到。她的嘴很严，要是他偏偏放过了这个婆娘，那我才奇怪呢，她长得真还行。这就是他的生活，那个孩子从一开始就长得像他。他们会怎么让他看到那个孩子呢？我很好奇。还别说，她的主意可真妙。小外孙女两个月的时候得去拜见外祖母。对，就这样。于是我们去了将军夫人府上，孩子在客房睡觉，十匹马也别想把我拉出去，因为我知道，他肯定会装作偶然地出现。我也详尽地想象了她会怎样

---

[1] 制造烟嘴、烟斗等的材料。

吐露秘密。我根本不需要等多久,看到她准时地把他带进来,我简直要笑出来;当他,孩子的爸爸,俯身向着小床,而她隐藏不住自己的感动,去握他的手时,我更要强忍住我的笑。这是实实在在的感动,然而也是虚假的感动。他自然更狡猾,注意到了我在观察他们,出门时他抛给我一个眼神,就好像这样就能摆脱他的父亲身份一样,告诉我,适合他的人是我,而不是她。我也没闲着,告诉他我明白。"

她当时抛过去的微笑又神奇地回到了她的脸上,就像那个微笑的回声,衰老得皱巴巴、衰老得干巴巴的回声,而恰恰由于那个微笑的枯萎,现在才有种永恒的东西在闪烁,一个永远不会磨灭的回复:

"我让他感觉到了这一点;我自己也感觉到了,它如何进入他的内心,夺走他的安宁,只要不能和我上床,他就无法安宁。正合我意。我也中了这个邪,虽然不是我们俩任何一个的本意。人都贱。不光来自农村的穷女仆贱,每个人都贱;只有圣人拥有智慧和力量,不需要下贱。但是要享受肉欲,就算它如此下贱,就需要力量,最讨厌的是那些纯粹出于软弱和无能而否认自己下贱的人。他们想高贵起来,却更加下贱,那些眼馋心痒的人,巧妙的撒谎精,软弱的撒谎精,他们所有人都想用灵魂的噪声盖过肉欲,因为肉欲对他们来说显得灵魂不够高雅,更因为他们对肉欲一无所知,以为用噪声就可以把它引出来并阻止它。他们想用灵魂骗得肉欲,同时再压制它。男爵夫人呢? 白天从不大声说一句话,但我打赌,夜里只有灵魂的噪声。当然也怪不得她，她从来都不是个真正的女人，她从来也没学会男爵先生拥有的那种严肃的圣洁。这样一来，她理所当然就着了别人的道，着了淫徒的道。孩子是他俩在最后一次去温泉旅游时有的，日子分毫不差。那么,她为什么不和他私奔呢？为什么她不跑到他的狩猎屋去？才不会呢。她的欲望太小，恐惧太大，她太软弱太虚伪。那还不如建议她躺到人来人往的市集广场上呢。但就算是这样，我也愿意帮她，这么说吧，牺牲我自己的乐子，忍着我的嫉妒去帮她，但她就是块榆木疙瘩。最后，当院长先生有一次去了柏林时，我干脆打开天窗说亮话：'男爵夫人有时候也该邀请一下客人。'她愚蠢地回答：'客人？谁？'我随意地答道：'喏，比如说，朱纳先生。'这时她怀疑地看着我说道：'啊不，不能请他。'那就算了吧，我想。可还是说到了她的心里，几天后她邀请了他来吃晚饭。那时候我们还住在漂亮的别墅里，客厅和餐厅都在一楼；不像这里家具堆得满满当当，一不小心就磕一下，活儿永远做不完，希尔德加德也不知道搭把手。也就是说，那可真是个像样的餐厅，男爵夫人和他坐在那里，两人隔得老远；我上菜，没理他的目光，过后我就告退回屋。我的房间在顶层，比现在我在这里的房间当然也要漂亮得多。过了一会儿，我悄悄地溜了下来，想看看事情进展到了什么程度，还是老样子，两人就那么安安静静地坐着，这次是坐在客厅里；他那双漂亮多情的眼睛无聊地瞪着，她起身为他添咖啡时，他都没趁机去触碰甚或抚摸她的手。她失去了他，我当时在心里想：如果在床上只谈论爱情，而不用两条腿敲响肉体的欢乐，那也很糟。已经无可救药了，我很为他们两个遗憾；尤其是他，因为他们俩毕竟因为孩子彼此牵绊。当然，从更深层来讲，我很高兴，就到屋前花园的树丛中去等他。他一从房里出来，我们俩就立即一言不发地像闪电一样冲向对方，亲到了一起。我用我的嘴唇、我的牙齿和我的舌头猛烈地钩住他的嘴巴，简直要喘不上气来，但是我最后拒绝了他。我不明白，自己为什么没有干脆和他滚到草丛中；更不明白，当他沙哑地要求我带他上楼去我的房间时，我为什么没有同意，而是回了他一句'到狩猎屋'；他眼睛里的惊骇就像动物的疯狂的惊惧，我明白了，有个女人被他晾在那里，我的要求不可能实现。这时我恍然大悟，我的拒绝就是因为这个不可能，就是要打破这个不可能，对狩猎屋冷酷无情的好奇比我的情欲还要让我心痒难耐，但它又是情欲的一部分，这种苦涩和心酸。"

直到今天她仍激动得难以自持，于是她坐了下来，胳膊肘撑在桌子上，两手托着头，沉默了片刻。当她再次开始讲述时，她的声音已经完全变了；是轻声低语，是耳语般地吟唱赞美诗，就像另一个人在代替她说话：

"人都下贱，人的回忆里全是漏洞，没法修补。人们永远忘记的东西中，有多少必须去做，从而让做过的事情承载起人们永远记住的那少数几件事情。每个人都记不住自己的日常生活。我的日常就是我掸去灰尘的众多家具，一天又一天，必须洗刷的大量碗碟，我和每个人一样天天坐下来吃饭，但是就像每个人一样，我只是知道而不是记住自己天天在做这些，就好像这一切发生时没有天气状况伴随，既不好也不糟。就连我享受过的情欲，也变成了一个既无风雨也无晴的宇宙，尽管我对活生生的过去仍心存感激，但是曾经对我来说意味着情欲甚至是爱的那些人的名字和容貌都渐渐消失了，消失得越来越多，消失在玻璃般空洞无物的感激中。空洞的玻璃，空虚的玻璃。但是如果没有空洞和遗忘，难以忘怀的记忆就不会生长。被遗忘的事物两手空空地承载着难以忘怀的记忆，难以忘怀的记忆又承载着我们。我们用遗忘来喂养时间，喂养死亡，但是难以忘怀的记忆是死亡送给我们的礼物，在我们收到礼物的那一刻，我们虽然还在我们当下站立的地方，但是我们同时也在世界坠向黑暗的地方。因为难以忘怀的记忆是一段未来，是提前赠予我们的一段永恒，承载着我们，让我们坠入黑暗时更加平缓，就像悬浮一般。发生在我和朱纳先生之间的所有事情，就是死亡送的这么一件黑暗平缓而又永恒的礼物，它被全部的回忆承载着，有朝一日会轻柔地载着我下坠。每个人都会说，这就是爱，至死不渝的爱。不，与爱无关，与灵魂的噪声更无关。很多事情会变得无法忘怀，伴随着承载我们，承载着伴随我们，但不是爱，也变不成爱。无法忘怀的是成熟的时刻，由众多先行类似的时刻产生，被它们托举着，我们在成熟那一刻感觉到，我们塑造着，也被塑造，被塑造完成。将此与爱混淆是危险的。"

这就是 A 听到的，但他不确定策琳真的这样说过。很多老人有时会突然像吟唱赞美诗一样言语不清，这时候听的人很容易加进去一些自己的想象，尤其是在这样炎热的一个夏日的星期天午后，百叶窗还关着。A 想弄明白，他想等等，看看那种吟唱是否还会重新开始，但是策琳又恢复了她惯常的老太婆的说话方式：

"显而易见，在深夜花园的灌木丛中，他原本可以霸王硬上弓。要是他那么做了，事后我可能就会忘掉他，就像忘掉别人那样。但是他没有。软弱的人大多数时候也爱算计，也不知道他是因为软弱还是算计，无所谓了，他就这么被我打发走了；但他一走，把我逼疯了。在疯狂的等待中，他前脚刚走，我还没平复下来，就差点要写信告诉他赶紧回来，去我的房间，进入我的身体；我竟然没写，简直是个奇迹。不管怎么说，是一个好的奇迹。因为这周还没结束，他的信就来了。我忍不住笑了起来。他用粗体大写字母把地址写在了一个商务信封上，这样男爵夫人就不会发现，他也在和我通信。信里写着，他明晚会在电车的终点站附近等我，开着狩猎用的马车带我去兜风。尽管楼下的男爵夫人可能也收到了他的信，但我仍觉得打败了她。虽然他在给我的信中没有提到狩猎屋，也就是说那个下贱女人还在那里，但我第二天还是恰恰因此去赴了约。我一爬上驾驶台，就直截了当地把这些话都说了出来；他没有回答，就相当于默认了，我吻了他，命令他：'开车吧，随便去哪儿，就是不去狩猎屋，遗憾。'这时他说：'下次去狩猎屋。'我就问，这算不算承诺，他说'是'。'你真的会让她走吗？'我问。他又回答'是'。为了万无一失，我问，她的手指甲是不是修过。'是，'他很奇怪，'为什么这么问？'这时我摘下自己的手套，把我两只通红的手放在我们膝盖上方漂亮的沙土色毛毯上，我说'洗衣妇的手'。他低头看着我的手，让人看不出是不是受了触动，只是说：'每个男人都需要一只善良强大的手，来为他洗清罪责。'然后拿起我的手亲起来，但是只亲手腕，没亲通红的地方，这时我才知道自己有多伤心，我只能说'开车'，要不然我会放声大哭。于是我们行驶在狭窄的路上，穿过丰收的田野。我望向田野，望着两条灰扑扑的车辙之间那条狭窄的绿茵带，我们的马不停地在地里留下新的马蹄印，不时地再拉上一泡屎。和我老家的村子没什么两样。只不过他套的是一匹黑马，我不喜欢；黑马不是农民耕犁的马，人骑着它驶向黑暗。但是当我向他这样说时，他笑了，说'你就是我的田野和我的黑暗'，我觉得很受用，就紧紧地贴在他的身旁。直到今天，我这个年龄，还能感觉到当时心中升起的热切的愿望，想要个孩子的愿望，他原本可以让我怀一个孩子的，一个又一个，很多孩子。不要说我爱过他。我想接纳他，但不是爱；他阴暗，陌生，不是个好人。到达凉飕飕的森林边缘时，已经可以感受到深夜来临，尽管夜还隐蔽地挂在树与树之间，我没有向我的欲望屈服。他停了车，但我没有下去，为了让我们两人都痛苦，我提醒他说，他的孩子还在等我，我不能再耽搁了。'胡说！'他喊道。但我不是胡说，我毫不留情地继续折磨他：'要是能让我怀上我自己的孩子，我就不需要那个了。'他相当无助地呆望着我，眼睛里又满是惊骇，这次大概是因为他想，自己被第三个女人缠上了，一个新的、有着新的要求的女人，尽管一个女仆没资格提要求。为了让女仆和朱纳先生平起平坐，而且因为他的欲望激烈地与恐惧发生着冲突，我十分炽热地吻了他，就像在与他诀别。接着他顺从沉默地把我拉回到有轨电车站；我们约定，他的下一封信会约我去狩猎屋，虽然我热烈地渴望着，但从来不相信会成真。"

显然到了该停顿一下吊人胃口的节点。趁这个空，她用舌头舔了舔疲惫的嘴唇，继续说道：

"由于我对那封信从来没抱任何希望，因此当想到男爵夫人可以收到他的信时，我加倍地恼怒；她不向往狩猎屋，反而把那里当作恐怖的地方。由嫉妒生发的恼怒让我下决心把那些信搞到手。当然了，那都是些留邮局待领的信，但我一定可以找到那个带暗号的信封。咳，我就天天翻男爵夫人的废纸篓，三下五除二就找到了暗号。战战兢兢，对；但是小心谨慎，算不上。在窗口取信时都不需要证件。一眼就能看透，他们把男爵夫人的闺名埃尔维尔化用为伊尔维尔；这就是暗号。接下来我只要去买东西或是推着婴儿车出门，就会去邮局，我把大部分的信都取了来，小心翼翼地用水蒸气熏开信封，读完重新贴上邮票扔到邮筒里。我扣下了几封。

但是拿这些破烂算不上偷窃。真是些破烂啊！灵魂的噪声！埃尔维尔女王成了精灵女王，满纸的神圣、贞洁的母亲，精灵婴儿和神的孩子；我在给她换尿布的时候，小精灵、神的孩子就在我身边号叫！最烦人的是对狩猎屋里那个女人喋喋不休的抱怨。这部分我都背过了，其中最混乱不堪的我也偷了出来。那个女人是'甩不掉的包袱''命运的重担'，一个'不肯让位'的人，一个'拿我不可饶恕的弱点勒索我的女人'，然后他威胁道,他'会找到彻底清除这个祸害的手段'；是的，他就是这样写的，最后他祝愿道,'你，我的爱人，也能和你的暴君丈夫分道扬镳'。当然里面有他的企图。他带着灵魂的噪声履行着对男爵夫人这种人的责任，同时又和她保持距离；对于狩猎屋里的那个女人，他恨不能把她送到爪哇国去，尤其是因为她的存在而不能和我睡觉，这一点我非常相信。尽管如此,我还是觉得恶心。得了便宜还卖乖。是的,我,一个村姑，从来没学过这一套，我打心眼儿里为那位有教养的先生的虚伪感到羞耻，让我感到更加羞耻的是，这就是我满心渴望的男人。我甚至有点高兴，自己不配让他去写这种谎话连篇的信，我也从来没收到过。但是他来信了，突然就来信了，只有两行，问我什么时候愿意去狩猎屋相会。天知道，我是多么兴高采烈。他说话算话。在我这几周读了他那些龌龊肮脏的信后，我觉得他能兑现承诺尤其重要；我希望他能让我尊重，不要再让我失望，所以我按捺住自己急不可待的心情，逼着自己又拖了三天。因为我还想截住他写给男爵夫人的下一封信。要是他在信里大放厥词，说是为了她才把狩猎屋里的女人赶走，那我就永远不会再见他。我颤抖着在窗口取了信，颤抖着把它打开，差点没把信掉到沸水里，信里真的没提那个女人被送走的事……我不懂。最后我相信了这是事实，就飞跑到男爵夫人那里，告假返乡。我要求四周的假期，她只准了三周。"

突然她从往事中回过神来，意识到自己身处何地。她伸手使劲去抚平自己面前桌子上的花瓶下铺着的提花桌布，就好像那里藏着一个褶皱，她要施魔法让它现身，这样她无意义的行为才能变得有意义。但是她没有完全摆脱往事的迷梦："它伴着我走过了这么多年，一年年过去了，它留了下来，尽管我已经讲述过上千遍，我还是摆脱不了它。"A打算对此说点什么，但她被逗乐了，打了个手势表示拒绝："我真的想摆脱吗？"然后又开始说了起来：

"你可能不相信，我很怜悯男爵夫人。很早之前就开始了，当我在卧室门旁偷听，什么动静也听不到时，我就开始怜悯她了，虽然我也很高兴，严肃的男爵先生不愿意有床笫之欢，她亏欠自己，也亏欠他，我感到可怜和下流，让我心生怜悯。当我读到朱纳先生满纸谎言的信时，——他不得不给她写信，而且只能写成这样，这让我痛苦——恰恰因为她知道的比我少，恰恰因为她的回信肯定是更为丑陋的谎言，我的怜悯就更强烈了。我现在都想读读她的回信。我难道不比她更富有吗？"

她得意扬扬地看着Ａ。Ａ明白，她在讲述自己人生中最大的胜利。但是他同样也明白，朱纳先生的信并不全然像策琳描述的那样谎话连篇。因为摆布着朱纳先生的情欲，其魔力中最好的部分便是情欲实现过程中沉重的严肃和无法作假的诚实，但是另一方面它也包含着所有魔力都拥有的自我掩盖的罪责感，因此，陷于情欲的人虽然有理由被没有情欲的女人的虚假吓到，但是她欲望的匮乏，——尤其是当这种不完美转变为母亲的身份，就像某种他的理解力无法企及的更加光明的东西一样——，对他来说就会变成更加神秘、充满魔力、像精灵一样的东西，他的凡俗必须为其服务。每个男人都有这样一种预感，不只是好色之徒，这是Ａ对朱纳先生的理解和认同。他不怀疑策琳的叙述，但是他还是觉得男爵夫人的形象周围有一圈光环。不管怎样，捷报继续：

"他遵守了诺言，我觉得自己很富有，尽管我出门时只带了一个女仆用的小箱子；我原本早上就能出发，但是我想夜里到达，所以我出门时天已经相当黑了。他还是驾着黑马在电车终点站等我。我们俩都很严肃。富有让人严肃。我是因为觉得富有才严肃，我希望他也是。当然了，谁知道让别人严肃的是什么。出于对他的不信任，我爬上驾驶台时对他说，我只有十天的假期。要是进展得好，我心想，我就承认还有十天，要是上帝垂怜，我这一辈子都给他。但是他一开始默不作声、一本正经，对短短十天没有表现出任何惋惜，于是我很快就吞下了自己的失望。'绕个路兜一圈。'我求他。就这样，我们慢慢地驶进森林，驶上山坡；这是一条伐木用的路，天已经变得漆黑凉爽，他没有碰我，我也没有碰他。山顶上还有点蒙蒙亮，有那么一会儿还能辨别出林中空地种着的风铃草，很快就只剩天空有点亮色，还有天上最先升起的几颗星星。林中空地边缘处的木头堆很快也消失在了黑暗中，只留下了它们的气味，就像被蟋蟀的叫声拘住了一样。因为无论那里有什么，不管是蟋蟀的叫声、风铃草，还是星星，一个承载着另一个，但是相互并不触碰。我们把马车停在空地中央，我记住了那里的一切，而且将永远记得，因为它们承载着我，而且永远都会承载着我。那里的一切都成了我们欲望的一部分，他的欲望钩在我的欲望上，我的钩在他的上，他的手没有触碰我的,我的也没有触碰他的。这时我说了声'回家'。下山时天更黑了。黑马小心翼翼地抬落着蹄子，要是踩到一块岩石，就会擦出火花。缰绳被紧紧地拉着，轮子磨着地面，不时发出生硬的嘎扎嘎扎声，偶尔会有一根树枝带着潮湿的叶子打在我的脸上；我什么都不会忘记。他突然松了闸，我们来到了平地上，停在一所房子前，屋里一盏灯都没开；漆黑的房子立在漆黑的夜里。但是在我的内心，富有的强光点燃了。他扶我下车，然后把马车牵到马厩；要不是听到了马蹄落到马厩地板上的声音，我还以为他再也不会回到我身边了;那里真黑啊。我们在房里没有开灯。由于郑重其事，我们也一句话都没说。"

她的声音激动得沙哑起来，又听到了她吟唱赞美诗一般的语调：

"他是最好的情人，没人能比得上他。就像一个小心摸索自己道路的人一样，他寻找着我的兴奋点。他急切地想要我；急切像寒热病一样让他颤抖，但并没有将他制服，他也没有要制服我，而是等待着我到达深渊，在那里一泻千里。如果说托举着我的是一股洪流，那他感觉并偷听到了这股洪流。我赤身裸体，他使我更加赤裸，就好像连赤裸都有衣服能被剥掉。因为羞耻就像一件外套。他小心翼翼地脱下了我残存的羞耻，连他隐藏最深的孤独似乎也会找到伴侣。他像一个医生一样小心周到地对待我，也像老师一样启发了我的情欲；他指导着我的身体，提出愿望、发出命令，粗野的、温柔的，因为情欲有多种色泽，每一种都理直气壮。他既是医生也是老师，同时还是我情欲的仆人。因为他把我的情欲视为自己的情欲，如果我兴奋得大喊，那这就是鼓励他继续加把劲而需要的褒奖，是他的欲望需要的褒奖。他因为软弱而强大有力。我们越来越激动，我们成了唯一的存在。那些日日夜夜，我们作为唯一的存在共同站在深渊的边缘。但是我知道，这样很糟。因为女人是为男人的情欲服务的，而不是反过来；还不如那些小厮们，他们从来不问我的感受，一把就把我推倒，来满足自己的淫欲。是的，就连他们所说的喜欢都更真诚，而我粗野赤裸地喊出自己的需求，他才会这么说；我的话越粗野，他的爱就越真实。我因此大概弄明白了，为什么女人都迷恋他，不愿离开他，但是我也清楚，自己不是她们，我越是想要他，我就越得离开。"

"我很聪明。"她朝自己和她的听众点点头，但是没有等他附和，就又径自讲述起来：

"我一直没有见到守林人的老婆。不过要是我愿意，我的睡眠可以很轻；她早上五点来打扫卫生，还给我把一天的食材都放到厨房的桌上。她做的别的事儿我觉得烦，比如我们一出门去散步，她就会到房子里来；恰恰因为我自己清理卧室，她再来收拾一遍才让我觉得格外扎眼。他是怎么通知她的？配合得太默契了，都是太多女人来访训练出来的，这么下去，每个女人都得变成间谍。对我来说不算难事。那是幢老房子，家具也很旧；不管是橱柜还是书桌，锁都摇摇晃晃，毫不费劲就能打开。另外，每个这样毫无保留地掏空自己的男人，睡得都很沉。我也就越发地不怜惜他。他的脸在睡梦中没了淫荡，漂亮而且没有瑕疵，这时我经常会坐在床边，长时间地凝望着这张脸，这时我真不愿意再离开他。过后我才去做间谍工作。这种窥视让人悲伤又恼怒。上个女人把自己所有的衣服留在衣橱里，来表明这是她永久的地盘；我肯定，当那个女人再次命令他去满足自己的情欲时，他对她的所有怒火并不会阻止他，或许反而会刺激他，去顺从她的意志。我之前有多么好奇男爵夫人的来信，现在就有多么反胃。她的信和其他女人的来信杂乱地躺在抽屉里，而且他也不会再惦念这些信，所以我就随手拿了几封。稍等，我给你读一封。"

她从长罩衣的口袋里翻出了眼镜和几封皱皱巴巴的信,攥着它们走到窗户边:

"好好听着,这样你就会见识到,人们都是用多么无用空洞的灵魂噪声来填塞他们空虚的生活和他们空虚的无聊;听听,她有多贫乏,男爵夫人。听听,贫乏、空虚的恶意是副什么样子;好好听听!"

> 我甜蜜的爱人,尽管你身在远方,但我们的关系却日益丰富。从我们的小宝宝身上,时时都可以感觉到你的存在,她是你给我的信物,保证我们永远在一起,就像你来信所述,或早或晚,我们总归会在一起的。要满怀信心。上天对相爱之人心怀善意,它会帮你摆脱那个死抓住你不放的邪恶的女人。真希望,啊,真希望我同样也能从我的婚姻中解脱出来!虽说我的丈夫其实是个非常高贵的人,但他从来没注意到我受伤的心。向他坦白虽然痛苦,但我会鼓起勇气;你对我的爱,我对你的爱,一直伴随着我,使我对未来充满信心。满怀着这种确信亲吻你可爱美丽的双眼。
>
> 你的精灵 埃尔维尔

"听到了吗?她就这样大加指责,这个空虚的臭娘们儿,他就这么忍受着,很可能怀着怒火和反感,但还是忍受着。我真是恨他。但他为什么要忍受?只因为他这个人过于看重女人，同时又过于看低女人，因此就不得不用自己的躯体去服务女人，而自己的灵魂却不给予女人尊重。他不会爱，他只会服务；对他遇到的每个女人，他服务的只是不存在的那个，而如果这个女人真的存在，他可能会爱她，这就是说，奴役他的无非是个恶灵。我早就知道，我无法把他从这个地狱中拯救出来，我必须逃离，所以温柔驱散了仇恨，我回到床上，用胳膊和双腿夹住了他，因为恨而毫不留情，因为温柔而毫不留情，但或许也是想让自己精疲力竭，这样马上到来的离别对我们两人来说都会更轻松一些。虽然如此，我在十天后还是问他，我是不是还能再留几天，我可以调整。我话音未落，他眼里又闪现出惊骇，就像前几天在花园里那样，他吞吞吐吐：'最好过一阵，几周以后，等我旅行回来。'撒谎，我粗暴地朝他喊道：'别想在这里再见到我，除非把别的女人的衣服都清理出去！'这时他第一次变得像个男人，但多少也是出于怯懦；他把我扔了过去，不理会我是什么感受，就要了我，如此野蛮，我只能像上次在花园里那样去吻他。自然没什么用，怨恨还在。晚上我们沉默地乘坐着马车到了山下的电车站，我的女仆箱放在车后。"

故事这是结束了吗？不，像是刚刚才开始，因为策琳的声音变得非常坚定和清晰：

"或许，只有我在怨恨。或许，我永不回来的威胁触动了他，因为他感觉到，那不是灵魂的噪声。或许，他现在真的打算摆脱很可能次日就回来穿那些衣服、把厨房里为我预备的食材加热食用的那个人。总而言之，几周后整个城市一片哗然，因为朱纳先生神秘的情妇突然在狩猎屋中身亡。不错，这种事经常发生，但还是立马有人谣传，是他毒死了她。制造了这些谣言的当然不是我，我庆幸自己早就已经从这场游戏中抽身，而且我既没有提起过那些信，也没有提起过狩猎屋中他那么多让我觉得可疑的瓶瓶罐罐。但是闲言碎语所到之处，很容易让人添油加醋，动动嘴皮子就能以讹传讹。我当然得把这个像野火一样的消息告诉男爵夫人。她的脸变得雪一样白，只说了一句'不可能'；我耸了耸肩，回了她一句'什么都可能'。希尔德加德身上流着杀人犯的血，这让我产生了某种猛烈疯狂的感觉。越来越多的人开始谈论，必须把朱纳先生带到陪审团前，而他也确实在几天后被捕。我越是思考整件事，就越肯定他是杀人凶手；是的，我今天甚至比当年还要肯定。他是为了我才那样做，所以我虽然怨恨，但也不想看着他上断头台；当我听说对他的指控不足以令他入狱时，我很高兴。这时大家已经知道，死的那个女人是慕尼黑的女演员，重度吗啡上瘾，靠着注射吗啡和大剂量的安眠药苟延残喘；这样的身体很容易垮掉，就算服用了过量的安眠药，也可能是意外，或者是自杀，几乎无法证明是谋杀。但那些信倒是可怕的罪证，而信被我偷走了。他可真走运！男爵夫人真走运！我一度觉得自己的行为特别伟大，但我突然想到，他其实根本不需要我这么做，他很可能在被捕前已经烧掉了所有的信件，而发现这几封最危险的信件丢失，一定会让他大伤脑筋。我曾经如此清晰地看到过他眼中的惊骇，现在这种惊骇也攫住了我。这时我做了先前就该做的事，我取出了那些信，恰好他两名辩护人中的一位从柏林回来，我就把它们带给了他，希望他们能帮他摆脱痛苦和不安。他们提出给我一大笔钱，被我拒绝了；因为我做起了白日梦。我幻想着，他被无罪释放后出于感激立马娶了我，天知道，这对他的虚荣会是个多大的打击，对不得不为自己的女仆送上祝福的男爵夫人更是个不幸的打击。正是因此，我把最有嫌疑的几封信保留了下来。反正也没有人能检查信件是不是齐全，朱纳先生本人尤其检查不了。我交出去的那些，足以平息他恐惧的痛苦。另外一些我要结婚后用；要是打算结婚，一定要留点后手，婚后也会用得上。"

"太好了，您救了朱纳先生，"A插话道，"但是您不该老这么冷酷地对待可怜的男爵夫人。"策琳不喜欢被打断。"马上就是关键了。"她拒绝道。她是对的。因为随着她的叙述变成抱怨、控诉和自责，她的叙述已经不单单是讲故事：

"结婚的白日梦就已经很卑劣了，但我这样自我欺骗，就是为了逃避更大的卑劣，那些信也被我拿来实现这个目的。我很迷茫，但我没有意识到这一点。谁让我这么迷茫？是让我刻骨铭心，我却并不爱的朱纳先生？是给他生下野种的男爵夫人？还是法院院长先生？因为我受不了他这么圣洁的人却被戴了绿帽子，而他愚蠢、盲目并且对此一无所知。我早该向他揭发，更过分的是，现在又有传言，院长先生将亲自接手朱纳先生的案件，这时我更加迷茫。他该亲口宣判那个偷偷溜进他的家中，让他的妻子生下野种的人无罪吗？我受不了，我受不了自己的知情不报；就像一名共犯，比共犯更糟的就是卑劣。我想一吐为快的不是我的知情，不是共犯，而是卑劣，这样我才能在迷茫中找到自己。我必须更加卑劣，这样在日光下我才会重新变成一个整体，连同我全部的卑劣。但是深不可测。我鬼使神差地把手里所有的信，他写的，男爵夫人写给他的，其中提到谋杀字眼的信件，冷不丁地捆扎在一起，匿名寄给了院长先生，地址用的是大写的印刷体字母。我必须这样做，我这样做的时候考虑得清清楚楚；实际上这些信是打算寄给检察官的，这样院长先生就得因为男爵夫人的丑闻而离职，而朱纳先生会被斩首。或许我曾盼望着院长先生出于绝望而杀死男爵夫人和野种，然后再自杀。我打算交代一切，我作为共犯，在狩猎屋和男爵夫人卧室偷信，所以他如果能把我也杀死会正合我的心意。那才是正义，因为狩猎屋里的那个女人被谋杀，是为了我，而不是为了男爵夫人，要是能实现这个更高的正义，我会很钦佩院长先生。我给院长先生施加的考验非常可怕，为了实现正义，他必须通过这一考验，这样我才能加倍相信他的伟大和圣洁。我愿意为此献出自己的生命，尽管如此，这样做仍然很卑劣，我至今仍理解不了的卑劣。"

她重重地舒了口气。确实，这才是关键；坦承人生中犯下的大罪，之所以认罪，不是因为战胜了男爵夫人，尽管这种胜利也洋溢其中、不可或缺，整个故事显然已经叙述完毕。事实上，策琳显得如释重负。自此她读那封信开始，她就一直站在窗边，现在表明这样做非常合理。她笨手笨脚地重新把眼镜架到了鼻梁上，又从口袋里掏出一张纸来，再次深吸一口气，声音又变得有力而坚定：

"信被打包寄给了院长先生，我期待着、担忧着，也盼望着发生很多可怕的事情。日子一天天过去，却什么都没发生。他甚至连我都不曾责备过，尽管没有人比我更有可能是那个匿名的寄件人。我非常失望，因为这说明院长先生也是个胆小鬼，正义对他来说还比不上他的地位和名声，是呀，他为了这些东西竟然容忍自己家里有一个杀人犯的野种。但是，我的想法被改变了，彻底地。因为平时寡言少语的他，突然开始在餐桌旁——都是在我上菜的时候，我肯定什么都听得到——大声谈论犯罪和惩罚。每一个字我都原原本本地背了下来，事后又拿笔记了下来。现在我来读一读，这样你也可以记住。仔细听着！

"我们的陪审团法庭是一个重要然而危险的机构，危险，是因为陪审员很容易受到情感动机的主导。恰恰是在陪审团负责的重案，也就是说主要在谋杀指控中，复仇的情感，这种情感终归伴随着每一份判决，会悄悄地潜入并赢得上风。如果到了这种程度，就不会再有人考虑到，司法上的谬误也可以构成谋杀，不会再有人思虑死刑的可怕，肆无忌惮的情绪蔓延，肆无忌惮，经常就足以为了复仇的需求而错误地评估证据。因此法官在采用和对待证据时必须两倍三倍地注意避免这种情绪。甚至连被告亲手书写或者签名的文字都会被误解。比如说有人写道,他想"除掉"一个人或者"摆脱他",这远远不能推测出此人一定有谋杀的企图。只不过复仇的需求会解读出谋杀的意愿,复仇的需求呼唤着刽子手的斧、渴望着牺牲者的血。

"他就是这样说的,我听懂了,理解得非常透彻,我的手抖了起来,差点把盛烤肉的碗掉到地上。他比我这个蠢婆娘能想象到的一切都要更伟大、更圣洁。他猜到了我想推动他去复仇,进行刽子手的复仇,他拒绝了。他什么都知道。但是男爵夫人也明白吗?还是说她太空洞而理解不了?她只要对自己收到过的那些信还有点印象,那么'清除'和'摆脱'之类的字眼儿就一定会引起她的注意。院长先生也注视着她,只是仁慈地注视着她,要是她跪倒在他面前,我一点都不会吃惊。但是她不为所动,她一动不动;至多,只是嘴唇变得有点苍白。'唉,断头台,'她说,'死刑,一种可怕的设施。'就这些,院长先生看着他的盘子,而我奉上饭后甜点。她就是这样,如此空洞。随后发生的事情,对我来说已经没什么出乎意料的了。临近圣诞节时进行了审理,对辩护人来说轻而易举,因为院长先生给了他们帮助,而且给检察官套上了辔头:没有呈交任何一封信作为证据。陪审团几乎全部同意无罪释放,十一比一,要是我,我会投出那张否决票。尽管如此我还是很高兴,他被无罪释放,朱纳先生,我更高兴的是，他既没有感谢我也没有向我告辞就远走高飞了，去国外，我相信是在西班牙，寻找容身之处。"

故事结束了，策琳叹了口气。"唉，这就是我和朱纳先生的故事，我永远不会忘怀。他幸运地逃离了断头台，更幸运的是逃离了我。因为他要是个高贵的人并且娶了我，那我就会让他生不如死，要是他还活着，他仍然还得忍受我，我这个老太婆；你瞧瞧我这副样子吧。"但是没等A就此发表意见，终曲就开始了：

"判决后争论不休。报纸抨击院长先生，特别是左翼，指责他搞阶级司法。他理所当然地越来越孤独，几乎不再迈出书房一步，不久后我只能把床也给他支在了那里。一年后他递交了辞呈，出于对健康的考虑，但事实上是由于死亡；他还不到六十，走得太早了，不管医生怎么说，他就是死于心碎。她倒是可以和那个野种继续活下去。因此，因为这种不公，我把希尔德加德教育成现在这个样子。她应该变成院长先生真正的女儿，这样才能维护他的尊严，他的家中也就不会再有杀人犯的野种。我当然不会让她摆脱自己杀人犯野种的血统，但正是因此，她才必须学会证明自己配得上女儿的身份。要是她是天主教徒，我早就把她送进了修道院；现在我只能让她牢记逝者禁欲的圣洁，让她效仿。我把她打造得和他越是相像，她就有越多的罪要赎，她的母亲就有越多的罪要赎，尽管她的罪永远也赎不清。女儿得接着赎。因为，她越是走进父亲的精神，就越是有更多复仇的意志进入她的内心。父亲出于对自我圣洁的严格要求不愿意进行复仇。她强迫自己进行效仿，因为我强迫她这样做，然而没有人能教会她圣洁，不圣洁她就只能把强迫传递出去，就这样，她怀着细心呵护的、沉默虚假的报复心强迫着母亲悔过。一件转化成了另一件，这就是我想要的，我就这样教育她来赎罪。当然，她身上流淌的荒淫的杀人犯的血不愿意承担任何罪责，试图反抗，但是没用。"

"天呀，"A大喊，"她究竟要赎什么罪呢？她有什么责任？根本不应该让她为自己的亲生父母负责，而且男爵夫人对朱纳先生的爱根本就不应该被视作犯罪！"一道谴责的目光射在了他的身上，或许不是因为所说的内容，尽管这些话策琳肯定不爱听，而是因为他对终曲的打扰：

"你大概要迷上她的荒淫了吧？我警告你。还不如找个正经的姑娘，你愿意和她睡，她愿意和你睡，就算是双手稍微发红，也好过手指甲修理得漂漂亮亮的灵魂噪声。你知道她为什么不愿意让你当租客住进来吗？这么说吧，这里还没有哪一位租客，她没有在人家的门前，"——她指了指身后的房门——"夜复一夜地站过，哪一夜都是父亲的威慑，不是她亲生父亲的父亲，让她迈不动腿，她只能留在门槛外。要是你不信，今晚我就在前厅撒上面粉，我经常这么干，明早你就会看到她迟疑的脚印。这是她在内疚，别搅进去。因为我们的责任连同我们的卑劣，始终要大于我们自身，人越深地潜入自己的卑劣，来寻找自我，就要为自己不曾犯过的罪行承担越多的责任；这适应于每一个人，你、我，还有希尔德加德，她的责任就是为生身父母的过错赎罪。而她，男爵夫人，我们两人的囚徒，想要逃脱奴役，她请求每一位租客帮助她。她们满是灵魂噪声，母亲和女儿，这种噪声尖叫着进入她们的耳朵，我把它变本加厉成地狱的噪声，这个死气沉沉的房子就是座地狱。圣人和魔鬼，院长先生和现在大概也死了的朱纳先生，这两个威胁的阴影不离她们左右，把她们撕碎。或许甚至也把我撕碎。在朱纳先生之后，就是为了对他不忠，我又找了别的情人，但对我没有任何帮助；更没什么帮助的是，我很快就注意到，我身不由己地找越来越年轻的小伙子，最后只找半大小子，我晃动着怀里的他们，让他们克服对女人的恐惧，学着享受乐趣、人类的宁静。当我注意到这一点时，我彻底收了手。仅仅因此吗？不是。我早就该收手，要不是男爵夫人，我甚至可能都不会和朱纳先生有纠葛。院长先生的形象在我的心中，一直都不可磨灭，它不停地生长、生长……在他死后，谁是他的遗孀？不是我的话，还会是谁？从他抓我的胸开始，四十多年过去了，我爱他，爱了一辈子，用我的灵魂。"

现在才是故事自然而然的结尾，A有点奇怪，自己没有事先猜出来。策琳呢，年龄所致，相当劳累，先是发了一会儿愣，然后才用惯常的女仆的礼貌和腔调说道："我的喋喋不休让您损失了整个下午的睡眠，A先生，但我希望，您还可以补一觉。"她弓背蹒跚着走出房间，轻轻地关上房门，就好像屋里有人在睡觉一样。

A又躺回到长沙发上。是的，她说得对，他该稍微睡一会儿。毕竟还不是很晚，塔楼的大钟刚刚敲过四下。所以，就该想想被策琳进屋打断的那些让人发困的事情。但是令他恼火的是，又是金钱的主题占了上风。他只好再次回忆，自己是怎么开始赚钱的，当年在开普敦，从此以后，他也没做什么，就被金钱牵引着从一个洲到了另一个洲，从一个交易所到另一个交易所，如果把南美也算作一个大洲的话，那他在十五年内去过了六个大洲，平均每两年半一个大洲。一切都是纯粹的巧合。他小时候集邮,期盼着得到一枚三角形的"好望角"，徒劳地期盼着，对南非的向往从此保留了下来。邮票是项不错的投资,但是搜集的乐趣消失了。他究竟想要什么？一个家，妻子，儿女？真正享受天伦之乐的基本上只有老祖母。儿女是任何舒适生活的干扰，恋爱更加是，而且不可思议。男爵夫人做过的事情简直愚蠢。要是他当时就认识她——但当时他还刚出生——，他会把她叫到开普敦投奔自己，从那个混蛋极其恶劣的行径中把她解救出来。当然，女人们不愿意去那儿，这就导致了钻石矿田那里女人稀缺，并发生了很多与此相关的闹剧。朱纳先生要是在那里，就没法像集邮一样找女人，他就没法过得那么舒服。院长值得羡慕吗？两个人好歹也给他生个儿子啊。但就算是个儿子，恐怕也会离家逃往非洲，尽管任何开溜都毫无用处；因为寡母仍在家乡，仍然是个囚徒。人应该始终做自己的儿子。他在父亲死后不是曾打算把母亲带去开普敦，给她在那儿建一个家吗？那样的话她或许就不会死，不管怎样，她应该有了孙子。为了孩子也该集邮，他一定会得到三角形的"好望角"。虽然周日马上就要过去，这是个很好的人生计划。

是的，是的，就该这样计划人生，A非常肯定地知道。他不知道的是，他就这样睡着了。

Ⅵ 惘然若失

他突然注意到，与此同时很是惊恐，因为他早先没有注意到：在喧嚣的商业街上，时髦的百货商店之间夹着一幢房子，看样子像是十八世纪中期的老房子。他每天都从这幢房子前经过，但从来没有注意到，它就像一颗断牙塞在相邻的两座楼之间，被两堵画得花花绿绿的高大的防火墙夹着，房顶于是就形成了一个通风口，透过这个通风口——尽管广告灯牌的架子耸立在棕色瓦片砌成的屋脊上——不时会有蓝色的天空或者白色的云朵看向街道。长长的商店招牌起始于左侧的楼房，一直延伸到右侧的楼房前部，或许正是这些死板的长条，阻断了这幢房子的独立宣言，使人误把它与周围别的建筑群混为一体。现在它摆脱了周围的构造，兀然而立：就像一个人们很少会意识到的事实，所有人的衣服之下都是动物般的人类皮肤，在这幢房子的告示和招牌之下，正儿八经的砖墙显露出来，墙上是泥瓦匠当年用泥铲抛洒的粗灰泥，棕色的屋顶清晰可见，在屋顶架的椽梁间已经变了形。从昔日中出现未知时，或许都会让人心头一惊——，抛下了自己不熟悉的某样东西的人的恐惧，把自己抛入了恐惧和未把他抛下的时间中。这种历史感也体现在此处的书店橱窗中曾展示过的一幅铜版画，从画中可以看到这条商业街本来作为住宅街宽敞、寂静的样子，路旁的房屋鳞次栉比、融为一体。作为旁观者，他想起了这幅画，也记起了画上的车行道，当年还没有人行道，也没有铺石子，路上布满了横七竖八的车辙。他踏上新铺了沥青的车行道，穿过运行电车的铁轨，渴望进入那幢老楼，模模糊糊地期盼着在那里可以松口气，就像离开密密麻麻的城市，来到乡村小路上那样松口气。要是他习惯于关注自己更深层的愿望，那他一定会发现自己内心的渴求，尽管这只是一种鼻子对干草、肥料和腐熟粪便的渴求，渴求房子中的某处会有干草的残留，或者是黄色或浅棕的玉米棒子，在屋檐下摆成一排来晾干，就像在农庄那样。门拱旁边坐着一名丐妇，活像一个上了年纪，由于无事可做而在门前长椅上休憩的农妇，他没有勇气向她布施，当他进入门洞时，甚至差点向她脱帽致敬；这条通道有一半已经为了商业目的而被隔断，变得特别狭窄。

通道的墙上挂满了招牌，楼梯上也是，一块掉了漆的旧牌子上写着"一号楼梯"。这里仍是商业街，可以说是爬进房子里的商业街；它肯定也爬上了整个一号楼梯，楼梯的每个平台都挂满了招牌。一场骗局,来访者气恼地想,一场骗局,他不愿被骗,于是懒得再看楼梯一眼,便从拱门通道出来,进了院子。院子很昏暗,就像四堵墙围起来的一口深井;从楼上打开的窗户里传出打字机的啪嗒啪嗒声。不,这仍不是他要找寻的,要不是院子里有个安静的打字机修理厂,他就转身离开了。修理厂的师傅带着徒弟们有条不紊地干着自己的活儿,他把自己的招牌——上面呆板生硬地画着一台打字机——悬挂在外面,就像当年鞋匠把一只鞋、裁缝把一把剪刀挂在外面一样;旁边静谧幽暗的装订店开着门,这一切都稍稍放大了与商业街的实际距离,当然没有放大很多,大概只有几毫米甚或更少,但仍足以使院子背面第二个通道旁的"通往二号楼梯"的牌子成为对他的一个小小的诱惑。他克服了对嘎嘎声的恐惧,匆匆地穿过院子,因为比那块牌子更有吸引力的是,第二个通道被斜着分成了两部分,一半昏暗,像地下室,另一半金黄,阳光照耀,因此在它后方肯定还有一个院子,在那里,阳光可以毫无阻碍地洒下来。他一边担心自己判断失误,一边满怀热望地踏入那块布满阳光的区域,并且暗下决心,不会登上二号楼梯,坚信自己在那里只会看到各个商号一直封闭的、钉了铁皮的后门。从通道到楼梯隔着一扇玻璃门,要不是它咯吱作响吸引了他的目光,他恐怕都注意不到。这是一扇普通的玻璃门,门玻璃上安装了棕色的细网格进行防护,玻璃发出轻微的咯咯声,因为门没有关严,不断颤抖着发出啪嗒声;门的上方,通道半明半暗的阴影交界线也跟着一颤一颤的。就像一座日晷，但是走得并不准，而且由于这违背了所有的秩序，因此看起来也像是在预示着僵化有序、固执呆板的结构会无声无息地分崩离析，就像他踏进的这个新院子这样无声无息，他站在院子边缘，院子洒满温暖的阳光。打字机的啪嗒啪嗒声沉寂了，弱化为静默空气中遥远的嗡嗡声。阳光如此肆意，确实奇怪，只因为这座宽敞院子的宽面不是一座大型建筑物的侧翼，而是一堵高高的围墙。这堵围墙当然也投下了界限分明的阴影，但是由于正午将近，因此只是窄窄的一道影子，此外还被缓和了，是的，可以用缓和这个词，因为这道阴影不是投在了石子路上，而是投在了没铺石子的院墙边，就像是地面的石头皮肤上开了一道裂缝。可能曾有人尝试过在这里种葡萄，由于背阴没有种成；也可能只是撒下了青草的种子，草坪间曾有长椅摆放。但这一切都不见了踪迹，只剩下灰土和沙砾，还有一堆堆辛辛苦苦堆起来的小沙丘，像是孩童们的游戏之作，也有狗粪。理论上来说，他觉得可以理解，因为狗在排泄时的确偏爱自然裸露的泥土，厌恶石子路，就好像它们可以用这种方式表达自己对乡村和昔日自由的向往一样，但一想到这幢商业化的房子中可能会有孩童和狗存在，又让人不安，但同时也心生期待：固若金汤的城市在此处为自然风光和乡土风情打开了缺口。他很愿意把这视为一个好彩头，是命运让他中午来到了这里，因为在这样的正午时分，乡村的道路也和这个院子一样，如此安静空荡地躺在炽热的阳光下，而村民们只要没在田里干活,就会围坐桌旁;狗趴在一旁,等着主人扔的食物,要么懒洋洋地扑咬着蚊虫,要么皮毛皱皱巴巴、不时抽搐着,真的进入了梦乡,其中有些还是癞皮狗。他没有踏上沿围墙背阴的砾土带,并不是因为他觉得这样做不体面,而是——至少他是这样认为的——因为他想看看围墙外,于是他靠在对过炽热的屋墙旁边。屋墙在一楼没有开口,曾经的门窗都被砌上了砖,墙后肯定是个仓库,或许隶属于前一个院子的装订店。他站了一会儿,伸长脖子,甚至还踮起脚尖,想一探墙后的究竟。他没法看到很多,但是几乎令人难以置信的是,商店的背面竟然有一块很大的开阔空地,尽管事实上恐怕也必然如此,因为离得很远的地方才有建筑物,而且只能看到它们上面的几层和楼顶。在开阔的空间当中却矗立着一个红色的工厂烟囱,就像蓝白色表皮上一道血淋淋的伤口;要是竖起耳朵听,还能听到蒸汽机的轰鸣声。很可能那些大商号的动力和热力中心就在那里,一个昔日花园的中间;他有点羡慕那些机械师,现在是午休时间,他们肯定正坐在机房前,用散发着机油味的手把烟卷放到嘴里,听凭那些几乎不需要操纵的机器自行运转。他一边这样想着,一边踱过了院子。但是不再有门拱,只有一扇二号楼梯旁的那种玻璃门,他推门进去,发现里面不是通道,而只是窄窄的一道走廊,走廊的尽头——就好像建筑师有意突出所有尺寸进一步的缩小化——是一个更小的、仅仅只是单扇的玻璃门,几乎像是私人用门,因为模糊的玻璃前连销钉都没有。

该做出选择了。右手边的楼梯通往楼上，他试探着，就像要测试它们的承受力一样，把脚放到了第一级台阶上。但是与此同时他又忍不住看向那扇此刻位于他左手边的小小的门，就好像那里有更大的诱惑在等着他。布满灰尘的玻璃后是一堵白色的围墙，在阳光的照射下发出耀眼的光。那里还会有一个院子，然后又有一个院子吗？如此反复，一个接一个，一个院子之城？他突然间觉得水平的东西令人作呕，仿佛水平线处立着一座像迷宫般让人恐惧的构造物。必须下定决心，上楼，于是他不再理会那扇门，说道："我要让它留在左边。"[1] 他大声地自言自语，并且重复了一遍，他很高兴这个老掉牙的说法突然具备了如此贴切清晰的含义。是的，突然发现了老物件的用途，人就会感到高兴。他没有理睬那扇门，踏上了第二级台阶。但是，尽管如此，他却没有那么容易摆脱，而且由于他大概总是对自己有点太过仁慈，所以他这次也让了步，扭过头来，甚至还弯下腰，打算再次一窥玻璃门后的景象。从这个倾斜的角度看去，他发现，门后并不是小院子，实际上根本不是院子，而是一个小花园，一半被看不清是什么的东西遮着，可能是一块厚木板；花园中立着一座亭子，建造亭子所用的木料经过风吹日晒已经变成灰色，像墙边的粪堆一样的灰色，除了各种绿植，土里还种着一株倒挂金钟。

---

[1] 德语原文为"etwas links liegen lassen"，字面意思如译文，引申义为：不理睬、忽略某事。

倒挂金钟的旁边是插在土里的木栅栏,下窄上宽,供倒挂金钟来攀援;要是他没弄错的话,黄蜂在亭子的木料周围嗡嗡作响。先前被他当作打字机沉寂了的啪嗒声不就是它们的嗡嗡声吗?在那里,在私人用门的后面,它们像守卫一样嗡嗡响着,不让任何人闯进这座私家花园来。或者说,在迷宫般的城市上方萦绕的啪嗒声不正像粪堆上蚊蝇的嗡嗡声吗?就像患麻风病的门卫发出咯咯声,吓走流浪汉,让他落荒而逃。于是他略施小计,向楼上走去,由此来避开那些守卫;怀着这样的想法,他加快脚步,拾级而上,看到每层都有一条长长的走廊,走廊两侧是一间间的小屋子,屋子都装着浅棕色的门,厨房窗户上都安了栅栏,他竖起耳朵,想听听门后的房间里是否传出声音。但是几乎什么也听不到,就算哪里有轻微的窸窣声,那也应该是老鼠发出的。当然此时的寂静或许可以解释为,虽然黄蜂和苍蝇成群地在周围飞着,但人和动物都在午睡;不过没必要想得那么远,因为还不如假设这些屋子被降格成了大商号的后屋,而且很可能是很少用到的后屋,未雨绸缪地以备将来业务扩展时用,只因为租金便宜才连带租了下来,偶尔才有勤杂工误入其中。但是与此并不相称的是,三楼的自来水管前,走廊破碎的黄色地砖上有亮汪汪的一大摊水,水龙头也在滴着水。但是为此找一个自然而然的解释也不难,只不过因此而联想到犯罪却有点可笑。这种景象反而更让他觉得口渴,于是他走到水龙头旁,就像发现了一眼山泉的登山者一样,想要弯下腰来,或是用手掬一捧来喝。这时他才明白，没有钥匙根本打不开这个水龙头，张贴的"节约用水"字样告诉他，为什么这水不能对他开放。他只好把手放到滴着水的龙头下，一开始他只用了一只手，后来他把第二只也伸了过去，水滴形成了一条宜人湿润的带子，看起来简直就像他在为自己制造不正当的，甚或可以说是偷偷摸摸的乐子，尽管违反规定、粗心大意没有关紧水龙头的那个人并不是他。但是仍然不算正当，毕竟在这里停留这么久，还倚着墙，闲散地到处看，发现这里的门绝不像大城市建筑高层的门那样，由于分量十足的道路交通通常都颤颤巍巍。他记得，第二个通道处的玻璃门，挂着"二号楼梯"的那扇门，不停地轻声晃来晃去，而这里的这些门就像牢牢地长在墙上一样，被紧紧地楔住了，嵌在砖头之间的这些木头部件根本不让人觉得突兀。这种大地的稳固感给了他新的勇气，虽然他还是想向走廊的窗户里瞥一眼，但他忍住了，并继续往楼上走去。很可能已经到了五层时，他听到了开门声。让他惊骇不已的，与其说是有人存在，倒不如说是这幢房子无尽无休的高度，但是他更愿意自己找出答案，而不是四处乱窜，被人抓到自己在偷听，所以他快速地沿着破旧的楼梯登上最后几层，两步、三步并作一步，气喘吁吁地到了楼顶，与一个女人撞了个满怀；她刚刚穿过走廊，拎着一桶水要倒进厕所。

顶楼的走廊非常明亮，明亮得让人痛苦，他心想；走廊的窗户大开着，空气随着阳光涌进来，如此安静然而又流动不息，像平静海面上的正午。大概也正是因为如此，那个女人只穿了一条短裙和一件汗衫，双腿光溜溜地立在一双木鞋里。冲洗甲板的水手，他想，因为他看到了她前面的水桶。她说："您找谁？——我爷爷不在家。"她的头发松松地扎成了一个辫子垂在背后，颜色金黄。她的腋毛也清晰可见，比一般的金发女郎要浓密。他回答："我不知道这里原来也有住户。"——"是的，"她回答，"我们住这里。"他看了看她的腋毛和短裙下两条光溜溜的腿，说道："您住在这里美得很。"——"还行，"她回道，并像解释一般说道，"我是洗衣女工。"他显然没有立即明白过来，她就又补充道："洗衣间在阁楼。"带着一定程度的满足；他懂了，因为他说："这所房子也算物尽其用。"——"这一点我说不上来，"她回答，"因为我不管别人。"——"您做得对，"他说，"但是把沉甸甸的衣服运到这么高的地方一定很累。"她微笑着说："不会的，我们有一个非常好用的设备。"她手指向一个结实的绞盘，简直要让人以为是台起锚绞盘，安装在走廊上一个庞大的木头支架上，缠着厚厚的绳子。"这个设备，以前的屋主，领我进入洗衣行当的师傅就已经在用了：我们通过窗户把衣服绞上来，然后再原路把它们绞下去。"他询问道："这么做不会碰坏底层的窗户吗？"——"完全不会，"她答道，"因为衣服打包后会挂在一根细绳上，站在楼下的人用尽全力把这根细绳抓在手中。这样就算刮大风，我们也能安稳地上下输送我们的衣物。"——"很方便。"他说。"确实，很方便，"她回答道,"省了我们很多路。我们差不多从不进城。"她说到了"进城",就好像自己住在乡下一样,而这幢房子其实就坐落在交通最繁忙的商业街上;但是她这种说法却正合他的心意;她的话和她草料一样的腋毛具有某种关联,给人一种安定和接近目标的感觉。怕自己的目光冒犯她,他就转身向绞盘和进行运输的窗户走去。那里的视野自然也非常开阔,房子的这一部分显然是最高的。从街道正面看低矮不起眼,但是随着院落的不断延展,房子的高度也在不动声色地逐渐增加,而且由于院落很多,随着高度的稳步增加,这幢占地广阔的房子一定建到了相当不寻常的高度;就像一座绵延不绝的山脊一样,特别安定和自然的感觉大概就是由此而来,因为他们现在就在它的顶上。他说:"我想再往上,到洗衣间,到阁楼上。"——"您不会有什么收获的,"她说,"因为我们今天煮了衣服,到处都是水汽。"——"阁楼的其他部分也不能进吗?"——"不能,也不能;因为我们可以通行的地方都堆满了衣服,挂在那里的绳子上。两侧的天窗开着,吹进来的风负责把衣服吹干。要是我们有个平坦的屋顶,像新建的楼房那样,爷爷说,我们在这样的周日就可以把衣服展开暴晒。"——"您当然可以那样,"他答道,"但是工厂烟囱里冒出的浓烟会把烟灰撒到衣服上,所有的工作就都白费了。"她一脸惊诧:"哪里有工厂烟囱?"——"你看。"他说,此时他已经站在窗户旁,原本打算伸出手来指给她看,但是发现,从这扇窗户往外望出去,根本看不到那座中间是机器厂房的巨大广场,他又匆匆走到走廊的其他窗户旁,还是看不到;总归是有点失望,因为他肯定曾以为从现在这个高度可以俯瞰那座广场。这里有一座楼梯间挡住了视线,那里是楼房的其他部分,因此她不知道那个烟囱的存在也就可以理解了。"看来您真的很少进城,"他说,他发现自己已经开始使用她用过的词汇,"因为要不然您肯定会注意到那座烟囱。"——"的确很少。看戏和其他的娱乐我只是听说过。"她说这话时当然只带着很少的一丝遗憾,少到令他都没有胆量邀请她去看戏,而在她说话的过程中他曾经在某个瞬间动过这个念头。不管怎样,他还是问道:"那您怎么度过您的空闲时间呢?"——"可惜爷爷老是出门在外,但是只要他在,时间就会过得飞快;我们聊天,有时候我们还会唱二重唱,因为他有一副特别好的嗓子。但是我们最爱也最经常干的还是到乡下去溜达,到森林中,到某个村子,或者随便什么地方。"她开心地笑了。他被她的欢快感染了:"堪称典范式的生活。但是您在孤独的时光里都做什么呢?"——"我从来都不孤独,"她纠正道,"我顶多是孤身一人。总有干不完的活儿。要是由于某种原因无事可做或是发懒,我就望望窗户外。"——"这里当然值得人这样。"他表示赞同,指了指窗外不断吸引他目光的风景;目之所及,虽然一侧被楼梯间遮挡,但足够壮观与辽阔。虽然并不令他震撼,但令他应接不暇,因为在远眺之下,平时熟悉不过的城市也只是在远方才呈现出熟悉的景象,例如灿烂的阳光下颤抖着的连绵群山,在山腰上蜿蜒闪耀的梯田,以及静静躺在山坡上的村民,简直要让人误以为听到了他们的寂静;但视线离城市越近,就越觉得陌生;火车道随着地形时隐时现,如一条黑线绕着圈地抵达城市,到了火车站周边,轨道开始纵横交错,否则简直要让人以为城市并不存在,或者至少会缩减为自身的一个暗示。"夜晚和清早,"她说,半是抱歉半是埋怨,"天气晴朗的话还能看到雪山,可现在是中午……"他有些恼怒,因为她指责他来得不是时候,再加上两只黄蜂从窗户闯了进来,于是他打断她说道:"那好吧,下次。"又看了一眼仍然立在她身旁的水桶。"我已经耽搁您够长时间了……"她注意到对方在寻找一个称呼,于是说道:"我叫梅莉塔。"——"一个美丽的名字,"他说,"这个名字的意思是'小蜜蜂',特别适合您。"虽然一名戴着刻板灰礼帽的先生不应该突然表现出熟络,但他还是自我介绍道:"我叫安德鲁。"她在裙子上擦了擦手,递给他,说:"很高兴认识您。"——"我能为您效劳吗?"他说着便向水桶伸出手去,但她抢先一步:"啊不,这是我的活儿。"她抓住把手,亲切地朝他微笑着,并忘乎所以地稍微来回晃动着沉重的水桶——一些脏肥皂水溅到了黄色的石板地上——接着快步把水桶拎到厕所。她没关门,传来沉闷的倒水声和水咕嘟一声消失在遥远漆黑的深处的声音。安德鲁此时来到了一扇窗户旁,他觉得黄蜂乱舞的那座小花园肯定就在这扇窗下;果然,窗台上放着一个花盆,盆里满是用乏了的泥土,仿佛为了重复他期望在下面看到的东西,土里还插着几根小棍。但是他发现,小花园的位置绝不像他以为的那样明确；尽管楼梯间的墙壁无可指摘地说明了它的位置，但底下各层的楼梯间却都有一些附属建筑，它们的屋顶乱纷纷地直入眼底，有的用瓦搭成，有的用丑陋的黑纸板，有的甚至还覆盖了一层木板条；没能找到他所追寻的东西的确令他遗憾，但是墙壁没有一通到底也算是个安慰，要是有人不小心撞倒了花盆，它不会像倒入下水道的水那样直线跌落，把人砸死，而是会毫无危险性地先落到某个屋顶上，摔成碎片。安德鲁一边观察着墙上被雨水冲刷过的黑色长条，一边说道："这棵倒挂金钟大概是从您的花园里搬来的吧？"她又是一脸惊诧，尽管她的眼睛已经充分表达了她的困惑，但她还是急匆匆地加了一句，生怕不能足够快地用上他告诉自己的那个名字："从哪座花园，安德鲁先生？"真不该这么快就把名字告诉她，他想，但是事已至此，名字又无法索回，于是就答道："楼梯旁边的花园。"她紧张地思索了一会儿，思索时甚至还微微闭上了眼睛，鼻子上方光洁的额头皱了起来，然后做了一个鄙视的动作："咳，那是个新建的花园。"解释得很充分，但他仍然觉得遗憾："我还以为，那是您放松的地方……在夏天的夜晚。"——"不是，"她利落地答道，"那是个新建的花园。"如此掷地有声，他无力做出什么改变；因此他只是打听道："这株倒挂金钟的茎呢？"她友善地回答说："是给我们做日晷的。这根杆子的阴影落到地面上那个被爷爷用红笔画出来的石缝上时，就是中午；那边的符号代表前后几个时辰。非常巧妙实用。"接着她带着熟人的娇俏加了一句："不是吗，安德鲁先生？"这时她注意到，水桶在地砖上留下了湿漉漉的一圈印记，于是跑进厨房，从那里取来一块棕色的抹布，跪下身来擦拭水渍。他再次想到了冲刷甲板的水手，但这个念头只是一闪而过，因为她匍匐着跪在地上，就像一个正在给幼崽喂奶的动物；她的胸袒露无余，胸前细细的项链晃个不停，项链上挂着一个圆框，上面是一位白胡子老人的搪瓷相片，胸部蓝色的血管闪着微光，肌肤光洁白嫩，是金发女郎独有的那种金黄的白色。尽管她毫无察觉，他还是做出一副没有盯着她而是在盯着地面上的符号的样子，并且说道："要是我没看错，现在过一点了。我得去工作了。"她迅速站了起来，有点惊慌失措："您这就要走了吗？我该给您弄口吃的……还是您原本想安静地待会儿？要是我就这么让您走了，爷爷肯定不高兴。"他致了谢，说自己原本只想讨口水喝，并指了指上了锁而且贴有节约用水警示语的水管。"高楼层的水没法喝，"她说，"都是热的。"又是一阵失望，但是这次的失望也被空气缓解了，被从各扇敞开的窗户涌进走廊的风减轻了，消失在由群山延伸而来的空间中，这一空间的气息裹挟着正在呼吸的他，又延伸了回去，如此一来，他连口渴的感觉也没了，就好像他来得太早，就好像他没有权利口渴。她匆匆忙忙地取了水龙头的钥匙过来，还拿着一个带把手的啤酒杯，拧开水龙头，让水哗哗地流下来，好让它冷却一点；安德鲁指了指警示语，让她不要这么浪费，他只是抿了一小口，而且仅仅是为了不伤害她才抿了这一小口。但是当他想要告辞时,他又有点犹豫,或许是因为屡次失望的负担太过沉重,或许是因为他有所期待。他原本想重新提出自己想继续向上爬楼的请求,但是这样一来就显得他好像不相信她之前的话一样,于是他仅仅说了句:"我不想原路返回。"她思索了片刻,然后说道:"下到二楼,或者说下到半旗处,安德鲁先生,如果您愿意这么说的话。在那里,您可以试着摇响楼梯对面那扇门的门铃。就我所知,那是九号门。如果有人为您开门,您就进了泽尔霍费先生的皮革店,从那里很容易就到了街上。我知道这些,是因为爷爷习惯从这家店里买皮革来做我们的鞋子,他经常跟我说,不用走那条无聊的巷子是多么方便。"——"非常感谢您,梅莉塔。"他说出她的名字,在感谢的同时落荒而逃,因为还没等他再次转身告辞,他就已经站在了楼梯上;而且就好像有什么在屁股后追着一样,大步赶下了楼,尽管如此,他还是注意到了古老墙壁上有几处粗俗的涂鸦,像是小孩的手笔。他越发加快了速度。阴影前移,他必须赶回自己的办事处。

旋风般冲下来,他差点跑下二楼;意识到这一点时,他不得不握紧楼梯栏杆,好让自己停下来,观察一下各扇门的序号。确实,楼梯对面的门上的确有个九号,于是他摇起铃来。反复摇了数次,才有脚步声传来。来人显然是名勤杂工,他伸出脑袋问道:"您为什么不走正常的入口?您是从家里来吗?"——"是的,"安德鲁撒了谎,尽管也算不上真正的谎言,"我们习惯从您这里买皮革做鞋。"那人接着给他开了门,让他进去。现在安德鲁看到了楼上梅莉塔住所的结构,因为这幢楼房里的所有楼层都是同一种户型,楼房普遍如此。他进入的第一个房间对应着厨房,然后他走进第二个房间,和厨房一样,这个房间也通向走廊,然后右拐走进另外两个非常幽深的房间,它们的窗户朝向另一个院子或是大街,无法判明,因为所有店铺都关着,黑乎乎一片,充满了讨厌刺鼻的皮革味,以至于很难想象,楼上梅莉塔家的房间能有多么敞亮透气。是的,他这方面的记忆开始变得模糊不清,因为这里所有的小黑屋都挂满了干燥的毛皮,连每个房间里那些老旧昏黄,按说早该换掉的电灯泡都几乎被众多的货物遮住了。他们来到一条狭窄的走廊上,墙上歪歪扭扭地写着"关灯"两个字,然后进到一个新的房间,仍旧挂满皮革。"我们是不是来到了配楼里?"安德鲁说。但是那名穿着棕色亚麻夹克,系着绿色兜胸围裙的勤杂工像是没听懂他的问题,只是拘谨地耸了耸肩,关上灯,说了声"小心",就领着他走上了类似应急梯的一段楼梯,小心翼翼地摸索着往下走。但是下去后仍然没到门市部,而是又进了一间仓库,可能窗户被墙堵上了,因为根据黑暗中得出的结论,这间仓库相当长,至少被皮革挡在后面的下一盏电灯泡离得还相当远。凉飕飕的像是深夜,皮革刺鼻的气味肯定阻止了黄蜂在此安家。经历了白日的恐惧后,迎来了夜晚般的宁静。周围到处都是斜腿立着、用来加工皮革的支架,安德鲁累了,想找个支架坐下。但是他的向导并没有理会这一点，而是不屈不挠地继续迈步向前，并且边走边关灯，要是他向自己歇脚的需求妥协，那他就有一个人留在黑咕隆咚的仓库，和老鼠们做伴的风险；谁知道那时候他还能不能找到出去的路，因为对他这样一个不熟悉地形的人来说，连摸索到墙上电灯的开关都很困难。他还从来没有在这种支架上坐过，而他不想留下什么盲区，于是在一个支架上略坐了一坐，便赶紧去追赶向导。向导把一扇沉甸甸的铁门推到一边，这才算来到了路尽头；真是不可思议，这么长的一段路，勤杂工竟然能在安德鲁摇铃后那么短的时间内赶到。他们经过一间玻璃隔成的小屋子，里面传出打字机犹犹豫豫的啪嗒声，这才走进泽尔霍费先生的门市部。来到这里才发现，勤杂工实际上不是勤杂工，而是一名售货员，虽然担任向导期间他一直嘟嘟哝哝，但是一来到店里，他立马换上了售货员独有的讨好的微笑，殷勤地问安德鲁："先生想要点什么？来块上好的鞋面皮革？刚到的新货。"安德鲁有很多鞋子，而且他习惯于买成品鞋，因此不知道买鞋面皮革做什么。

但是这个人领他走了那么长的一段路，他不能什么都不买，让人失望。那人继续诱惑他："我们有上等的马鞍皮，都快卖光了。"安德鲁原本想对他说，他刚刚亲眼看过存货，离卖光还早着呢；但是那人严格地把向导和售货员的角色区分了开来，安德鲁也不好把刚才与眼下混为一谈，于是他在脑海中费力地搜索着自己可能会用到的皮革制品。他不想去了解兽皮和棕色的皮子,如果一定要买,也得买一块亮色的。"我想买一块铬盐鞣制过的皮革,可以给一位年轻姑娘做双鞋子或手提包的那种。"他向那人解释道。售货员警告他说:"也就是说不要马鞍皮？您会后悔的,我的先生……马上清仓,时间不等人……越卖越少……不过如您所愿,我的先生。"说着拿来了铬盐鞣制过的皮革。硕大的柜台上一时间摆满了浅蓝、浅灰、软塌塌闪着光泽的皮子,邀请安德鲁用手抚摸它们光滑有颗粒的表面。售货员一边说着"您看看这柔韧性",一边热情洋溢地把一块皮子的边角料在安德鲁眼前捏皱;皮子任由他的摆弄,依旧柔软,没有发出任何声响,售货员熟悉皮子的这种特性,又拿到安德鲁的耳旁故技重施,此后便从笨重的柜台抽屉里取出一块薄铁板,把刚才捏皱的地方压平,然后说道:"您请看,不断裂,没折痕,不皱巴……这件好货还从来没有让任何人失望过。您亲自测试一下吧。"他拿出很多售货员所独有的那股纠缠不休的劲头,抓过安德鲁的食指,拽着它划过被压平的位置。确实,没有让人失望,那种顺滑的感觉就像大渴之后畅饮甘泉一般,然而确实又令人失望,因为期待的事物从来不会以期待的形式,而总是换一种陌生的方式得以实现:"这种铬盐鞣制过的皮革我们都是成打卖的。"售货员说。——"但我顶多用一块……甚至一块都用不上。"安德鲁说。"总能派上用场的,"售货员用不容置疑的语气说道,"您再也找不到这种皮子了。"

但是安德鲁变得强硬起来,他已经表示了自己的良好意愿，要是对方太过分，那就是对方的问题了。他做了个不情愿的动作，转身要走。

售货员善于捕捉顾客隐秘的情绪波动，立马转为哀求："那买三块吧，我给您按成打买的批发价来算，都是自己人。"——"时间不等人，"安德鲁说，"在这个黑乎乎的杂货店里，您已经失去了时间概念；您不能拦着我……我就买一块，完事了。"——"好吧，一块，"售货员说道，接着他又耸着肩重复了几遍，就好像这是闻所未闻的稀奇事一样，"一块……一块……这样您就享受不到折扣了……"他同情地凝视着，打算把最上层的皮子用纸包起来。"可以，"买家说，"我愿意承担这个损失……但是我得自己选一块。"说着他抱起柜台上的所有皮子，来到虚设的窗户前。幸运的是，他选了一块出来，奶灰色的皮子上有着淡青色的针脚，然后让售货员用纸包了起来。要结账时他突然想到，以当前通货膨胀的价格，他完全可以轻轻松松地买下几打，甚至整个库存。他为什么没有这样做呢？为什么要错过这个机会？他不知道；他只知道，他不想要任何动物皮，因此他向着售货员为他打开的门走去，耳边是对方的"欢迎您再次光临"。

走出门来，正午骄阳似火，他的眼睛被强光刺得生疼。一时间难辨东西。当一辆电车驶过，他才根据车上的字样判明，自己是在 W 大街；令他惊诧的是，自己刚才离开的那幢房子竟然延伸到城市如此偏僻的角落。但是现在非回办事处不可了，他向电车跑去，并幸运地在站牌处赶了上去。

VII 参议教师[1]扎哈里亚斯的四次演讲

数学老师扎哈里亚斯在获得二级铁十字勋章的嘉奖后,生活也由世界大战期间无聊事件层出不穷,退回到相对平静但也更为寻常的工作和日常中,皇帝逃往了荷兰,攀上权力高峰的社会民主党不分好坏地全盘接收了德意志帝国的生活结构:一部分是对仍具生命力和影响力的传统的好感,更大一部分是小市民对腐朽僵化事物的喜爱,这种喜爱以自己为耻,因此需要一个挡箭牌,也就是在面对战胜国时用所谓的马基雅维利主义的竭尽全力来做挡箭牌;而前文所说的生活结构的最大一部分则是对野蛮俄国的厌恶,是对布尔什维克血腥谋杀满怀恐惧的反感,这种利用机械技术、并不英勇的谋杀不符合所有对革命的浪漫主义期待,只能用一种过度的

---

[1] 德国高级中学固定教师的职称。

非政治性的人道思想来与之对抗,但人们却没有考虑到,过度会变得虚空,并且通常会走向自己的反面,过度的人道会变成同样虚空然而也同样过度的野蛮,甚至比俄国更甚。当然,在战后的最初几年里,还无法预见这种发展。

扎哈里亚斯习惯了不假思索地从每个时期的当权者那里吸取自己的见解,也就是说,他对民众主流的智慧拥有真正民主的信任,他加入了社会民主党,并且因此在相对比较年轻的时候升任参议教师。他已经把自己视作高中校长。当上校长后,他打算实行严格的统治,把持不同政见者无情地清理出教师队伍,保护学校免受新思想的侵害,用铁的纪律把青年人教育成坚定的民主党人。在妻子的支持下,他的教育原则在自己的孩子身上,一个九岁的女儿,一个八岁和一个五岁的儿子——战时休假孕育的最后果实——,取得了良好的成效:孩子们对他言听计从。他们所有人都把他当作榜样和元首,为了保护家中打了蜡的亚麻油地垫,全穿着柔软的毛毡拖鞋;雕花精美的配菜柜上方装饰着几张肖像画,位于中央的是三巨头威廉二世、兴登堡和鲁登道夫的复制油画,两侧是社会民主党领导人贝贝尔和沙伊德曼的放大照,孩子们抬头仰望时总是充满崇敬。

此时德国全境都在召开抗议集会,反对爱因斯坦的相对论,至少在具有民族意识的圈子看来,人们对该理论已经忍气吞声了太长时间。扎哈里亚斯知道,爱因斯坦在社民党及其领导层内部有很多拥趸,如果进行表决,这些人大概都会对相对论投赞成票，尽管如此，他还是去参加那些抗议集会，并以数学家和教育工作者既有权利也有义务来参加而自矜；因此，他几乎要觉得自己是个反叛者，并且不无专业人士的自豪感。当然，爱因斯坦的理论本身除了太高深难懂而让他反感以外，与他并无什么关联，因为它还未被纳入高中的教学计划；但是要防范的恰恰就是这一点，不管它正确与否。要是被迫不停地学习新资料，那还怎么从事自己的教学工作？那岂不是意味着，任由学生提出一些冒失刁钻的问题来？教师不是有正当的理由来要求知识的封闭隔绝吗？要不然教学能力考试还有什么用？没有人会怀疑，这场考试是一个里程碑，表明学习阶段到达了终点，从此开启了教学阶段，因此绝不允许此后再用新的理论来麻烦老师，尤其是不能用爱因斯坦这种本身就仍有争议的理论！他在集会上表达了这种看法，尽管他并不特别尖锐的演讲对有些激进分子来说太过温和、太不尖锐，甚至有几次听到别人骂他"犹太走狗"，但总的来说，他在科学活动中对不健康的革新癖好的拒绝——"我们想进步，但不想赶时髦！"——获得了广泛的赞同；由于爱因斯坦的拥趸坚决要求进行客观的分析和客观的论证，接下去的讨论相当热烈，甚至可以说激烈，他被获准再次起身并且愤怒地质问，他的讲话是不是不客观。

虽说如此，他对战果却并不满意。人们显然注意到了，他的社民党党员的身份使他对相对论有一种分裂的态度，因此集会结束后，两边都没有人再搭理他。他从自己所在的那排座位挤了出来，望着争相拥出大厅的辩手们，略带满足地得出结论：他们的数量不足以坐满整个大厅。一个小家子气的集会。真后悔来这儿。党纪就是党纪，就算有正当的理由对那个爱因斯坦持有异议也不行。连这么小的一个厅，一个室内音乐厅，都没坐满。六扇在晚上挂上了锦缎窗帘的窗户对面，有六个壁橱，里面供着六位音乐大师的半身塑像：莫扎特、海顿、贝多芬、舒伯特、勃拉姆斯和瓦格纳，最后这位斜戴着一顶贝雷帽，六人全都死气沉沉地望着更加死气沉沉的前方。还从来没去听过一场像样音乐会的扎哈里亚斯，想象着音乐季蜂拥而来的光鲜观众，这些人，带着欢快的享乐世界的些微残留，对他只会报以哂笑。好吧，那就报复在他们的孩子身上；他们的孩子在他面前，在这位严格的考官面前，肯定笑不出来。这让他豁然开朗，人在一方面得不到满足，就会在另一方面得到补偿。平衡的不公。

当他来到夏季闲置、阴暗狭小的衣帽间，看到角落里摆放衣帽的宽大桌子后有一个人，擦亮了一根接一根的火柴，在奋力找寻着什么的时候，他的心情更开朗了；他惬意地站住了脚，观察那人。

"我放弃。"那人注意到了他，说道。

"丢了什么？"

"我明明把帽子放在了这里，肯定是有人戴错了。"

"不是戴错了。"扎哈里亚斯认为。

他们一起下楼。扎哈里亚斯取下自己头上的帽子，用袖子擦了擦，然后吹了口气。"是顶好帽子吧？"他问，并非出于同情。

"还相当新，"光着脑袋的年轻人回答，"我老是碰上这种事，我的帽子运气不佳。"

"运气不佳？您得学会看管好自己的东西。"

"我永远都学不会。"

他们站在大街的弧光灯下。扎哈里亚斯打量着这个丢了新帽子却如此轻松，甚至可以说漫不经心的年轻人：沿着耳朵有一圈金黄色的、彼得麦耶尔时期人们常留的那种又窄又短的络腮胡，他显然属于更好的那个阶层，那种通常会来这里听音乐会的人。扎哈里亚斯不喜欢这一切：

"您是物理学家吗？"

年轻人摇了摇头。

"数学家？"

又是摇头，就像是在面对无理要求。

"反犹主义者？"

"不是，据我所知……没尝试过。"

"这种事没法尝试，"扎哈里亚斯纠正道，"反犹主义是一种思想。"

年轻人略微抬了一下眼角，仰望着扎哈里亚斯——因为扎哈里亚斯比他高——，微微一笑："您打算考问我的思想吗？"

扎哈里亚斯无缘无故地一阵狂笑："只是职业习惯，而且是一种值得颂扬的习惯……因为我是高中老师，是一个出了名严厉的考官。"

年轻人的脸上掠过一丝不易察觉的惊恐和执拗，夹杂着幽默自信的拒绝："可惜您在我身上办不到，和您说句心里话……我不愿意接受考察。"

"没人愿意，没人……"——对考试的恐惧给了扎哈里亚斯的笑容新的养料——，"确实没人……尽管如此，或者说恰恰因此，我才要询问促成您来参加反爱因斯坦集会的原因。"

年轻人显然乐在其中："来一杯红酒或许能打探出来，否则可没门儿……我要渴死了……一起去吧？"说着便带起路来。

附近有家小酒馆，既适合一个人静静独酌，也适合情侣，因为纵向隔成了一排排狭窄的包厢，为了与外界隔绝，每个包厢的入口还挂着冒充东方风情的帘子；但是不适合私通，因为每个包厢内除了一张桌子就是两把又窄又硬的凳子。扎哈里亚斯和年轻人就在这样一个小包厢里坐了下来，后者点了一瓶价格不菲的勃艮第葡萄酒，一副东道主的派头。

那瓶酒带着酒窖的尘土，由小推车推了过来，按部就班地接受客人的检查，确定是上等好酒后就被拔开瓶塞，柔滑地流入玻璃杯中；年轻人虽然口感难耐，却还是把玻璃杯举到眼前，以行家的姿态尽情欣赏着那芬芳深红的液体，而扎哈里亚斯则立即举杯放到嘴边，并说了声"干杯"。

"干杯。"年轻人回答，并喝下了第一口。

扎哈里亚斯同样也爱喝:"好东西,我们打到法国人老家的时候,喝掉了他们不老少。"

"就是说……您去过法国。"

"是,我去过……干到了中尉,获得了铁十字勋章……腿上中了一枪换来的,现在还有点瘸,变天的时候也能感觉到……您呢,您去过法国或俄国吗?"

"都没去过,我去过非洲。"

"啊哈,莱托-福尔贝克[1]。"

"不,我是荷兰人。"

"哦,中立分子……比利时人就没能消化得了他们所谓的中立;人得知道自己的归属,右派还是左派。"

"不错,"年轻人点点头,"为此我们受到了惩罚——你们的皇帝如今在我们那儿。"

对这种中立的玩笑做出回应有失一个德国男人的体面:"左还是右,有人支持爱因斯坦,有人反对,没法中立……您为什么去参加集会?"

"您反对他吗?至少您的论述给我留了这种印象。"

为什么这个人不能就一个清清楚楚的问题给出一个同样清清楚楚的回答呢?扎哈里亚斯很想好好教训他一顿,但忍住了,因为他迫切地希望受到表扬,找补回一些掌声:"我的

---

[1] Paul Emil von Lettow-Vorbeck(1870—1964),德国名将,第一次世界大战期间驻扎于德属东非的德军司令官。

观点足够合理，我推测，您赞同我的观点。"

"不，"年轻人说，"绝不。"

扎哈里亚斯摘下眼镜，这是他在学校处理严重违规时的习惯动作，眨着一双近视眼，瞪着对方："您再说一遍。"

"我不同意您的观点，因为不能向学生隐瞒新的科学成就，仅此而已……为相对论干杯；不能把它秘而不宣，祝它长寿……干杯！"

"我说过秘而不宣吗？"扎哈里亚斯尖刻严厉地回敬道，"您的注意力不集中……我不是明确强调，我只是反对赶时髦，但并不反对进步吗？我可以果断地宣称，我是一名进步人士。我是社民党党员，社民党全都站在相对论一边。但是中学生仍欠发达的理解力不能被进步搞乱。您现在懂了吗？"

"懂了，您在政治上支持爱因斯坦，在科学上反对他。总体而言，您对他并没有多少好感。"

一个冥顽不灵的学生，扎哈里亚斯心想，他故作温和地问道："您的圈子大概普遍否定进步的福利吧？"

"我不知道您是在暗示哪个圈子，亲爱的朋友；但是我本人，请您不要外传，我不喜欢考虑进步的事。"

"这是思想的懒惰。"

"正确。命运给我的馈赠，我照单全收，连进步及其福利也不例外。我无法反抗命运，因此便欣然接受。没人能阻挡进步，所以我们只能支持进步。"

扎哈里亚斯怀疑地看着他："您听着，任何人想愚弄我，都会被我抓个现行。"

"就因为我是宿命论者?因为我坦然接受,甚至支持进步注定带来的福利?"

"别说蠢话。"扎哈里亚斯粗鲁地说道。葡萄酒的酒劲很大,他喝得太急,在酒精的作用下,他现在到了好斗的阶段。

"唉,"年轻人悲伤地说,"我们还没说过什么蠢话。"

"看吧,又是一句蠢话,"扎哈里亚斯教育他,"显然您无法判断,自己都在说些什么蠢话。"受到痛斥的那位没有回嘴,他就继续说道:"还是您认为把相对论称作不可避免的祸端才算明智?"

"不可避免的福利。"

"行行好,别再胡言乱语了。这话怎么讲呢?"

年轻人客气地回答道:

"不断进步的认识所带来的福利是由痛苦换来的。"

"空话。您得学着更精确地表达自己。"

"不行,"年轻人说,"我一喝酒,就没法精确。"

"太好了,您自己承认了。"扎哈里亚斯欢呼。但是他的胜利没有持续多久,因为对方补充道:

"所有的精确都带来不幸。"

"我受不了了,我要中断这场对话……"

"稍等……"年轻人说;他发现瓶子空了,便喊来服务员,又点了一瓶。然后他转身朝向扎哈里亚斯:"您说什么来着?"

"请您用一个具体的例子阐释一下刚才说的话。"

"再来一瓶这句话吗？本来就很具体嘛。"

"老天爷，关于精确以及精确会带来不幸的那通胡言乱语。"

"原来是这些话。德国人是欧洲最精确的民族，他们因此造成了自己和欧洲的所有不幸。"

"明白了，"扎哈里亚斯由来已久的好斗心理发作了，并转化为攻击，"中立国敌视德国，把德国看作扫把星，就因为德国威胁到了他们的商贾习气和重利之风……您真的就这么不听教诲吗？"

"可不是嘛，千真万确，"年轻人说，"此外我不明白我有什么可学的。"

"我受够了，"扎哈里亚斯朝他咆哮着，"但是在我走之前，我得让您知道，您和您的中立国，和整个世界，你们该学会什么。"他喝了一大口，用轻蔑的眼神看着年轻人说了起来："理所当然地，我们从一个具体的事例开始，身为一名教师和教育工作者，同时也是对您心怀善意的朋友，我必须指出，您的虚伪令人作呕；就因为您钱包鼓鼓，点了一瓶好酒，您就以为可以把我当傻子愚弄，您用蹩脚懦弱的借口来否定这一点。这就是我们德国人自古以来就在承受的既夸张又伪善的态度，因为整个欧洲对我们都采取了这种态度。好啦，我们给了欧洲点颜色看看。我在拉昂和苏瓦松[1]喝的就是

1　均为法国城市。

这种酒，我掏自己口袋买的。"——他突然大笑一声——，"只不过花的是军队征用的法郎。法国人当然不喜欢自己的钱被征用，更不喜欢我们。但是既然他们不想把美酒赠给我们，那就好歹都要出钱，还得忍受我们。我们当然也不喜欢他们，尽管我们曾对他们羡慕有加。我们只是受不了他们对着我们指手画脚。他们太小太黑太聒噪；不能让人用空话来敷衍我们……请记住这一点。自从愚蠢的美国人驰援他们，他们就以胜利者自居，我们就加倍地讨厌他们。我们忍受不了虚伪，他们太假模假样了。犹太人也是这种情况；要不是他们自高自大，顶着一头黄毛趾高气扬，成天不知道在想些什么，我们原本也会喜欢他们的。我们也不喜欢他们自吹自擂地要重新塑造我们物理学的世界观，拿一些仓促、未经论证，因此徒有虚名的结论来烦人；那是我们的世界观，要是我们想重塑，那我们一定会比他们做得更好更坚实，而且不会摒弃很多。这就是我们的精确性，德国科学的精确性；我们自己就能做到，别担心，不需要他们的帮助。学生没权利教育老师，但是如果他在狂妄、虚伪和骄横的推动下胆敢这样做，那就要承担后果。我们民族有很多老师，有很多世界之师，所以难怪其他民族会像差生一样，经常把我们的精确严格视作不公，并且牢骚满腹。有的时候我们自己也理解不了自己，所以会觉得自己不公、邪恶，变得犹疑不决，被自己的严酷和严酷的手段吓到。但是我们只能严酷；一直以来我们必须穿越不公，才能实现公平，实现世界的公平；一直以来我们必须先堕落，才能让自己进入更完善的和其他民族一样的状态；一直以来，我们自己也很吃惊，在我们的手上，不公后来总会转变成公平。因为我们是无限因此也是死亡的民族，而其他民族钟爱有限、商贾习气和重利之风，植根于可测性，因为他们只想了解生，不想认识死，因此，尽管他们看似轻松地远远超越了自己，但只是证明他们无法突破有限。为了拯救他们，我们对他们实施了孕育着死亡的无限的惩罚。确实是一门强大的、严酷的课程！听懂这门课很难，上这门课更难，所以我们这些老师不仅要尊享法官的体面，更要承担刽子手的不堪。因为无限中同时包含着一切，体面和不堪，圣洁和缺乏圣洁，善意和恶意，这就是我们蒙受的恩典和诅咒，我们要扮演的双重角色使我们自己和其他人都觉得可怕；我们对准他们发射的每一枪，也都射中了我们自己的心脏；我们不得不对他们实施的每一项惩罚，也是对我们自己的惩罚。我们蒙受的恩典和诅咒，便是世界之师的工作，尽管如此，我们承担了起来，基于无限之中因此也在我们之内存在的真实：身为德国人，我们承担起了这项工作，没有拒绝，我们铭记，自己是唯一一个不虚伪的民族。"

他站了起来，用颤抖的手把瓶子里剩余的酒倒入两个玻璃杯中，把自己杯中的酒一饮而尽，说道："现在我走了。"

"为什么？"年轻人问。

"刚才说过了。"

"我不明白，"年轻人说，"我还要喝。"

这似乎比参议教师扎哈里亚斯本人的演讲更有说服力，他深刻地思索着，该不该再坐下。最后他决定：

"虽说如此，我还是要走。"

"去哪儿？"年轻人不无兴趣地问道。

这给了参议教师扎哈里亚斯进行第二场重要演讲的动力：

"从您的脸上可以看出您淫荡的猜测。您以为，我现在拔腿就要去一个我毫不迟疑地要称作婊子的女人那里。不，我不会这样做。绝不是因为我害怕碰上某个或几个高年级的学生，然后被他们出于对严格考官的卑劣仇恨而永远毁掉我的事业和家庭。我说了绝不，是因为我曾经有几次借着夜色克服过这种恐惧。可以说，今天也去克服一下应该会更明智。因为如果我秉从自己的心意，赶回到我忠诚的妻子菲利皮内身边的话，少许的醉意就会促成我们第四个孩子的到来，或许您听出来了，我们已经有三个了。尽管如此，对我们无力负担的第四个孩子到来的恐惧，显然大于我遇上高年级学生的担忧；让我不敢回家的不仅是养育孩子的高昂费用，不光是糟糕的通货膨胀，但愿这种状况还能克服。我不会低估财政上的不确定性，但是我们德国人所置身其中的无限，如果我没弄错的话，其不确定性要更为强烈，以至于每次的交媾都会把我们投入到幽黑的无限中。我特意说了交媾，故意没有用做爱这个词；其他民族或许还能提爱这个字眼，我们已经不能了。恰恰因为我们，我的好妻子和我，曾在我们相拥时共享过无限，或者说得通俗点，当时我的认识抵达了最遥远的星球，以至于我们的吻像是悬浮在宇宙中，正因为如此，我才冒昧地从中得出结论：彼时既非我为她而存在，也非她为我而存在，我们二人全被消灭了，每个人都为了自己，也越发是为了彼此，被消灭在了比我们自身的存在更伟大、比任何一种爱更伟大的东西中，它比爱情中不可或缺的当事人还要伟大得多。她还记得我的脸庞，我还记得她的吗？不记得了；确切地说，连我们的身体都不记得彼此了。消亡就是黑暗，无限的黑暗。人，特别是那种沉迷于无限的人，当然在不停地追求这种无限以及毁灭自己的灵魂和身体的黑暗；他不仅要说服自己相信，对黑暗的渴望就是爱，不，他甚至还要，依照我的经验，真正严肃地对待自己灵魂和身体的毁灭，实施自杀，从而使自己爱情的无限性板上钉钉，然而他由此只是让自己对它的绝望板上钉钉；他曾虚伪地拿爱情来自我欺骗，因此要杀死自己，以免变得虚伪；或者，如果您更喜欢悖谬的表达，为了不让黑暗曝光虚伪，为了他能逃脱虚伪在我看来注定要在心中留下的羞耻。我们，我的菲利皮内和我，也对曾经发生在我们身上的一切感到深深的羞耻，我们根本就不想再提，我们更不愿提我们心醉神迷的消亡的产物，我们的大女儿，为了向皇帝致敬，我们给她取名威廉明妮，她的脑袋有点不灵光，懵懵懂懂地混着日子，据我冷静的观察，近乎白痴。要不是有点醉了，顺便说一句，只是有一点点醉了，我不会在这里不顾羞耻地详细回想这一切，更不会这么公开地自夸，我会一言不发地起身去找我的菲利皮内，她会因为我大醉或者微醉而忠诚耐心、毫不动怒地训斥我,因为她早就知道,我必须参加政治和科学聚会;哈,她会像站街女接客那样接纳我,我也会把她当成一个我叫的站街女,唉,我们就会上床,仅仅因为这事儿曾经比我们本身伟大,现在比我们渺小,但它从来不是爱情。唉,我们德国人不会虚伪,如果我们想要爱情,那就双双殉情,要是我们下不了决心,那我们就只剩下了无限的黑暗,无限的不安,无限的羞耻。唉,可悲,如此可悲……"

悲伤到不能自已,悲伤到抽泣,尽管由于悲伤而在不停地抽泣,他还是又坐到了凳子上,当他颤抖的双手发现酒瓶空了时,他的抽泣变成了响亮的抽噎。他的对桌却抱着酒醉之人对彼此怀有的同情心柔和抚慰地拍打他的肩膀,他便叱责道:"注意力不集中已经使有些学生夭折。看这儿……空洞的虚无。"他把瓶子举高作为证明。

突然,悲伤毫无过渡地转变成了同样强度的欢乐:桌上的两个杯子像被施了魔法一样,又盛满了酒,虽然惊讶,两人还是开怀大笑,因为他们两个都没有注意到,服务员匆匆一瞥,把他拿着瓶子挥舞当作了续酒的信号,扎哈里亚斯点头称道:"唯命是从,就该这样……对您的成绩单会有良好的影响。"

"够了,"年轻人用酒桌上不容置疑的专业口吻说道,"接着喝之前,先吃点东西,吃点能充饥的,否则我们要走时就直不起腿了。"他点了酸菜烩香肠、黑面包和瑞士奶酪。扎哈里亚斯很满意,他用两只手抱住杯子,却没有喝,而是听话地等着上菜。

菜端上桌后,他强撑着站了起来,两条腿打着战,甚至还鼓着劲儿要行军礼;他左手拿杯,尽可能规范地鞠了一躬:"扎哈里亚斯,参议教师,"他自我介绍道,"咱们以你相称。"年轻人也站了起来,使劲儿摇晃着向他伸过来的右手:"很好,以你相称。"相互碰杯之后,他们手臂交叉着一饮而尽。再次相对而坐时,扎哈里亚斯又挑剔起来:"你的名字是?"年轻人把食指放到嘴边,要求保密:"嘘,不要考问,我告诉过你,连我的名字我都不会让人考问出来。"扎哈里亚斯又变得非常悲伤:"可我已经告诉了你我的名字……公平何在?"——"你是Z,我是A;我们兄弟俩就拥有了所有的名字,对,共同拥有从A到Z的所有名字。"这个主意深得扎哈里亚斯欢心,也深得他体内的那位数学参议教师的欢心,他自顾自地笑着:"从A到Z的所有名字。"——"那好吧,"年轻人说着高兴地举起酒杯,"为我们的名字干杯,也为不计较身份的爱情干杯!"扎哈里亚斯摇着头:"爱情?根本不存在。"——"那为什么干杯呢?"这个问题相当难,扎哈里亚斯苦苦思索着,好不容易才想到了答案:"为兄弟情谊干杯。"——"这东西存在吗?"——"会存在的。"于是他们为兄弟情谊碰杯,接着扎哈里亚斯开始吃起香肠来,每一口都像草耙子一样,底下钩着酸菜叶,每吃完一口就接着来一大口葡萄酒。

"喝葡萄酒要配奶酪,"A说,"不要配酸菜,白糟蹋了这酒。"

"正确，"扎哈里亚斯附和道，"葡萄酒和奶酪，我们在法国就这样。但我们现在是在德国。"

"饮食规则不受地域限制，国际通行，全世界的兄弟情谊就以此来开启。"

扎哈里亚斯充满优越感地微微一笑："国际的就不是德意志的，兄弟情是德意志的。"

"我原先还以为，你是社民党人。"

"我就是，思想纯正的德意志社民党人。"

"那你就必须有国际化的思想。"

"我有，典型的思想纯正的国际化，这就是我。但是我们德国人将来必须领导国际组织；不能让俄国人来干，不能让法国人来干，更不要说其他国家。民主的国际性立足于兄弟情谊，而非一个不可靠的国际联盟；我们的任务是，教世界，尤其是所谓获胜的西方民主国家知道这一点。"

"问题就在于，他们是否愿意。"

扎哈里亚斯做了个讥讽的鬼脸："胜者就是败者，非胜者决定着世界的走势,决定着世界的形象和民主国家的形象……来做此事的不是我们，就是俄国人。"

"以民主党员的身份？"

"随你怎么理解。正是因此我们才需要抓紧时间。为了掩盖自己的生意，西方列强喋喋不休，看似民主地喋喋不休。因此他们才拿爱因斯坦大做文章。空洞的噪声。事实上他们只关心自己的生意，我们恰恰要让他们改掉这一点。"

"美好得不真实。"

这是什么托词？扎哈里亚斯立即表示不赞成："你就是这么个中立分子，这么个小商贩，连你都会惊叹于我们将要完成的壮举，我们，德国社民党人以及与我们同在的整个德国民众。冯·塞克特将军已被我们委任为国防军总司令。"

"同意，"A说，"我们要无视每种相对论，向着全世界的兄弟情谊进发……这样对吗？"

"对。"扎哈里亚斯吃完了香肠和酸菜，用面包把盘子擦得干干净净，开始切起奶酪块来；他心满意足地说："现在我解酒了，我们可以再点一瓶。"

"很乐意。但是为了现在再次实现的舒服感能够持续，请允许我去方便一下。"

"一个周到的提议，"扎哈里亚斯表示赞同，"愿意追随；我也去。"

于是他们两人去了酒馆后方的男厕所。站在小便池前，扎哈里亚斯的思绪突然进入一个更崇高的领域，人，或者更精确地说是男人，奇怪地与他忠诚可爱的四腿朋友——狗——共同拥有的领域：人类最初的仪式诞生于对树木和石头的崇拜，直到今天，人类仍把庄严的覆有神秘符号的墙角石嵌入宏伟的建筑中；直到今天，人类仍把自己的爱情密语刻入森林的大树上——，对于狗来说，树木和石头，尤其是墙头石，不也是神圣之物吗？不同于所有其他动物，确实只有它在排尿时需要用到树木和墙角石，而排尿这项活动不总是另一种更高等的仪式、与爱情最紧密相关的射精仪式的前戏吗？这两样都是新陈代谢的仪式，在狗身上可能还很原始，还无法将粗俗和神圣的需求区分开来，甚至是字面意义上的流为一体；而在人的身上，这两者间奇特的关联仍然存在，由于人和狗在构造以及心理上的显著相似，人在从事粗俗和神圣的活动时——前一种不可避免地激发后一种——，自古以来也需要树和墙。扎哈里亚斯在进行粗俗的生理活动时眼睛一直盯着的墙壁就清楚地证明了这一点。他一边钦佩人类简洁崇高的表达力，而由于他也是人类共同体中的一员，一边也从坎肩的口袋里掏出一支铅笔，在墙上其他或多或少有些命令式的、淫乱和象征性的神秘文字和图画之间，选定了一处空白位置，画了一颗漂亮的心，并意味深长地把相互交缠的字母"A"和"Z"插入其中。年轻人对整个过程投入了极大的关注，并称赞了他。

事后他们又坐下喝第四瓶酒。女招待摆出了几个香烟盒子以供挑选，扎哈里亚斯受不了令人窒息的热浪，已经解开了坎肩的扣子，松开了领带；为了挑出合适的烟来，他仔仔细细地擦了眼镜。他成功了。他嗅了嗅，为了获得赞同，让对桌也闻了下；在选出第二支类似颜色和类似气味的香烟之后，他把两支都藏到了餐巾纸下，然后狡黠地问道："那么，左还是右？"——"左。"A说。扎哈里亚斯胜利地回答："错！我是左派人士，你还是右；我要左边的香烟，你要右边的。"就这样，右边的香烟被递给了年轻人，他们为这个成功的政治玩笑而开怀，此后就懒得再开口，只是看着香烟的微光，安静地坐着，吞咽着这上好的货色；他们一小口一小口地享用着，舌头滚动着回味，像是在告别一般，他们动作迟疑缓慢，因为这真的是最后一瓶了。

表面看来似乎没有受到外界的刺激，但很可能是刚才去方便后仍残留在鼻腔中、连吞云吐雾也没能遮盖住的强烈刺激的尿骚味，而且这气味似乎成了令人作呕的烟雾缭绕中必要的配料，促使参议教师扎哈里亚斯开始做第三场演说，起先深思熟虑、从容不迫，然后伴着醉意越来越激昂：

"兄弟情谊和爱情相同，又不同。相同，是因为它和爱情一样，致力于人的消亡。爱情在其所追求的消亡中同样归于消亡，也就是说证明了它自身的不存在，而兄弟情谊的存在实际上却始于消亡。因为在爱情中，只能轻率对待消亡以及消亡的顶点死亡，只能被轻率地对待，是因为爱情所梦想的双双殉情，必然会杀掉刚刚孕育的结晶。实际上恋人们害怕死亡，他们的情欲就是不死，是对死亡的克服，是克服对死亡的厌倦。真的,我把恋人们上演的称为不负责任的死亡游戏，一场提高情欲的游戏，一场克服厌恶的游戏，所有的情欲都来源于这种克服，一种消亡于动物性和整体性的游戏，因为无论是在动物身上还是在宇宙之中，厌恶都无处藏身。但是死亡不受任何游戏蒙蔽，它打断恋人们的这种游戏，把他们从假装的熄灭抛回到理智中，抛回到情欲熄灭的地狱，厌恶的地狱。恋人们，更准确地说是愿意相恋的人们，被罚以承受双倍和三倍厌恶的痛楚，他们窥探着对方死亡的气息，窥探着奔向死亡的衰老的气息，渴求着对方的嘴巴和始于嘴中的腐烂气息；这是由重生的变得双倍和三倍强大的死亡带来的地狱的惩罚，在惩罚的刀剑下，人变得晕头转向，在此岸如同彼岸那般晕头转向，以至于对游戏失望的人，开始怀疑一切，尤其是开始怀疑万物之名，也就是说，他被迫不停地利用新的公式和理论来认识它们，并且最终不得不厌恶地放弃，不是被情欲，而是被自我憎恨和自我厌恶杀死。这就是爱情的不存在，是爱情游戏双方对殉情和自杀奇迹的梦想，是他们虚伪的消亡的游戏！但是兄弟情谊不同！完全不同于两个可怜虫意欲利用性别差异来飞升到极乐，兄弟情谊是伟大的男人联盟，是崇高的、凭借数量众多而与现实同等伟大的原初梦想，一次次抵达现实的人类梦想，因为这梦想使现实臣服于它。兄弟情谊不愿意通过表面上的消亡来暂时忘掉死亡和对死亡的厌恶，不，为了真正的消亡，它勇敢地承担起了死亡和厌恶。女人在家中怀胎分娩，而男人却孕育着死亡，也被死亡承载，消亡在多中，多是无限的回音，是宇宙的回音。但是这种兄弟情谊如今何处可寻？好啦,请您回答我；我期待着您的回答！没人能回答吗？那就只能由我本人来公布答案，我提醒您注意现代的军队机构，在当今之世，我想到的主要是德国军队，堪称真正的男人联盟和拥有真正的兄弟情谊的上乘之地，或许也是唯一之地。您能想象得出这样一个不依赖于严格创新的联盟吗？消灭每一种反抗是先决条件，此外消灭痛楚和厌恶感也是题中应有之义。如果说爱情在厌恶中终结，那么兄弟情谊则在厌恶中并伴随着厌恶开启。军队的兄弟情谊恰恰如此。它从臭味始，营房及其厕所的臭味，行军队伍的臭味，医院的臭味，无所不在的死亡的臭味。情欲什么都不原谅；兄弟情谊却从一开始就宽容，再臭的屁也伤害不了战友情。受到厌恶的惩罚，被督促着克服厌恶，就这样，新兵还没回过神来，就被带上了自我克服和自我消亡的道路，很快他就会开始摆脱自己对腐朽气味以及死亡的恐惧。他会变得愿意全面牺牲。死亡的工具是军队，参军之人在他参军的那一刻便丧失了灵魂，失去了自己个人的灵魂，但他仍然幸福，因为他的身体加入了无穷列身体的队伍中，就算要失去生命，他也无所畏惧。真正的消亡始于这里；它不是游戏般的消亡于轻浮的无限中，这种无限是爱情的目标、是爱情的门面游戏；真正的消亡其实是消亡于整体，而整体不在彼岸，而是栖于此岸，尽管如此，它却与无限等量齐观，并且与无限一样注定永恒。军队里的一切都有板有眼，新兵一开始所受的责罚越是严酷，所怀的厌恶越是深沉，他所处的整体就越是让他感到安稳，这个整体就如同整个宇宙，自己注定要摆脱了厌恶和恐惧而消失于其中。他毫无异议地接收来自整体的命令，命令确保他获得话语、事物和名称的确定感，这样就无须再怀疑现实，摆脱了所有无用的定理和所有的摇摆，整体性地奔向死亡的生活，作为兄弟情谊返照到每个人的生命中，这是他的消亡和他的幸福。我们把这定义为德意志的兄弟情谊。"

说最后几句话时,扎哈里亚斯站了起来;就像在讲台上居高临下地传道授业一样,他的指节伴随着抑扬顿挫的话语有节奏地在桌面上敲击着。说完后,他显得有些困惑,为什么自己面前只有对桌,而不是一整个班级;他用空洞的眼神瞪着对桌,而对桌也暗淡、吃惊地用空洞的眼神回瞪着他,一时之间他搞不清他们之中谁在坐着谁在站着,于是发令道:"请坐。"

在演讲,尤其是酒精的麻痹作用下,年轻人仔仔细细地检查了自己弯曲的膝盖,感受了一下臀部和臀部下方的木凳之间的关联,由此得出结论:他本人是坐着的那个,并立马把自己的结论表达了出来:"参议教师先生不想就座吗?"

扎哈里亚斯盛气凛然地斥责道:"请不要顶嘴!"

另一位清醒了点,认识到此时必须做点什么:"一杯咖啡,参议教师先生,对我们俩都会有好处。"

思维迟缓,只顾着忙活葡萄酒瓶的扎哈里亚斯过了一会儿才嘟囔着说:"一个学生,邀请我喝咖啡……多么狂妄,多么狂妄!"而 A 不等他回答,早就打着软腿走向柜台,亲自去点咖啡;当他返回时,扎哈里亚斯又想出了一个新的指责:"您一个小时内出恭的频率有点多啊,要是在厕所行不端之事,会受到惩罚的。"他仍然僵硬地站着,把手撑在桌上。A 命令自己的双腿摆成立正的姿势:"我没行不端之事,参议教师先生。"——"您大概知道,事先没有获得许可,您不能离开教室。"——"请原谅,参议教师先生,下不为例。"和年轻人正相反,扎哈里亚斯觉得这是一件非常严肃的事情:"我要把此事登记到班级记录簿中。"——"参议教师先生不想再法外开恩一次吗?"——"开恩是软弱,开恩不是兄弟情谊。必须惩罚。"但是此时已经端来了咖啡,香气飘进他的鼻子,于是他惬意地问道:"您从哪里弄来的咖啡?"——"从校役那里,参议教师先生。"——"嗯,好;那我们狠狠地干吧。"两人都坐了下来。

喝着咖啡闲聊了一会儿后,两人几乎同时发现,他们彼此又开始以您相称了,尽管不久前还喝着酒称兄道弟。他们不由得大笑起来,年轻人说:"现在我们恐怕得再为兄弟情谊干一杯。"——"对,对,再点一瓶。"但是 A 觉得有点过分,于是洋洋洒洒地阐述起来,喝过咖啡之后不能、不可以再喝葡萄酒。于是他们一致同意再喝一杯樱桃酒重新定下兄弟之盟,因为只有酒精才有资格来推动这一如此成功的庆典达到高潮。

说干就干。两人再次起身,手臂再次交叉,把这杯代表着兄弟之情的酒倒入腹中,然后再一次用力摇晃着对方的手。等握完手,A 结了账,参议教师扎哈里亚斯下令道:"排成两排,出发。"

来到街上又有了新的分歧,因为他们又一次发现,年轻人没戴帽子。扎哈里亚斯想把自己的给他戴上,对方的拒绝被他视为恶毒的行径和可憎的鄙视:"你该不是嫌帽子不够好吧？"——"不是，太小了。"——"别这么吹嘘自己的脑袋。"他命令道；在拼命尝试了几次之后，还是没法把帽子塞进去，对方的脑袋似乎不愿意缩小，于是他英明地决定把帽子一分为二。他掏出自己随身带的小折刀，插入帽子中间，打算把帽子竖着切开。A挫败了这个计划。"胡闹，"他说，"那我们俩就都没帽子戴了。你要是想分，那就你保留帽盖，我要帽檐。"这简单。扎哈里亚斯把帽盖套在了头上，但是失望地发现，割下来的帽檐太宽了，从年轻人的鼻尖滑了下去。"蠢货，"他气呼呼地训斥道，"你是故意的；现在你又让脑袋缩小了。"——"这不是我的过错；刚才血涌上了我的脑袋，现在夜风一吹，又流了下去。"年轻人忧虑不已，他一次次地试图固定住帽檐，可帽檐却一次次地滑下来，滑过鼻尖掉到脖子上，最后他终于放弃了："我把它当领子来戴吧，适合得很。"

扎哈里亚斯喜欢这个主意："要是你想打招呼，就把它拉到头上来。聪明，对吧？"

偶尔有路人觉得好笑，向这两个装备奇特的人投去匆匆一瞥，但是仍在街上的少量行人，大多漫不经心地从他们身边经过。夜晚有着夏日的慵懒，疲乏却不得止息。不知从何处刮来了清早的丝丝凉风，编织到滞留的夜色及其令人窒息的空气中，但是窒息感如同在反抗一般，化作一道颤抖的光，像一群无边无际的蚊虫一样不可动摇地悬挂在弧光灯的白光里，窒息感清醒的不安散布到周围的冷清中，战胜了零星散布的清凉。这一刻是分裂的，尤其是当清醒的锤击声无休止地填满了夜的虚空时：人们正利用有轨电车停运的间隙，修理着它的轨道。身处这种清醒的冷清之中，两个人精神十足地迈步向前——扎哈里亚斯有点瘸——，手挽着手，却仍然一副士兵的派头，行进在这清醒的声响中；借助每一个步伐的活动，自己也变得更加清醒。在凌晨的林荫大道上，随着地下无休止的敲击声越来越清晰，A说：

"磨响大城市的镰刀。"

扎哈里亚斯回了句："一派胡言。"

几分钟后他们到达捶打声的发源地。修理点像帐篷一样围了一圈亚麻布，部分是为了照顾路人的眼睛，部分是为了挡风；亚麻围墙的四角敞开着，不时透出白晃晃的电焊光，溅到草地上；在这闪电般的强光映照下，弧光灯萎缩成了暗淡无声的月亮。大约有十来个人在那里忙碌着，几名电焊工戴着沉甸甸的面罩般的护目镜；他们要交流的话，既要盖过锤击声又要压过电焊声，因此只能粗声大气。

没多少可看的。但扎哈里亚斯还是被这个工作场景吸引住了，饶有兴致地站在那儿。作为参议教师，他原本不可以这样，因为身材细长的他，鼻梁上架着一副眼镜，头上顶着无檐的帽盖，每一寸都散发着专横清醒的教书匠的气息；但是他却惊讶地发现，自己同样引起了那群男人极大的兴趣；他们开始对他的模样评头论足，用粗笨的手指指着他，最后汇合成一曲多声部的笑声大合唱；听到他用教书匠的严厉语气大喊"不许这么荒唐"，他们拍着大腿、捂着肚子狂叫起来。

Ａ躲过了他们的嘲笑,一则他也跟着龇牙咧嘴,二来他脖子上的帽檐没那么显眼;但他仍然觉得有义务让扎哈里亚斯注意到他头上顶的东西所起到的激发欢乐情绪的功能,但是结果却有点出人意料,因为对方的怒火,尽管带着虚弱和痛苦的色彩,转向了他:"Et tu Brute[1],在我为你牺牲自己这么好的帽子之后,你任凭我承受群氓的嘲笑;non libet[2]……真是忘恩负义!"年轻人抓住机会表明了自己的忠诚、友谊和顺从:遵照扎哈里亚斯此前的指示,他把帽檐拉到头上,大幅度地挥动手臂向嘲笑者们致意,引得掌声雷动,为参议教师解了围。

尽管如此,讥讽在被讥讽之人的灵魂中会永远地留下一根刺,受伤害的扎哈里亚斯也是如此。刚刚逃离充满敌意的幽默感,他就再次站住并说道:"我很恼怒,深深地、羞耻地恼怒。"——"我的天,"年轻人劝慰道,"干重活的人,时不时就想寻点乐子。"参议教师听后非常生气:"我要教他们怎么取乐,怎么牺牲别人来取乐……就这还叫兄弟情谊!"——"不,这叫自由和平等。"——"啊呀,找到根儿了……自由和平等;我们更愿意称之为荒唐。"接着他气鼓鼓地往前走了几步。

但是既然讲出了关键词,参议教师扎哈里亚斯于是再次

---

1 拉丁语,恺撒遗言:"你也有份,布鲁图?"有对背叛的谴责之意。
2 拉丁语,意为"我不喜欢"。

停住了脚,准备进行他的第四场演讲,而这实际上一定程度上也是前三场的遗嘱式的总结,因为对他来讲,从中得出社会学的教训——对应刚才发生的讨厌事件——显然非常重要:

"荒唐就是荒唐。我,工人阶级之友;我,社民党人;我,教师工会领导层成员;我毫不犹豫地宣布,荒唐就是荒唐。那些男人,早就过了愣头青的年龄,言行举止却荒唐至极。顺便提一句,这种不负责任的荒唐是冲着我来的。本质就是令人震惊的不负责任,令人震惊,确实令关注着我们民族发展的每一个人感到震惊。因为我们不得不问,如果这个民族中起决定作用的阶级,也就是工人,开始具备如此不负责任的思想,那这个民族还能胜任世界之师吗?为此我还想更进一步,问一句,一个工会,如果仅仅要求把给社会主义投票作为落实更高工资的回报,那么还可以称之为负责吗?Panem et circenses![1] 当然,那些男人会很满意。他们要的只是面包、乐子、和自己的老婆睡觉。这就是他们心目中的自由和平等。但是身为德国人有义务追求的无限在哪里呢?建立在无限伟大的死亡之上的真正的民主又在哪里?他们变得软弱,而非变强,寻求生,寻求无视死亡的安逸,只为了苟延残喘,他们由此变得恐惧死亡,不像德国人,成了蜕化变质的西方民主及其准则无足轻重的战利品;这种民主意图把厌恶尽可能地变为软弱而非无惧死亡的纪律。我们注定也要

---

[1] 拉丁语,意为"面包和马戏团"。

像他们那样无能并由此而失败吗?不,绝不!只有整体才是真正的自由,而非个体;简单地说,个体受到自由的指挥,一种更高自由的指挥,因为他只能分享整体的自由,他从来,也永远不会或者被允许提出自我对自由的要求。必须与小家子气的自由一刀两断,而进行必要的教育工作恰恰是工会的责任。我们需要规划好的自由,因此西方肤浅混乱,可以说荒唐的自由必然被一种接受引领及规划的自由所取代。我站在这里,出于自律,头上戴了一顶他们觉得可笑的无檐帽盖;我戴着这顶帽盖,是为了表达我的兄弟之情,我蔑视西方的哄堂大笑。我们的平等是面对命令的平等,是规训和自律的平等,按照市民的年龄、等级和功绩来排序,一个考虑周全的金字塔,被拣选之人将被征召到塔尖,一位严格、睿智和居于领导地位的规训大师,而他本人也屈服于规训,以确保兄弟情谊。那会有多大的不同啊!兄弟情谊囊括了父亲、祖父和整条族谱,而后者为整体统一性与消除对事物坚固性的怀疑提供了担保。通过惩罚到达爱是我们的道路,通往那种永远做好死亡准备,因此克服了死亡的爱,在这种超越了对死亡的厌恶的爱中,动物性和无限永恒地统一到一起。这是道路,德国民主的责任便是走这条道路,凭着自律而前进,被委以领导新的国际性组织的重任。"

演说的过程中有轻微的雷声传来,渗入停滞空气中的丝丝凉意可能也是远方的雷雨所致,这凉意现在变得越发浓厚和明显。扎哈里亚斯也听到了远处的隆隆雷响,他几乎欣喜若狂:"宇宙,无限的宇宙愤怒地做好了惩罚的准备,母亲般的宇宙赞成我的说法……你听到了吗?还是你又不明白发生了什么?"

"明白,"年轻人说,"我明白了;德国人将来会非常忙啊。"

"他们不可以也不会逃避。"

"但我想避开雷雨……来,我们坐辆出租马车吧;我先把你放下,再回家。"

"不,我想走着;我都是走着从学校回家,透透气。反正不远了。"

"但我累了。"

"士兵必须齐步走。别偷懒,越是大步向前,越能躲开雷雨。"扎哈里亚斯动了起来。

他们现在要穿过一座公园。公园里有为数不少的纪念雕像,或卧或立,每一尊都被灌木丛环绕着,在公园灯光的照射下,雕像的大理石较之白天更加苍白,而青铜更加反光。人物的职业大多通过普遍的附属物来表现,也就是书、法律卷宗、剑、毛笔和调色盘等;然而,这时有一尊雕像进入视野,其附属物并非上述物品,而是青铜做的木棒和杠铃,它们紧贴着青铜材质的高大长筒靴,靴中一腿虚立、一腿实立,腿上立着的是一个青铜材质的长须男人,手持一顶羽毛飘垂的宽边帽,波浪般的鬓发纹丝不动;两人行进到跟前时,扎哈里亚斯发号施令道:"致敬,压低帽檐!"理当如此,于是A便拉出帽檐来到石质基座前,想要破解哥特体的复杂碑文;

他读道:"体操之父弗里德里希·路德维希·雅恩,1778—1852,民族的强健者。"确实,是该致敬,扎哈里亚斯笑了:"当爱因斯坦早就不复存在之时,他还将矗立。"

他们离开了公园。又是雷声滚滚,年轻人又想看看有没有出租马车。稍年长的那位还是拽着他往前:"走吧,走吧,我们马上就到家了。"——"正因为如此,"年轻人回答,"谁知道到时候还能不能叫到马车;另外,你现在确实也不需要我了。"——"大谬不然,现在我才需要你,"扎哈里亚斯使起了苦肉计,"是的,现在我需要你,爬楼梯对于一名战争伤员来说太艰难了,要是你能把我扶上去,我的好老婆菲利皮内一定会感激你的。"——"这个点你的太太恐怕已经睡了。"——"大谬不然,她正温柔担忧地盼着我回家。"——"既然如此,你带回一个不速之客,她就更不会高兴。"——"大谬不然!"扎哈里亚斯又是这句惯用语,"你不是客人,而是一位保护人,一位保护我也被我保护的客人,是那种野蛮人会献上自己的妻子与其过夜的人,菲利皮内至少要友好地欢迎你才对!"此刻风乍起,虽不大,却预示着雷雨将至。"真的很近了?"——"就还有几步远……要是真的下起来,我们就留你过夜。"

还真是,又拐了两个弯,来到一条矗立着典型的红瓦建筑的不大不小的街道上,每幢公寓房的前面都有一块围着铁栅栏、装饰着树木的草地;两人来到扎哈里亚斯的公寓房前。他一边在裤子口袋里摸索着找大门钥匙,一边用力释放着腹部的压力——"抱歉,抱歉排了点气,兄弟!"在幸运地找到锁眼开了门后,他开了楼梯间的灯。

或许是为了表现出自己需要帮助,或许是他的攀登能力确实受到了酒精的损害,不管哪种原因,反正踩着吱吱呀呀响个不停的木质楼梯越是往上,扎哈里亚斯走得就越慢,叹息也越多,表情也越痛苦,A 就得越发频繁地架着他的胳膊。上到楼来,他们发现家门大开;参议教师夫人无疑已经听到了他们的到来,事实上她正站在门框旁候着。

她三十多岁,由于矮小壮实,看上去有点显老;尽管填充了过多的脂肪,而且嘴巴凶恶有力地紧闭着,但她的脸庞一点都不难看,头发虽然稀疏蓬乱,却是非常纯正的金黄色。两条腿太粗,好在匀称,脚上是一双毛毡拖鞋。粉色的罩裙上套了一件印花的棉布家居服,手持一根鸡毛掸子,五彩斑斓的公鸡毛插在一根细棍做成的手柄上,家务用具,虽然时候不早了——早就过了午夜——,但她大概就是靠着做家务来打发等待的时间。不过,尽管她在候着,迎接他们时却一点都不像扎哈里亚斯预言的那么友好,她直截了当地骂道:"两个酒鬼。"

鉴于两个爬楼的人呈现在她面前的画面,她说出这样的话完全可以理解。因为她的丈夫脑袋上依然顶着那个无檐的礼帽盖,而他同伴的脖子上一如既往地挂着帽檐。她没有再说一句话,两只手握成了拳头,一只攥着鸡毛掸子,另一只撑着腰,让他们俩上来,然后一言不发地用下巴命令他们进到客厅;她坚决地关上屋门后也随之走了进去。

在客厅里,在贝贝尔、沙伊德曼和威廉二世的眼皮底下,她用冰冷的眼神继续审视着他们。参议教师耷拉着脑袋站在那里,壮着胆儿抬眼看了看:"菲利……"但是他没能说完。"开步走,去墙角!"她迅速打断了他;显然是他们的老习惯,他毫不犹豫地走向一个角落。菲利皮内没有再理会他,而是转向年轻人说:"在列位的商务晚宴上大概讨论得很顺畅吧?啊?还想着来这儿继续吗?还好他只带回了您一个,没有再带十个商务伙伴来。"——"菲利皮内。"墙角传来一个可怜巴巴的声音。夫人不为所动:"你闭嘴,脸朝墙!"在确认自己的命令得以执行后,她又对付起来客来:"我该拿您怎么办?也让您到墙角?他就是为此把您带回来的吗?您立马回家可能会更好。"角落里再次传出声音来:"菲利皮内,亲爱的。"——"你闭嘴!"——"我会乖乖的;我们上床睡觉吧。"——"你大概没听到我对你说的什么!"菲利皮内猛地掉头走过去,抓住鸡毛掸子带鸡毛的一端,嗖地挥舞着并让手柄落到丈夫的屁股上,紧接着又来了一下,一时间尘土飞扬。扎哈里亚斯脸朝着墙,虽然叹了口气,却没有挪动。相反,他稍稍前倾,似乎在等待着这一程序继续进行。

"好吧,"菲利皮内对年轻人说,"我觉得,您不会打算见识一下这个家伙吧?"——她指着手里鸡毛掸子的手柄——,"所以您最好离开。"

"不要让他走,"角落里的人朝着墙哀求道,"让他到我这里来,求求你,求求你。"

菲利皮内脸上的表情由严肃变成了赤裸裸的愤怒,她变得歇斯底里。"闭嘴,闭嘴,"她用走调的声音叫喊着,"一句话,一句该死的话都不要再说!懂了吗?!"像一名高尔夫运动员,甚至像一名专业的刽子手,她挥舞着再次打下去,手柄都弯了,几乎看不清她击中了哪里,是腰还是屁股,但是一下又一下,一直不停。

扎哈里亚斯一开始沉默不动,微微伸出屁股来接受刑罚,这时开始呻吟起来:"啊,啊……再来,啊……再来,再来,再来……把厌恶驱逐出我的身躯……把我变强壮,你这个女妖……把厌恶打出我的身躯……啊,啊……唉菲利皮内,亲爱的,我爱你……再来……再来……"正当他要解下裤子的背带时,刑罚却戛然而止。他惊诧地转过身来,眼神呆滞,帽盖依旧顶在头上,跌跌撞撞地向着妻子走去:"菲利皮内,我爱你。"

她用鸡毛掸子打落了帽盖,并阻止他继续靠近;又用另一只手抓住年轻人的肩膀说:"您大概是出于好心才跟着上了楼;他大概向您诉了苦,您打算帮帮他。或许您现在甚至想帮助我。但是人帮不了身处地狱的人。地狱所在,只会越来越糟、越来越糟。请您相信,还会更糟;我们远远未到我们必须去的地狱最底层。是的,年轻人,您看了一眼地狱,现在应该把它从您的记忆中删除。请您忘记吧!"这一切都是用平静的语调说出的；只不过，年轻人还是一动不动，于是她朝着他大吼："滚！"

当他下了楼推开门时，沉甸甸的雨点噼里啪啦地打在脸上；只要迈出一步，就会被淋成落汤鸡。雷雨火力全开。闪电一道接着一道，大片的水流过了黑色的沥青路，像小溪一样积聚在人行道的边缘，在下水道井盖的周围汩汩流过，并顺着流了下去，甚至可以说，争先恐后地冲了下去。路灯和对面的一排房屋倒映在黑暗的洪流中，一直延伸到静止的路面上，伴随着每一道闪电都会上演一场水下烟花。A紧靠着大门，大概过了足足半个小时，闪电才逐渐稀少乏力，而雷声也慢慢止息，雨越来越缓慢稀疏，最终停歇。空气变得清凉宜人，A离开了自己的护身所，抬头向参议教师的寓所望去：客厅的两扇窗户仍被灯光照得很亮堂，相邻的两扇也是如此，它们大概是卧室的窗户，只不过窗帘是拉着的。

楼上那里是地狱，是地狱的核心，虽然不是唯一的一个，但仍是分布于世界上的众多核心之一，而德国或许比其他地方要更稠密一些，但是地狱的威胁无所不在，嵌在、密封在庸常中。凌晨的城市一派清凉无害的平和，A轻松地往家里走去。可以感觉到山丘的气息，城市周围分布的风光的气息，辽阔大地上栖居的，但仍属自然的一切。田野茫茫，德意志的广袤森林，庇护着树木和动物，狍子仍在吃草，野猪还在掘食，如果在合适的光景，还会透过潮湿的树荫听到赤鹿的发情声。牛铃之声越过山岗，农人辛苦劳作，不在乎统治自己的是何朝何代，也不管自己的灵魂内有何种地狱般的贪欲在翻腾；两者都不能令他停止劳作。德国比其他地方更理性更谨慎，却也更冲动更贪婪更像地狱。德国不像别的地方那么假正经，但更虚假。因为德国人好像天生就对无限有着一种罕见的渴求，因此他必然鄙视对本能的那种幸福且充满幽默感的抑制，而西方人尽管有着更强烈的本能，却把对本能的这种抑制视作值得追求的生活形态；幽默于德国人是桩难事，要是他幽默了起来，那也是一种别样的、更古怪的幽默，是那种深思熟虑的非此即彼的幽默，而非此即彼正是德国人生活方式的特色，是其笨拙的原因所在，刺激着他们一方面完全禁欲，另一方面却完全释放本能：德国人鄙视折中；他视折中为伪善和欺骗，却没有发觉，自己由此犯下了更加严重的欺骗罪行，他虽然没有虚假的伪善、西方矫饰的伪善之举，但他却——这一点更糟——把不公谎称为公正，因为他借着非此即彼的名义，把自己原始的、未经抑制的麻木当作所谓的理性，来对抗更符合天理的人道存在，并且由此强暴了天理公道。他的诚实是暴徒的诚实，这种暴徒想要改掉不喜欢暴力的说谎者说谎的毛病，因此感觉自己简直是救世主，实际上却受到诅咒，永远是个祸害，因为他的信条是谋杀的信条。这边是谎言，那边还是谎言，中间是无限狭窄的真理之路，两个世界之间的一条路，虽然已经向德国人指明，但是由于无休止的踉踉跄跄和跌跌撞撞，却明显走不通。德国人的美德之路？不，用扎哈里亚斯的话来讲，大谬不然，他们没有认识到，真相其实是：因为这是一条充满了恐惧的痛苦的道路。

原因何在？A不知道答案。毕竟又与他何干呢？他没必要操这个心。他回到家中立马就躺到了床上，这是他应得的。

VIII 老鸹之歌

梅莉塔收到了一个年轻人的礼物。这在她的人生中前所未有。一名信差送了来,交给了她。是一个手提包,由闪着浅蓝光泽的铬盐鞣制的灰白皮革制成;搭扣和细细的把手都金光闪闪。做工精细甜美。她里里外外摸了个遍,指尖的愉悦感不亚于眼睛的感受。她几乎不敢打开搭扣;里面做了夹层,全是白丝绸。在小钱包的旁边,在一个盖上刻着大写"M"的小粉盒的旁边,在一支闪亮的金笔和一个小笔记本的旁边(——只是什么叫"Dates"?——)躺着一封信,年轻人在信中问她,是否以及什么时候可以再见到她。这也是她迄今为止未曾有过的经历。

她想立即回复,但是得有一张非常漂亮的信纸才行。用爷爷出门在外时向他报平安的那种明信片没法表达感激,也写不了正儿八经的信,因此她跑下楼,就近找了家文具店,想买点像样的东西。买来了也没用，现在她眼前铺好了漂亮的信纸，但怎么开头呢？她想对他说，手提包美过世界上的一切；她想对他说，她想马上——还是说明天或者后天会更好些？——见到他；她想告诉他，要是他能来自己这儿就太好了，只不过，如果爷爷突然从遥远的地方回了家，他经常这样，发现家中有客人在，可能——但是为什么呢？——会不高兴；她非常想告诉他，他不是什么客人，不是寻常的客人，但还是得在别的地方见他，随便哪里，是在山上的城堡还是下面的火车站，都随他。但是这么多话又怎么条理分明地列出来呢？怎么说才能让他真正感受到自己是怎样想的、自己想说什么呢？唉，由心到笔真是一段长得可怕的距离，尤其是自己还是个渺小的洗衣女，对任何一种书写都心存恐惧。不管开头怎么写，她都不满意。

上午的时光消逝在痛苦的绝望中。开了头的信放在桌上的手提包上，面目变得越来越可怕。她根本不想再看一眼。但是下午她灵机一动有了解脱之法，事实上在她还没有想到这个办法时就已经开始执行了。因为她冷不丁地从头到脚换了身衣服。就这样，她发现自己想亲自去给他回复，而且必须马上就去。

她站在街上，穿着周日礼服，头发还湿漉漉的，紧紧地绑着，胳膊挎着手提包。在她跑去文具店的时候，要不是只想着写信，那她早就注意到了现在才注意到的事情：今天是她所经历的最美好的九月的一天。正是一天的傍晚，九月的清风徐徐吹来，在明亮、依然宛如夏日的天空下，凉爽地抚过街道，依偎在房前，环绕着路人。梅莉塔一时有些犹豫——，坐有轨电车去火车站广场吗？那是他住的地方，他就住在那里，要是她坐电车，就能早些到达。但是延宕也很甜蜜，只要不是拖延得过久，小小的酸涩就会一直停留在甜蜜的边缘；于是她决定步行。

几乎整条大街都从商业区穿过，虽然除了周日，商业区从来都不会冷清，然而今天似乎比往常还要拥挤，甚至还要欢快。就好像这里的许多人全都被赠予了手提包，看得见的看不见的手提包，现在全都要去感谢馈赠者；梅莉塔一边溜达着，一边晃动着自己的手提包，不仅为了显示自己如今也是其他所有人里的一员，而且更是为了让其他人看到，她的手提包是最最华丽的那个。她偶尔会停在一扇橱窗前，尤其是当橱窗后有一面镜子的时候，她就端详着镜中的自己和手提包；当她走到一扇陈列着手提包的橱窗前时，尽管很费时间，而且期待的酸涩会严重加剧，但她还是忍不住要把那些成排的或者单个摆在玻璃基座上的包一个一个地拿来与自己手中更好的这个做对比。当她终于来到安静的火车站广场时，真想再重来一遍整个游戏；太好玩了。但是期待的甜蜜与苦涩之间的快乐摇摆已经到了上限，要是她转身返回，再来一次橱窗游戏，酸涩将无法承受，于是梅莉塔放弃了。

很快就找到了地址的房子。梅莉塔有点失望，门牌上写着一个完全陌生的名字，而非他的名字；门打开时，她非常震惊,因为开门的不是他,而是一个头发灰白的老妇人;老妇人头戴一顶白色上浆的女仆帽,很不友善地盯着她,严厉地问她有何贵干,她迟疑地询问A先生可在,老妇人就打算把门一关了事:"A先生晚上才回家。"

"哦。"梅莉塔说着热泪盈眶。

"究竟什么事?"听着柔和了一些,梅莉塔重新鼓起了勇气。

"我给他带来了回复。"

"回复?谁的回复?"

"我的。"

门里头缺牙的老妇人漏风地笑起来:"谁派了谁来?您这段时间是留在家里了吗?"

梅莉塔困惑地瞪着她,眼泪又要流下来。

老妇人的欢快变成了微笑:"什么回复?我还没听明白。"

梅莉塔想解释一番,却没有说出口。但是必须解释,必须为自己辩解,由于事情如此紧急,她灵光一现:她打开了手提包,甚至非常引人注目地打开了它——为什么要隐藏一件她如此自豪的东西呢?——把信递给了老妇人。

"稍等。"老妇人说,她拿过信来,朝着前厅后方的厨房走去,因为要看信得有眼镜。梅莉塔不想弄丢自己的信,于是紧跟其后,并且有点奇怪,最先听到的是一句有点不耐烦、充满责备的抱怨:"唉,眼镜在哪儿……我明明放在了厨房桌子的抽屉里……哎,你倒是说说,眼镜塞到哪儿了,别这么傻站着……别了,你还是先把外面的房门关了……是不是没人教过你随手关门……老天爷啊，我的眼镜……瞧瞧吧，我说在桌子抽屉里嘛，果然在这儿。"

然后老妇人站在窗户边，专注地仔细读起信来，说不定甚至还读了两遍，读完后她赞许地点着头："这么回事……原来是这么回事……你不妨把厨房门也关上。"接着就开始在灶台上忙活："我们先一块儿喝杯咖啡。你今天肯定还粒米未进。"是的，梅莉塔还真没想起吃东西。"你看吧……老策琳知道这个情况……我就是策琳……明白……？从橱柜里拿两个杯子。"

就这样，她们坐在一起喝起了咖啡；她们往浓郁的咖啡里倒了很多牛奶，把白面包掰碎放进去，然后按照通常的做法，再用勺子把浸透了棕色汁液的面包块捞上来；在接下来的一刻钟里，策琳打听到了她想知道、能知道的一切。

"你今天就想见他？"

梅莉塔用力点点头。

"我留你到晚饭时候……恐怕不会合小姐的心意，"她窃笑，甚至还有点幸灾乐祸——，"但她今天反正要应邀去参加晚宴，要是男爵夫人来厨房，也不碍事……就说你是我的一个亲戚……懂吗？"

此后她们一起清洗擦干了咖啡杯。"很能干，"策琳称赞道，"你大概也想这样为他煮杯咖啡吧……"

梅莉塔脸红了。是的，她想。

"总而言之，"——策琳轻轻抬起女孩的下巴，以便更仔细地端详她的脸庞——,"你的模样,我的天,还真不赖……就是别顶着这个发型在我面前晃……"

"为什么?我很丑吗?"

"为什么,为什么……你从来没去过电影院吗?你得去那里看看人们的装扮……"

"爷爷从来不去看电影。"

"真让人没辙……你这个年龄的人,都是和爷爷去看电影吗?……哎,别瞪着害怕的大眼睛看我,我又没说什么大逆不道的话。还是来我房间吧,我好好给你梳个发型,这样晚上你见到他时就漂漂亮亮的。"

日已渐斜,厨房窗前的花园里,一个男人正在浇花。闪耀的水柱中不时喷射出点点彩虹;水柱遇到草坪,草坪瞬时变成深绿;水柱遇到花圃断层的土块,瞬间就会形成一个马上渗干的小水池,这两样闻起来都相当湿润清凉。"我能和他坐在下面那里吗?"梅莉塔问。

"为什么不能?但是我们现在得整整你的头发。"她把小姑娘拉到了紧挨厨房、舒适宽敞的女仆间——在这里也能透过窗户看到花园——,让她坐到一面小镜子前,给她肩膀上套了一件过时的、显然是男爵夫人理发用的围布,为她解开发辫,查验,爱抚地用手指掠过:"你有粗硬、美丽的头发……你可以剪个短发。"

"爷爷会不喜欢的。"

"总是爷爷……那你别的男人怎么看?"

梅莉塔思索着:"我想,我一个都不认识。"

"什么?现在我倒想知道你多大年龄。"

"十九。"

"十九,十九……"——身为女仆的策琳用一贯灵巧的动作把她的头发别了起来——,"十九……你真的还没和任何人睡过……"

没有回答。梅莉塔看着镜中,发现自己脸色变得煞白。为什么老妇人要问这种事?

但对方毫不留情、铁石心肠地继续着:"别的姑娘能干多了;她们早就开始了,早得多……更别提策琳和她年轻的时候了……但是和你的安德鲁,你要跟他睡觉吧?……马上就到这一步了;现在我就想试试,要不要把发卷拉到额前……我的天,又怎么了?"

梅莉塔现在真的是涕泪滂沱,毫无节制,痛哭流涕,她把脸埋在了手里。

策琳站在她的身后,吻了一下她的头顶,抚摸着她的脑袋和脸庞:"有这么糟吗,小家伙?害怕自己没那个命?……不会,小家伙,每个女人都是这么过来的。"

她抽泣得更厉害了。梅莉塔蜷缩着坐在那儿,用右手示意老人闭嘴。

老人微笑着:"去吧,去吧,不要觉得……你是个成熟的女人了。"

"本来多么美好的一天,全搞砸了;再也美好不起来了。"

这时策琳严厉地回答，而由于她的话，她皱缩的形象似乎挺拔高大了起来：

"你让它美好，它就会美好；为他变美好，也就是为你自己变美好……你就是为此而生的，也将会为此而生养。"

当她说出上述这番话时，一些没被说出口、对她来说无法言明的东西也同时响了起来，尽管未被说出口，却比那些说出口的还要强烈，这种强烈是可以感受到的：她想到了全然的直接性，想起尘世中直接的乐生愿死，神圣的尘世的无限性，加诸并赋予了每位女性，此岸的沉重和崇高正在于它可怕的逃无可逃，在于它可怕的简单直白。策琳想到了这些，梅莉塔与她一道，通过她也感受到了这些。

"我会怀上孩子吗？"

"会的，运气好会怀上的……但是现在你又把发型给我弄乱了。"

小姑娘抬头看着镜子中的老妇人，认真地，但是同样也微笑着："没人能明白……"

"什么？你的发型？怀上孩子？"

"不是，全部。"

"对，"策琳承认，"没人能明白。和太多人睡不好，和太少人睡也不好，不和别人睡更不好。为什么会怀上这个人而不是那个人的孩子，也是神秘莫测得糟糕，简直会把人逼疯。尽管如此人还是得接受，尽管如此你还是得接受，尽管如此还是得为他们弄得漂漂亮亮。因为这才是个女人。"

"我不愿意去想这些。"梅莉塔说,并且擦干了最后几滴眼泪。

"对,不想只做,这才适合你。她们所有人都是这样,只做不想……就这样……别再毁了我的发型……现在去楼下的花园吧,我们的小姐一离开,我就立马喊你上楼。然后你帮我准备晚饭。"

梅莉塔下了楼,但是她不敢踏入暮色沉沉的花园。她愿意和他一起坐在花园里,手拉着手,但是不着边际的愿望,就因为不着边际才算是愿望,被策琳冷酷的要求毁了。一种别样的、一种新的、更冷酷、更实在的无边无际——逃无可逃——取而代之,那是人生无涉个人的不着边际。什么她都无法理解,什么她也表达不出,但是她预感到,漂亮的手提包已经失去了它最初的价值,不只因为此间发生的事情无法挽回,更是因为不该挽回。她一整天都在思念着那个安德鲁,就好像思念无非只是场不受约束的游戏,一旦期间发生了别的什么,比如爷爷回家,就可以轻轻松松、毫发无损地一推了之,全身而退;现在思念消失了,放弃的可能性自然也消失了。啊,填满了一整天的思念,曾沉浸在无边无际的欢乐中,明媚地戏耍着它的急不可待;现在的急不可待已经被剥去了思念,对准了黑暗,几乎没有目标的急不可待,急不可待本身,但仍然无法抑制。无法抑制的虚空!梅莉塔虽然很想去花园后部的长椅那里,她多想和他一起坐在那儿啊!可是她只敢走到房子后面紧挨着房子的地方,望向笼罩四周的秋日暮色，看着暮色缓慢地、非常缓慢地、太过缓慢地转浓变为夜色，她的一切所知和所想均是对自己急不可待的所知，对自己虚空的急不可待的所想。最后，终于，啊终于，虚空的等待被打断了：她身后的房中传来了下楼的脚步声，只能是小姐；梅莉塔虚空的紧张消解了些，因为策琳很快就会喊她了。

策琳也的确下了楼。她手拿一把园艺花剪，抱怨着刚才没法把小姐指使出家门。"但是你得了好处，"她认为，"现在楼上的活儿全都干完了，你只需要坐下吃饭就行。作为回报，你真得在这里给我剪几枝花。"但当梅莉塔真要去剪的时候，她又拒绝了。她匆匆走向花圃，在灰蒙蒙的雾灯中，可以看到她为了采花，伴随着剪刀的咔嚓声，弯着腰从一个花圃缓慢地走向另一个；她返回时胳膊抱着一小束，心情愉快。"我们走。"

厨房里摆好了两人的餐具，还有一瓶葡萄酒；策琳吃力地拿了个大水晶花瓶过来，仔细地把百日菊整齐地插进去。在落座之前，她又倒上酒："好好表现，孩子，祝你好运。"她深有感触地说道，并和梅莉塔碰了杯。她扯过围裙擦了擦眼睛，围裙角不就是用来干这个的嘛。

喝不惯葡萄酒的梅莉塔很快就忘了上一个小时的愁云惨雾。在被劝了几次后，她甚至下定决心吃了起来，尽管她刚刚还坚信自己这辈子再也吃不进一口东西。是的，很快她就不得不承认，非常可口，她还从来没吃过这么好吃的东西，受到赞扬的策琳大声地亲了她一口："最美的就是没有新郎的婚宴……你可以再喝一杯，当然……如果不是今天，还能是什么时候……"梅莉塔现在不再客套；喝酒让她快乐，快乐的思念，没有了急不可待的思念又出现了。

吃累了，说累了，她们又坐了一会儿，直到策琳看了一眼厨房的表，确定了下一步的安排："你该去洗澡了，好好洗啊……还是连这也得让我教你？"她向女孩指了指浴室和卫生间。无疑，这相当有必要。

当梅莉塔洗完想返回厨房时，前厅末端传来声音喊她："这里，梅莉塔！"顺着喊声走过去，不需要思考就可以知道，策琳在A的房间里忙碌着。梅莉塔心事重重地走了进去，穿过第一间屋，在第二间找到了策琳,她正在换新的亚麻布床单。屋里有点黑，因为只打开了一盏床头灯，插着百日菊的水晶花瓶立在五斗柜上。一切都如此平常，让人压抑，但是梅莉塔的这种情绪很快就被一扫而空，因为还没等她好好环顾一番，就被策琳诙谐生硬地训斥了一顿："你还是不会关门……不，不是这扇，外面通往前厅的那扇。"喔，她忘了；实际上是她不愿意关。尽管如此，她还是去关上了。

这时策琳已经铺好了床单，一瘸一拐地向她走来："脱下衣服。"

"我……？"

策琳笑了："要不然是谁？"

"但是……"

"好啦，脱掉衣服。"女孩还在犹豫，她一把便解开了女孩的衬衣扣子。如此一来便打破了僵局；梅莉塔顺从地坐到床边的椅子上，就好像到了睡觉时间一样，开始有条不紊地脱起来。当她要脱汗衫时，说了句："我没有睡衣……"——"咳，继续，"策琳催促道，"你今晚需要什么睡衣啊……但是你应该穿一件，我马上去给你拿……好啦，会给你去拿的，先把这件傻不拉几的汗衫脱掉！"

梅莉塔赤裸地站在那里。她人生中还从来没有这么赤身裸体过。策琳以行家的眼神打量着，温柔地抚摸着她。"一切都很完美，"她说，并稍微托起了女孩的乳房，"有点绵软笨重，我在你这个年龄时更坚挺，但你这样已经不错了。很多男人就喜欢这样的，简直爱得发狂，你这种粉色的奶头对他们来说就像香甜的牛奶。"她注视着女孩腋窝里有点过于茂盛的腋毛，下身的毛发也很重，然后满意地宣布："难以置信，竟然还是处女……照照镜子，你对自己和造物主应该非常满意。"是的，梅莉塔很满意，镜中的人儿向她散发出的是一种全新的满足感，以至于她不厌其烦地照着镜子，一点都不愿被打断：她突然知道了男人是如何渴慕，渴慕的又是什么，她因为自己值得渴慕而高兴。"我的手提包呢？"她突然惊恐地问道。

"等会儿，我拿给你。我把睡衣也拿给你，我们小姐的，很漂亮。"

她返回时不仅带来了手提包和睡衣，而且还有一大瓶香水，香水瓶上有个王冠样的搭扣；她拧开王冠，让梅莉塔嗅了嗅,高兴地看着她心醉神迷于非凡的香气。"法国货……你的安德鲁送给男爵夫人的,所以你有权享用。"

但她突然注意到,女孩脖子上还挂着细细的圆框项链,圆框里是白胡子爷爷的搪瓷相片;她抿嘴一笑给她解了下来:

"爷爷今天不该在这儿;戴着不合适。"

梅莉塔不明白,她听任爷爷滑落到手提包中,目送着他跌入黑暗中;然后她带着离开新坟的痛苦表情,合上了手提包的把手。这一切都势在必行,发生得自然而然,因此也显得无情。由于此事的发生,两个女人都感觉到,所有的直接性都是无情的,最后的直接性散发的神圣光辉从来少不了严酷和无情。因为直接接近的神圣性是残忍的,延伸到远方,但同时又停留在尘世,作为赋予并加诸于所有女性的尘世的无限性,无情地以代际相传的直接神圣性的形态出现,包揽了人类的任务,绝对人道的任务。无论是梅莉塔还是策琳,都变得异常严肃。

梅莉塔几乎不敢再望向镜中,她闭上了眼睛,甚至紧紧地闭上,因为策琳开始轻轻地往她的皮肤上涂抹香水,从耳后的发端开始,一点皮肤都不漏掉,一直抹到膝盖,这带给她一种从未感受过的深邃清凉的舒适。抹完后,策琳给她套上了一件睡袍,她看呀看,真的,怎么也看不够:真长呀,多软啊,胸部有精致的花边,领口很低,袒露出了胳膊和整个肩膀。"真正的新娘,美丽的新娘,"策琳边说边和梅莉塔一道打量着镜中人,但是很快——对梅莉塔来说太快了——

她就看腻了，并决定，"那么，现在上床吧。"之后又亲了梅莉塔一下，关上灯，出了房间，通往隔壁客厅的门开着，她却小心翼翼地把外面通往前厅的门关了。

梅莉塔躺在床上。可以说是惬意，又仿佛是倦怠，还像打了个盹儿。所有的急不可待都退却了，但是思念在生长，漆黑的屋子变成了一场梦。或许她们真的打了个盹儿。她不知道过了多久，失去时间性的感受突然被打破了，外面——虽然相隔很远——响起了策琳的声音："对，对，一个秘密，A先生，对，对，给您的一个真正的惊喜；您只管进去……哎，您是不愿相信老策琳吗？您进去啊，夜里不要给我制造太多声响……懂吗？"

然后——隔壁屋闪过一道光——外面的门开了；让梅莉塔吃惊的是，她的两只胳膊像是有了独立的意志并脱离了她，抬起来向他伸展出去，给他一个惊喜，是的，给他一个惊喜。白皙，两只胳膊在柔软的夜色中闪耀着朦胧的白色光芒。这是梅莉塔的眼睛在这一夜看到的最后一样东西。因为初吻的惊喜随之而来，自我的首次相遇，不愿停止，因为相遇的甜蜜越来越浓。接着（在略显笨拙但是仍然严肃并自然而然的努力和稍许的疼痛之后）是原初的惊喜，永恒的惊喜，这种惊喜——就算不像他们一样是首次发生，而是已经变成了普通寻常的日常——也始终闪烁着初次的光芒，永远都只能是、必须是惊喜：两具身体陷入彼此、融入彼此。

IX 买来的母亲

尽管只是一座出租房,却有着贵族的特征,因此住户随着租房合同的不同而在社会等级上递减。就拿花园来说吧,这座花园向房后纵深延展,虽然狭窄,但仍像一个大型公园的断面,因为所有这些毗邻的房子都配备了类似构造、类似大小的后花园;每座花园几乎全都由主楼的房东保留,这座当然就归男爵夫人和她的女儿希尔德加德,而楼上的租户根本不能踏足,底层的住户只能满足于直接毗邻房子的、充当院子的小小一隅。

年复一年,或者更确切地说,每年秋天,希尔德加德都会在这座花园里组织一次茶话会,用以迎接冬季;今年也是如此。

前一日母女二人在进行了极其激烈的讨论之后,才确定房客 A 可以参加这次活动。因为希尔德加德认为这个年轻人是个非常不道德的人,而男爵夫人虽然没有绝对否认,却反对对此加以评判。希尔德加德接着不耐烦起来:"哎,妈妈,你的自由观点已经过时了,按理说属于十八世纪,我们早就不在那个年代了。"——"不管是十八世纪还是二十世纪,社会不是按照个人的观点,而是按照规则来行事,而社会只会排斥那些违反规则的人;但你显然无法证明他违反过规则。"——"我们暂时没必要去证明;我们有权利决定自家的事务。"——"绝非如此;因为如果我们不让 A 先生露面,别人就会说,我们纯粹是由于缺钱和贪钱才在家中收留了一个不适合上流社会的人。"——"很遗憾我们恰恰就在这样做。"——"被接纳进我的房子——顺便提一句,同时也是你已故父亲的房子——的人,是适合上流社会的人。"提到父亲,提到法院院长毋庸置疑的正确性,提到他在这栋房子里永远发挥着作用的权威,让母亲的话变得无可反驳,因此希尔德加德只得邀请这位租客来参加茶话会。

这一节日,如果可以称之为节日的话,沾了九月好天气的光。午后的阳光给花园、给花园中紫菀无精打采的缤纷、给灌木丛懒散无力的绿和晚开玫瑰柔嫩的苍白都镀上了金边,加深了草地彼得麦耶尔式的宁静,而阳光本身,甚至连聚在这里的人,无论他们的穿戴如何,也都因此变得有些彼得麦耶尔起来。说到穿戴,女士们有的仍身着五彩的夏日长裙,有的已经穿上了或浅或深的成套秋装,而男士们则以黑西装为主,其中有些穿着早就不再流行的燕尾服,还有一名年轻的国防军上校身穿石绿色的制服,这一切都被包围在一种光辉的,可以说是庄重而又光辉的平静中,尤其是花园道路狭窄,所有人都因为无法灵活活动而庄重起来。在花园后部圆形的小广场上有一张弓形的白色长椅,长椅后方耸立着爬满常青藤的封闭墙,长椅左右两侧的花园桌铺上了缎子,摇身一变成了餐柜;左侧的餐柜上立着一个银光闪闪的茶炊,底下有木炭加热,周围摆着整套的茶具,从糖罐,到装着柠檬汁的小水晶瓶和朗姆酒,再到小奶油罐和一排精美古老的薄壁瓷杯,一应俱全;而右侧的桌子上除了银底的大面包盘,还摆着一叠盘子。此处,行使着自己职权的是年迈的女仆策琳。她身穿黑色的女仆装,灰白的发髻上戴着一顶白色的女仆帽,患痛风的手指上套着一副白手套。她服侍的光彩照人的团体令她欣喜,节日的景象也令她欣喜——尽管女士们的超短裙令她反感——,带着夏日余温的暖阳也令她欣喜。

尽管如此,令人愉悦的温暖僵化并不持久;午后光线给整个画面带来的特别的轮廓,或者说,使整个画面彼得麦耶尔化了的轮廓,不知为何,已经过时,对,过时了,正如花园以及花园里的人群已经过时了一样,这一轮廓进入一种几乎虚假的夏末氛围中,进入一种虚假的停留和继续存在中,简言之进入一种虚假的僵化;而如果稍微眯起眼睛来观察这幅画面的话,这种僵化的静态马上就会消失:当然,由光线形成的一切可见之物的高度统一,即便此时也没有改变,也不可能有所改变,但是此前,也就是说在一个最外在的表面上,动荡变成了平静，导致动物迅速披上了植物的外衣，花朵迅速披上了石头的外衣，而现在却完全反了过来；先前动荡轮廓下的世界充其量可以消散为色块，而现在的世界成了一个变动不居的世界，无论具有何种特性的事物，是石头、花朵、色块，还是线条，全都运动起来，像人类的精神一样活跃起来，同时又被吸收到人类的精神中，而人类的精神在追寻宁静的过程中却不停地躲避着宁静，即使在保存的记忆中也不会静止，而只能以持续的张力和完成的形态来保留已被保存的东西，以创造性的不忠来忠实于记忆，因为只有变动不居才会创造出轮廓、创造出事物——连颜色都是一种事物——，才能创造出颜色和世界。运动转化为张力，张力转化为线条，线条转化为运动，一言以蔽之，运动转化成新的运动，这就是 A 突然明了的东西：牢不可破的运动转化，空间的无限，无限中的空间。A 没有亲见，却已明了，有个声音在他的内心询问，但他却无法回答：这样真的就理解了存在的更深层的统一吗？为此不需要超越可见事物的界限吗？

是的，这就是 A 的思绪，或者更准确地说，从他的眼前倏忽而过的东西，在空间中僵化并在空间中消散，像时间一样一闪而过，——他在哪儿？就好像时间能给他启发一样，他看了一眼自己的手表，手表显示下午五点十一分。那他自然得再次承担起落在自己身上的责任。虽是租客，但或多或少要扮演一家之子的角色；他从一群人走向另一群人，帮助他们彼此建立联系，拿来茶杯，奉上小面包，安排坐具——

不够用——，万一女士们想要就座，像花朵一般静止不动呢；当他这般忙碌时，谈话的碎片像昆虫的嗡嗡嘤嘤一样进入他的耳朵。"……无规矩不成方圆，"在阳光照耀的常青藤院墙下，一群上了点年纪的女士坐在男爵夫人旁边的圆椅上，其中一位说道，"连柏林宫廷，今天大概可以说了，当时都不再有办沙龙的能力了……"——"……那里的那个男人是做什么的？"一名文职人员问道，并悄悄指了指那名年轻的国防军上校。"邮差？"被问的人笑了，"我们得高兴，至少还有军官存在，而且我们这里还有一位；至少，因为要是考虑到……"——"……我们需要一个人，接过整个国家这堆破烂，这样我们这些人……"——"……当然会赚，甚至大赚，只要毫不迟疑地转换为实际价值，但是我可以告诉您，当时我特别害怕……"——"……别人指责我们喜欢侵略，"那名年轻的国防军上校说道，"别人这样指责我们，因为皇家总参谋部正确地认识到，在整个欧洲全面备战的情况下，我们，受到的威胁最大，我们唯一幸存的机会，便是确保闪电战的优势，一个可怕的冒险，但我们仍然不得不一次次地承受……"——"……人类在这个世界上的什么地方还能找到依靠和保障……"——"……他和英国占领军驻扎在威斯巴登的时候，爱上了她，她现在和他生活在伯明翰。"希尔德加德赞同地向着讲话的女人点点头，审视着对方及膝裙下露出的高级丝袜。"当然了，总有一些人在婚姻上行大运，但是……"——"……在老大公时代，不，不是上一任，不，不,老的那一位,那时候国家幸福满足,所有人都有一份微薄的收入……"——"……波拉·内格里[1]……"——"……我听不了也读不了这些政治废话;什么内容也没有……"——"……这一代年轻人还能提什么要求呢,尊敬的宫廷牧师先生?在多年的牛奶匮乏、肉类匮乏和糖类匮乏之后,我们顶多给他们留下糟糕的经济和糟糕的事业,甚至根本留不下什么钱和事业。"——"人们要求我、我们的教会、我们亲爱的主耶稣,要求我们自己把这一切重新纳入正轨……"——"……一个社会越是文明,人在社会中就越可能通过沉默获得理解;当今之世只能靠大喊大叫……"——"……瑞士法郎兑换比索……"是的,这些以及其他一些话都像昆虫的嗡嗡声一样成群结队地从 A 的耳边闪过,至多只有稍许痕迹,却被捕捉到了,每一个词、每一个句子都棱角分明地现身,近乎静态地被写入记忆,被记忆辨认出,每一个词义、每一个句意都有自己的运动和张力,却消散在第二次的更开放的运动中,消散在一种消解了每一个个别含义的整体性中:A 觉得,所有这些昆虫嗡嗡声中每一个显然独立的声音似乎都表达了一个共同的命令,这些蚁群一样密密麻麻的声音好像都属于一个无限大的整体组织,这个组织把自己神秘十足、隐而不现、无法捉摸的规定强加于每一个单独活动的粒子上,这些粒子尽管看似有着各自的意义,却仿佛全都因此令人费解地

---

[1] Pola Negri(1897—1987),波兰默片明星。

向自身、向彼此宣告了同一个秘密,并且在这个秘密中活动,把意义转化为运动,运动转化为意义,简而言之,把意义转化为新的意义,不可言说之物嵌入语言,而语言又嵌入不可言说之物。当下的浪潮好似与一股无限陌生的时间浪潮重叠,于是单个话语的意义就存在于整体的意义中,就好像一下子出现了很多很多的时间浪潮,全都从彼此身旁一闪而过,说不清道不明地混在人类声音和话语的昆虫大合唱里,A听到了牢不可破的运动转化:时间中的无时间,无时间中的时间。现在真的是1923年吗?真的是九月吗?

时间嵌于空间以及无空间,空间嵌于时间以及无时间,无论存在与否,时间和空间彼此结合。这一结合被每一起在存在中发生的事件——存在只是在发生——、每一个动作、每一句言语和每一个曲调所承载,也承载着它们;然而在运动无解的多样性中,在这一真正的,由实物和想象的、听到和看到的,由张力和线条构成的音乐合唱中,结合扩展成了它现在的样子,成了多维度,眼睛在存在的大合唱中看见了三维中的多维,现实背后的现实,第二——尽管远远不是最后的——隐形现实,它的部件是人,人生活于其中,无论他現狀如何:无论这座花园里的人外表如何,无论他们是何种穿着,无论是暗淡还是鲜艳,无论他们在衣服下隐藏着何种特性,无论是老是幼,无论属于哪个家族,无论脸部有何种特征,他们全都被置于一种非常深刻和真实的裸露状态中,无论内外,他们无非只是宏大多维的浪潮中的微粒和水滴,这浪潮穿过他们，却也把他们举高，无论他们平时是像物、花朵、动物，还是景色——物、花朵和景色本身也是如此——他们全都被注入了无限多维度的勃勃生机，被带到了存在复归非存在，并由此赢得新的存在力的无限多维的世界。

"仍是未然，却是已然。"一个声音在 A 的内心说道。他感到世界瓦解为多个维度，他彻底地感觉到，他自身，他自己的存在也受到了波及；可是，由于这一过程根本没有异常或恐怖之处，人的血和肉反倒——够稀奇——保持原状，他自己的生活体验也没有遭受一点直接的改变或损伤，因此人似乎并没有义务要察觉到这一现象，尽管恰恰是它出现时的这种不可怕的自然性包含了它深层的可怕性。自然，却可怕——，不就像一位艺术家在经历漫长的人生自然成长之后诞生的、十分伟大的晚年作品中的、高贵的可怕性吗？它非常自然而然地揭示了存在整体的多维性。可怕，却自然——，不就是我们内部包含的可怕却自然生长的死亡的不可想象吗？因此多维性不就是死亡的果实吗？只不过是死亡最高贵的果实，也就是衰老的功绩，通过奔向死亡，耐心地接受存在而获得了知识的气息。A 在想到这一点之前便推开了它；尽管如此，有一丝无法推开的残余留了下来，甚至奇怪地得以加强和更新，那就是对晚年的敬畏，受此引导，他谨慎地悄悄走近花园后部的圆椅，像一个儿子，也就是说不仅是以一个他要扮演的小辈房客的身份，体贴地对男爵夫人耳语道，要是她觉得累想回屋，就向他示意。"喔，A 先生，"她回答，"我相信是时候了。"她悄悄地向身旁的两名女伴道歉告辞,并站起身来,拄着她的手杖,挽着A的胳膊,装作散步的样子,在人群中开辟着自己的道路;她不时地停住脚,用手杖扶起一朵花的脑袋,或者友好地向在窄路上恭敬地为她让路的人说句玩笑话打个招呼,就这样,他们一步一步地——都快六点了——到达了现在开始在花园中快速移动的房子阴影线里,穿过宽大的、因为这次庆典而大开着的白色玻璃门,很快就来到凉爽的走廊,来到楼梯前;对于爬楼,老夫人和A都暗暗心怀畏惧,但是虽然费劲,最后好歹还是爬了上去。"确实,"她上楼后,极力把气喘匀,"确实,对老人家来说算是项功绩;对我来说已经有点像是爬高山了,我感觉自己像登上了马特洪峰那么自豪。"A礼貌地微笑:"还算不上马特洪峰,男爵夫人,但总算是迈出了第一步。或许有一天人们会创造出一个没有时空也失去了重力的世界。"男爵夫人郑重其事地举起手杖和手说道:"千万不要,我情愿气喘吁吁、心跳加速地爬楼梯。"

他们走进客厅,客厅里洒满夕阳,当然也暖洋洋的,因为忙着茶话会,忘了像往常的下午那样,把窗帘拉上遮住阳台门;A把门和两扇窗户推了开来,右侧窗户旁放着男爵夫人常坐的那把扶手椅;她轻声叹息着坐了下去:"疲倦是把铁面无私的标尺,可以准确地测量出我们生命圆周的缩小。"

"圆周或许在缩小,但强度在增大。"A说。

老夫人思索着:"我不想称之为强度;是另外的一种东

西……对我们这样的人来说，最微不足道的东西以一种如此无法描述的方式变得多层神秘，而此外通常被视作更伟大更重要的东西却变得无足轻重。"

"我知道。"A说，因为从这天下午开始，他确实对此有了一定的了解。奇怪的是，他想到了希尔德加德直线条的美丽脸庞。在那之后隐藏着多少层次呢？偶尔，极为罕见地，这张脸会绽放出一个明亮、几乎闪耀着欲望的微笑，露出一排均匀闪亮的牙齿，但是连这微笑也保持静止，牢不可破，水晶般僵化。

男爵夫人继续说道："也正是因此，我们这些慢慢变老和已经老去的人，几乎觉得那些所谓的真正的人生内容无聊；因为它们对我们而言已经丧失了神秘的吸引力。相反，所有形式的东西对我们来说变得越来越神秘，越来越吸引着我们的兴趣……形式是老年人的冒险，尽管我们之中的很多人看重的仅仅是社会形式……"

"对，"A附和着，"艺术家越年长，通常就越精于形式。"她接着说道："在与形式的秘密游戏时，我们老人和小孩一样，和小孩一样贪玩，和小孩一样不道德……在形式的王国，尤其是在社会形式的王国，没有道德，最多只有类似于道德的规则；是否允许杀人，其实无关紧要，重要的是如何去做，如有违背就会受到惩处……孩子还未超越形式，但我们，我们早就把内容王国抛在了身后，重返形式……如果我们不是这么贪玩并且在其他方面兴趣全无，那我们老年人最终全都和罪犯一样不可捉摸、不可信赖，简直就是罪犯……"——她笑了笑——，"……但这些话我不能说给我的好丈夫听；不过我那时候蠢，也没这些想法……啊，您为什么不坐下呢？"

A把炉子旁离得最近的那把沙发椅拉了过来，坐到男爵夫人身旁："没人会变老，男爵夫人……在被赐予的短短岁月中，自我和灵魂来不及发生改变。"

"见仁见智，亲爱的A。差别都只在细微之处；年轻人有能力恪守道德，但他们的冲动、他们对生活内容的执着和别的一些事情一次次阻止了他们行使道德，而我们老年人，终于下定决心在生活上无视道德标准，对行使道德已经失去了兴趣，不只是因为我们的虚弱，不，更因为我们的兴趣已经从内容转向了形式。剩下的，只有道德的细微差别，说好就好，说不好也不好，见仁见智。而且，"——她又自顾自地笑了笑——，"说不定只是我们的愚蠢改头换面。"

"也就是说，男爵夫人，您认为，有一些受到良心谴责的人是不道德的，而另一些同样受到良心谴责的人却是道德的？"

"嗯，嗯，我大概就是这个意思。"

"大概如此，男爵夫人。但是这时该怎么做呢？举例来说，我的确不知道该说自己是问心无愧地不道德，还是良心不安地有道德。"

她仔细地注视着他："今天的年轻人确实不清楚这一点；因为他们似乎生来就带有道德上的老年症状。"

"正是如此，男爵夫人；形式主义，对内容没有把握，不可捉摸，我们正是如此。"

"而且希尔德加德认为您是个不道德的人。"

A愣住了："是夸奖还是责备？"

"可能都有……您怎么说？讲讲吧；我破例对内容感起了兴趣。"

"无论是夸奖还是责备，我都愧不敢当。"

"借口，亲爱的A。无风不起浪……您为什么会让我的女儿如此愤慨？"

当然是因为梅莉塔，因为这个甜美的、从两天前开始成为他的情人并以极不道德的方式在这屋里过了两夜的小姑娘：策琳是帮凶，有她乐滋滋地拉皮条，事情才成；乐滋滋，不光是因为这种事的性质，更因为梅莉塔只是个小小的洗衣女，和A完全门不当户不对，她觉得和自己是同类。希尔德加德肯定听到了风声。她肯定怀着冷静、好奇的猜忌心在他门口偷听过，可能还套过策琳的话，指望她保密是不可能的，要是她愿意，她甚至还会借此捉弄一下她的小姐。这些话当然一句都不能对老夫人讲，宁可让她受点小小的惊吓，把她引到另一个话题上："男爵夫人，仁慈的小姐的愤慨是一种心灵感应。"

"这是什么意思？她通过心灵感应诊断出了您的不道德？我觉得，您还是在找借口。"

"事实上就是通过心灵感应做出的诊断。因为我迄今还未对任何人透露过我不道德的企图。"

"您的企图是？"

"我将不得不在十月份离开您如此可爱的家。"

"不！"男爵夫人非常惊讶。千真万确，她的手都抖了。

"是真的，男爵夫人；我租下了森林里的老狩猎屋，甚至还拥有优先购买权，因为我想着在那儿安家。"

"但是这太可怕了，相当可怕……而且还是老狩猎屋！"

"我的上帝，男爵夫人，没那么可怕。正相反，我希望，我在那边一安顿好，您就可以去做客。"

男爵夫人仍然无法平静下来："我从来没去过那里……但是已经过去很多年了……不，不，我从来没去过那里……我们这里还得找一名新的租客……我曾经认识一个在那儿住过的人……"

"您不用操心出租的事；如果您同意，我还想再租一段时间，我进城时可以住在这里。"

"啊，好。"

"反过来您也可以到森林里我的家中去住。您想想吧，您都不间断地被拴在城里和这座房子里多少年了？"

"是这样，但是……"——男爵夫人试图厘清思路——，"狩猎屋……不管是希尔德加德还是策琳，都不会让我去的……她们老是担心，我的健康会受到损害……毕竟这也并非毫无根据；到了我的年龄已经不再需要变花样，更别说冒险了……不，她们俩把我当囚犯是对的……"她做出一个乞讨的手势——，监狱门旁边的丐妇，A 只能这么想。

"我反正要把您劫持走,让您重获自由;我们甚至还可以带着您的两位看守。"

"被囚禁了几十年,已经不知道拿自由来做什么……没本事,也不愿意去冒险了……狩猎屋就是冒险,但也算不上冒险了……遗憾的是我已经长了智慧,监禁的智慧……"

天色明显暗了下来,楼下走廊里传来很多脚步声,紧接着就是阳台下方人行道上的轻声细语:"您的客人正在辞行,男爵夫人。"

"毕竟,也是时候了,晚餐时间到了;我希望,策琳很快就能过来。"老年人经常这样,这次也不例外,想到吃就忘记震惊了,A放下心来。

"我想去帮着收拾,也能快点,这样天黑之前就能把餐具收进来了。"

"好,好,"男爵夫人一个劲儿地表示赞成,"往里搬的时候小心点,那些贵重的碗碟。"

A赶到花园,两名看守早就在忙着大扫除了,策琳本着实事求是理所当然的态度,扬起下巴指了指一张摆满了瓷器和玻璃杯、准备端走的餐盘:"您现在可以把它拿进去……但是小心点!"A依令而行,如是再三。搬运完毕时,黄昏最后一道朦胧的柔光也暗淡了下去,取而代之的是几颗星星更为生硬的反射光;星星越升越多,很快就布满了整个天空。A站在厨房和前厅的门前,建议道,借助自己的手电筒找找有没有遗漏的物品。"多余,"策琳断言,"我先清点一下,要是少了，我明早去找；没人会在深夜偷走它们。"但是他还想证明自己有用，于是就指着两个堵在前厅的沉甸甸的玻璃柜说："要现在搬走吗？"她不屑地打量着他："不先擦一擦吗？不过我现在没空。首先我得准备晚饭，要不然男爵夫人又不耐烦了……您要出门吗？"

是的，他想出门。

她压低声音说道："和梅莉塔一起？"

他摇了摇头。

"为什么？你们不会已经彼此厌倦了吧？"

这个问题让他很不舒服，但他还是据实回答："她害怕她的爷爷今天就会回家。要是他后天之前回不了家，据说再回来就要到十月了。她后天之前不想离开家。"

"就是说两晚上什么也做不了……一开始每个人都怕；年轻姑娘就是这样，你这个本来就老实。"

"是不是……另外不能再在这儿了。后天我带她出去吃晚饭，看看怎么重新安排一下。"

"对；这期间她得补补觉……她今早五点就走了。"

"您真是让人毛骨悚然，策琳……要是您有一丁点没能了如指掌，您就不得安宁。"

"我当然得这样；我睡眠很浅……要是我愿意的话。"她的眼中又显现出那种乐在其中的皮条客的眼神。

他握住了门把手。"不戴帽子吗？"她指责道。"您也知道，策琳，我老是丢帽子。所以我情愿放顶新的在家里，保险起见。"——"一位像您这么高贵的绅士不戴帽子可不能出门；您还是戴上吧。"还没等他答应，希尔德加德就急匆匆地从客厅冲了出来。她细小紧闭的嘴巴似乎比平时抿得更紧了，脸上的象牙白也比平时更没有血色。"真倒霉。"她经过时责骂A，并且猛地关上身后的厨房门。"好啦，果不其然。"女仆不无满意地说，白色女仆帽下的神情像极了一个小丑面对着自己失败的作品。A忍俊不禁："是呀，果不其然，我猜，您也做出了一份贡献。"——"我？我什么也没往外说！"——"但奇怪的是您立马就猜到了我说的是什么。"——"我什么都能立马猜出来；但我一丝儿风声也没露。"——"是实话吗，策琳？"——"实话，A先生……等等，A先生，等等，您的帽子……"但他已经光着脑袋匆匆离去。

来到街上他开始考虑去哪儿。火车站餐厅是现有的餐馆中最没有想象力的一家，但是离得最近，另外的好处就是饭菜味道浓郁；令A难为情的是，他自己在饮食方面也没什么想象力，于是他就过了马路，想穿过火车站广场的公园去那家餐馆。当他站在马路对面，闻到花园和花园中雾气潮湿的九月绿意时，内部和外部存在的不可想象、多维性再一次向他袭来：如果下午是由人群，是由他听到和看到的形态的多样性向他承载而来，那么此刻显然——尽管他并没有完全意识到——是由他熟悉的三角形石质广场的空虚承载而来，广场虽然或者说恰恰因为寂静无人而摆脱了空间性，变成了张力和事件。所有的宇宙微粒变化的过程，裸露的过程，涌入彼此、脱离彼此的过程又开始了，存在变成认知但是又反复抛弃自己的非存在过程，中心及其辐射的过程。两条S形的人行道斜相交处立着的中央报刊亭看上去不就像座坟墓吗？报刊亭上方那个有着三个闪光表盘的大钟，显示的不正是死亡永恒的位置吗？啊，为什么要有钟表，为什么要听从三维机械的威力？古人不需要钟表；要不是受到欧洲的威胁，东方人至今也不会用钟表，因为他们满足于存在和死亡的多维；只不过欧洲——大概是由于濒临死亡——却不能满足于此；它把死亡隐藏在噪声中，一方面藏在灵魂聒噪的空话中，这些空话要求为了三维，例如为了祖国和类似凡俗的事物，而消灭生命；另一方面藏在技术无情地发号施令的噪声中；技术不停地蒙骗着欧洲人，说是没有哪种维度的丧失会消除时间的准确，多维也永远不能消除空间的固定，但是拔高了死亡的空话和蔑视死亡的技术——它们内在是多么匹配啊！——从来都兑现不了自己的诺言，两者都怯懦胆小、对无限视而不见、臣服于死亡。正是因此,欧洲人才不停地看表,确认自己没有丢失时间和三维性，并衡量着通往坟墓的时间。A慢慢走近上方有个大钟的中央报刊亭，就好像有什么东西在向他显示通往自己中心的道路，通往向无限开放的最深层自我那贞洁的静谧，通往最深层认知的贞洁及其温柔的能战胜最不可想象之物的勇气：啊，自我从残留的世界死去已经不可想象了，但更不可想象的是非存在，彻底的非存在，它同时也包含了想象的非存在，非维度的存在，最终无限多的维度在非维度中产生；谁要是能逼近到这一想象的边缘，在这一刻，不过仅仅只在这一刻，就可以变成非存在，在这一刻克服死亡。这是濒死之人对死亡的克服，他有幸充分意识到了生，现在又有幸意识到死；这或许也是艺术品对死亡的克服，因为艺术家最接近濒死之人；先前设计这座火车站广场的建筑师大概也克服了死亡，由非存在的张力引导，由无限多维度的张力引导，这些维度的事件既创造世界也消除世界，现在在四周变得愈加清晰。从三角形顶点处的市区房子到三角形底边的火车站，从那边房子上方闪烁的广告灯牌到此处铁路服务的工程声响，广场的空虚颤抖着，逐渐地倾泻而出，迎向无限，但A是个软弱的人，很快他就受不了了。他抬头看了看大钟，快八点了，他饥肠辘辘——茶话会上的小面包根本不管用——向着火车站餐厅走去。

这家餐馆的主厅非常宏伟，特别高挑，木壁板和鹿角饰品，以及横贯橡木的屋顶，显然都意图激发一种日耳曼国王大厅的印象；里面非常吵，的确不是灵魂的噪声，甚至不是技术的噪声——不时传来的火车声可以说只是次要的——，可能只是大家吃饭的声响。确实,隔壁还有一个安静点的"一等餐厅"，餐桌上铺着洁白的餐布，但是对城里的投机商人来说档次不够，对于他们之外唯一有支付能力的农民来说档次又太高，就这样，这个餐厅就成了那个更美好、等级更稳固的时代的一个残留的文物，是美好的旧时代的化身，但任何人都没有（除了下台后潦倒的贵族和中产阶层）真的盼着甚或争取这个时代的回归。与此相反,新时代也在国王大厅里清楚地展现着自己,实际上直到现在这座建筑才担负起自己的使命,因为它变成了农民定期大吃大喝的地方,尤其是在这家餐厅凭借着美味的、配备了土豆和黄瓜的醋焖牛肉赢得了声誉之后,此外这里还出售一种好喝的窖藏烈性黑啤酒。A也被这粗俗的欢乐和饮食所吸引:他紧挨着粗言秽语的农艺师坐到闪着褐色光芒的硬木桌旁,每当有一位客人站起身来,桌面就被湿漉漉地抹一遍。他坐在那儿,就像一个城里人来到了农村的教堂落成纪念日年市,当然是那种比较简朴的纪念日年市,因为在真正的落成纪念日年市上,餐馆里的对话也主要围绕着供货和价格,这里缺乏节日的非比寻常和色彩缤纷、闹哄哄的小木屋,简而言之,没有不同寻常的魔力。但是这附近也没有教堂,没有牲口圈,没有粮仓和摞得老高的粮食,没有下一个工作日和工作;在这里这一切都一文不值,更确切地说,这里连带着它的乡土气息变成了一个远得想象不到的地方,与此相反,唯一保留下来的是一种暗淡朴素的交易所氛围:到处都在谈买卖,随时都有一个塞满钞票的钱包被掏出来,用里面几乎没怎么数过的东西来买下一样不存在的事物。

现在A才发现,吸引他来这里的不仅是醋焖牛肉,更是梅莉塔,主要还是梅莉塔。因为昨天以及今天,他的脑海中发生了一件稀奇事。昨天和今天一样,自从那个姑娘一大早离开他之后,她也直接从他的脑海中消失了;他知道她的存在,知道这个消失的姑娘,清楚第一夜的迷惘和第二夜的甜蜜,他甚至记得由惊喜发展而来的心醉神迷和热恋的感觉,只不过,印象渐渐模糊,一方面大概是因为对于一个实际上仅仅在床上认识的人很难形成透彻的印象,另一方面则远不止于此,而是由于缺乏渴望,对那个的确是怀着温柔的谦卑而接受了自我觉醒的神秘任务的陌生自我的渴望,这种渴望的匮乏使得 A 怀疑起了自己:梅莉塔的出现使他不得不和策琳搭伙,但他极力反抗——在她追根究底的盘问下,他的记忆失灵,梅莉塔彻底变成了记不清的模糊轮廓,他几乎觉得,要让那个姑娘为这种降格跌份受到惩罚,不管是不是合理,谁让她是同伙呢;于是他把这种降格跌份的感觉扩展到了她的身上,至少白天在男爵夫人和希尔德加德精致的家中不愿回想如此简朴的爱,实际上他也是借着茶话会想把自己遗忘的愿望合理化,把所有内部和外部的存在都彻底地消解在非维度和多维度中,从而使任何相关的回忆都消失——,找一个简单的、像这样低俗的环境,在它不可动摇的三维和接地气中寻找甚或找回失去的记忆,不是必要而且自然而然的吗?他现在得出结论,恰恰是策琳冒失的盘问激起了这种决心,这种期待。

只不过,这是个错误的假设。确实,日耳曼国王大厅,由于它的世俗性,按照三维展开;农民形象的三维性,即使是瘦削的,更不要提大肚子的,都无可置疑;圆脑袋,圆肚子,圆柱形的身体,立方体的屁股和长筒状的胳膊塞满了光柱旁形成的柱形空间,尽管如此,从所有这些三维的形象之中,恰恰由于他们的三维性如此准确明显，生长出了他们的多维性，他们就这样坐在那里，所有人连同他们的宴席、讨价还价和大喊大叫都变频成了穿透宇宙的张力：他们是，一直是尘世的农民之躯，但是就算从此时放荡的不自然回归最本真的自然，回归他们俯首躬身向黄土、抢耙扶犁或是牲口圈中精心养育的劳作，或者回归为上帝所喜的周日悠游自在，他们又不再是尘世的农民之躯，也永远不会再是。因为观看者发生了转变，无法再把他们视作从前的他们，他们本身也发生了改变，无法再感受到从前的自己；两者是一个整体，谁想回忆从前，就必然发现一种新的记忆，连记忆也发生了改变。逃来此处对 A 没起到任何作用，他在这里找不到梅莉塔。

与此相反，对希尔德加德的记忆却完好无损，尽管她与这里的醋焖牛肉、土豆以及其他粗俗的营生显然不搭调。这就是多维中的新型记忆吗？希尔德加德稀奇地与房子后的花园、与外面的火车站广场结合到了一起，甚至成了一体，但还是无法把她想象成床伴，她从来都不是他的情人，也永远不会是——光是想一想就让他心生恐惧——，因此想起她而不是梅莉塔就特别怪异，对，就是怪异！突然他明白了，他突然明白了过来：存在的维度如果对于某人来说已经消散，那这人就被存在剥夺了再一次与一个女人睡觉的资格。这就是人类未来的境况，人类的终结吗？认知带来他们的死亡？考虑到对他们而言既是人生收获也是死亡收获，集诱惑和恐惧于一身的认知，这就是人类，当然只是欧洲人，尤其是德国人矛盾态度的根基吗？这就是欧洲邪恶的根基吗？当然啦，人类一定可以从这种进退维谷的困境中逃脱；他不会听凭自己与女人睡觉的资格这么快就被剥夺，一定得让它准确地适应新的认知，就像他必须要适应自己的记忆一样。仅仅在当下世界的瞬间这是个困境，仅仅在这一瞬间这是存在消解的危险，只有这一瞬间表明，是不是该和梅莉塔逃跑？逃跑？逃到哪里？逃去非洲吗？A慢慢地把生硬的啤酒杯中的一升酒喝光了，他认真地考虑着，是不是该再来一杯。逃避自我的消解？逃来这里已告失败，梅莉塔仍然不知所踪，而希尔德加德却能在脑海中毫不费劲地被唤出。他打算退一步，只点半杯；逃跑是件难事。

仿佛是为了证实，希尔德加德竟然真的在乌烟瘴气中出现了。A并不吃惊。

她快步走向一等餐厅，发现那里空空如也后，又扫视起了日耳曼厅；为了让她注意到自己，A站了起来，她很快就发现了他；她的行动有些笨拙，但步态轻盈地快速向他走来；"这里太吵了，"她说，"结账，我们去候车室。"

来到候车室后，他们坐到黑色的皮椅上，她说："我从阳台上看到，您向着火车站走来；不需要多少想象力就在这里找到了您。我要和您说的话不想被别人偷听。"

A坚信会听到对于梅莉塔在他屋里过了两夜的指责，他做好武装准备反击。但希尔德加德只是说："所以说您搞到了老狩猎屋？"

他只得承认。

"您真的邀请了我的母亲去那儿?"

这一点也得承认。

"您为什么不早点通知我呢?"

"我今天上午才办完。"

"那您还用得着立马去告诉我母亲……我认为这样太没分寸了。她十分激动,您原本有义务不让她这么激动。"

"男爵夫人因为我打算搬出去而有点震惊,我的邀请恰恰减缓了她的这种情绪。"

"一个老人受到震动有很多缘由,提的时候要巧妙,否则在特定状况下甚至很危险;虽说您在我们家住的时间也够长了,应该了解点情况,尤其是我们的好策琳无遮无拦,但您还不清楚哪些事情会对我的母亲造成伤害。外人很难衡量,因此我才尽量让母亲远离外部的影响。您绕过了我,我甚至想说,您故意欺骗了我,您不负责任地干涉了我母亲的生活。我宁愿相信,您没有受到什么指使,但就算这样,您也该考虑到,老树不可挪啊……您在拿着老太太的生命开玩笑。"

"只是一个简单的,我不想说是一个正常社交上的,但的确是友好的邀请,您把它的后果说得太严重了。"

"您不要装出一副不知情的样子。我的母亲认为您是邀请她长住,这一点您逃不了干系。一旦她去了狩猎屋,谁也别想再说服她回来。"

"我是第一次听说,知道这些我真的非常高兴。"

"我希望,您是真的高兴。因为您将直接照料我的母亲。要是我无法避免这次的变化,希望她能承受得住变化带来的震动;是的,希望如此……您愿意而且有能力帮助她度过此后但愿仍然漫长的晚年时光吗?"

"如果您指的是经济方面,我很乐意为您提供充足的保证。"

小姐紧闭的薄嘴唇露出一丝微笑,为她的嘴巴添了不少美感:"当然也包括……不过我觉得经济方面还是次要的……例如说,我在想,您在某个美好的日子会打算结婚,我母亲的地位由此就会不保;无论在物质上还是灵魂上她都一定会受您夫人的摆布。对此无法提供保障。"

A饶有兴致地附和道:"确实,没法担保遇不上恶媳妇,如果可以这样说的话。"

"您打算什么时候结婚?"

还是梅莉塔的问题,A想,绕了一圈还是她,他回答说:"对于我的结婚计划,至少我本人和您一样一无所知,仁慈的小姐。"

赞成的微笑留在了她的脸上:"总归有希望……万一结婚呢?"

"严肃地说,经济保障无论如何都在我的能力范围内,因此,不可能像您所说的那样,一定会受摆布。另外您也在,而且毕竟您的老女仆策琳也在;可以说,已经有了足够的保障。"

"我退出。我放弃。我不掺和。"

A在异常陌生、异常深处的层面上遭到了打击:"这是什么意思?"

"您是真的瞎了吗，A先生？您依然没有察觉到，您在所有事情上都是策琳手中的傀儡吗？"

这条消息真是出人意料。策琳用了什么方式推动他买下老狩猎屋呢？大概不是通过拉皮条让他和梅莉塔在一起吧？没有人，连他自己都没预料到，建立爱巢的想象会和安排一座房子，而且偏偏还是老狩猎屋联系起来。小姐所说的话都游移在不可能的边缘，这一句尤其不可能。尽管如此他还是觉得没了把握："在我看来，我做的决定没有听从任何人，尤其没有听从策琳的意见。"

"购置老狩猎屋不是策琳暗中授意吗？"

"据我所知，不是。可能她曾经说起过这栋房子的存在。但仅限于此。"

"您低估了策琳的手段。众所周知，您在购置地产和房产，对于这一职业的正当性我不予置评。但可以肯定，您不会放弃任何一条通往有利的购买对象的线索。就这样，策琳把您放到了这条线索上。"

"我不明白她这样做有什么好处。"

"我母亲所谓的休养需求，您可能听她本人说过，但策琳肯定说过，而且这也是策琳的发明。"

"策琳说过的每句话，我怎么可能今天还记得清清楚楚……最重要的是，这样做有什么用呢？"

"您的盲目实在让人震惊……我来告诉您吧，这样您才能明白，因为，我妨碍了策琳的统治欲……她想统治每一个人，包括您，包括我，但首先是我的母亲，她在狩猎屋的隔绝环境中将会实现她的统治欲，至少比在这里要好，在这里她要考虑到我……您比我对她造成的妨碍要小，这一点您已经通过顺从地实现了她狩猎屋的愿望而向她做出了最好的证明……您现在到底明白了没有？"

"我对这一切都有点摸不着头脑，有点过于精妙了……"

"精妙……哈！"希尔德加德发出嘲讽的笑声。

"好吧，不算精妙……不管怎样，只要您一起搬出来，不就轻松补救了嘛。"

"我从小就在这里尽我的义务……但是搬去狩猎屋，让策琳大获全胜，已经超出了我的能力。另外我也厌倦了争斗。大可以让您的妻子在那边承担我的角色……"话中显露出一丝试探性的卖弄风情，但只有一丝丝。

A 摇摇头："全都没凭没据……您喋喋不休的都是猜测，却被您当成了事实。"

"所谓的事实，无非是把我们的猜测大而化之。"

"那现在这种事实该怎么应对？您到底想怎么样？"

"取消您的交易。"

简单干脆。A 大吃一惊：

"您想让我现在就点头？"

"最好如此。"

"但还是希望您能给我点时间考虑考虑，望您理解并原谅。"

"非我所愿。因为我的母亲对狩猎屋的田园生活抱有念想的时间越长,这种生活就对她越有吸引力,最终不可避免的失望可能会具有灾难性。我警告您,我也可以行动。尽量明天就告诉我您的决定。"

她准备离开,A也站了起来。"不,"她说,"我希望您晚走一会儿,不要和我一起;我不愿和您一道回家。"朝他微微点了下头,她便离开了候车厅。

她刚才的一番话,全都擦着事实的边儿,但不管是左边还是右边,不管是正确还是愚蠢,两种情况都很吓人——他是卷入了多么深的纠葛啊,而且还会陷得更深!会?不,打算!因为对于希尔德加德的心愿,他原本可以很容易就帮她实现——他只是取得了优先购买权,并没有最终买下来——,但他提出了需要时间来考虑的条件,这就表明,他搬到狩猎屋的决心不可动摇。和谁搬过去?和梅莉塔吗?还是和男爵夫人?大概是和二人一起,就这一点而言,希尔德加德的猜测是对的;不管怎样,他的脑海中有个儿媳妇的念头在作祟,有个从一开始就难以执行地把梅莉塔卷入这场纠葛的想法,按理说他该逃离这场纠葛,尽快逃跑,甚或带着梅莉塔一起,但肯定不能把她带进狩猎屋。那他为什么要承担这一切?他觉得这一点隐晦混乱、无法参透。不管怎样,这席谈话让梅莉塔的影像再次升腾了起来,虽然不是非常清晰,但毕竟聊胜于无。大吃一顿后的A很想抽支烟,他取出一支来并点上。为什么刚才没有这样做?是出于对小姐的尊重?这时他的目光落在禁止吸烟的牌子上,大概他先前就看到了,只是没往心里去；身为良好公民，就算没有目击者，也不会触犯禁令，于是他拿着香烟来到外面的月台上，从而让小姐和自己的归家时间能拉开一段小小的距离。

月台上站立着等待最后一列郊区火车的农民，这列车肯定几分钟后到达，不久就会一站站地把他们放下。他们站在那里，黑压压不作声的一大群，他们本身就黝黑，加上月台上没有灯光就更显黑了；要是他们把头全低下，肯定也不会令人诧异。自知有罪的乌合之众，黑暗的乌合之众；就连闪着红光的烟头，各处散落着的红光点点，也加入了这黑暗的自知有罪中。此时从饭馆中传出啤酒杯被收到一处后发出的泥土般坚硬的咔嚓声，又一批酒足饭饱的人撤了出来，步履蹒跚，喉咙准备着怪声大叫，就像离开家乡的教堂落成纪念日年市餐馆时那样，但是再加入人群时，怪声大叫消亡在良心有愧中，步履蹒跚变成了一动不动。他们站在那里，孕育着灾祸；要是有人点他们去杀人，他们一定不惜烧杀掳掠，无条件地追随号令者，从而可以怀着压迫他人的快感来发泄自己遭人压迫的抑郁。因为谁如果是自己的祸害，那也就是人类世界的祸害，尽管这祸害在此处——当然是最简易化的形式——体现为对钱包鼓鼓感到亏心，这种亏心感产生了灰暗的效果，尽管如此，它曾经而且现在仍然属于遍及宇宙、其存在或许可以猜测却无法再证实的罪责感，这就是渗入人类最后一颗微粒的恶的多维性，人类自身成了承载恶的微粒，恶的原始承载者，它额头上的该隐标记。当然，作为个体的人——恰恰农民会被选中，他们至多只会被手艺人超越——会被号令制造灾祸，也会被号令救赎，号令成为三维中表示永恒的符号，并使自己本人成为象征，然而，人抱团后就会对拯救视而不见、充耳不闻，尽管这里的这群农民只是在期待着自己火车的召唤，但看上去却——虽然秘密地、没有人意识到——像是在等着仍然听不见的、号令制造灾祸的地狱鸣笛。铁轨地带不时响起的机车鸣笛声一定程度上就是种预警，驶经的货车隆隆巨响，消失在夜色中，几乎像是从地狱而来，又向着地狱驶去；它留下一道浓烟，烟味与香烟、啤酒和人群的汗味混合到了一起。饭馆里传出来的餐具和啤酒杯的碰撞声越来越少，而且也不再那么激昂，盘子、玻璃杯、刀、叉、勺等各种响声之间的差别清晰了起来，最终全都逐渐消退；然后，除了几盏白炽灯，那里也黑了。但外面仍然一动不动地立着一片黑压压的身躯，装满了啤酒、金钱、罪责和邪恶，一动不动地立着，直到月台上的灯突然无声地成排亮起，这是检票处打开的信号：人群缓缓移动起来，线团慢慢解开，逐一挤过检票处的漏斗，伴随着从那里传来的检票钳像钟表一样的嘀嘀嗒嗒的轧洞声。

　　A 站在人群之中，被推搡着来到检票处，他觉得完全正常。他不是同样注定要驶向黑夜吗？他难道不是竭力要这么做吗？夜色中的村庄在等待，如果他在一个未知的站点走下火车，来到山下空无一人的村道——同行几个人漆黑的身影在斑驳的月光下很快就消失在房中和小巷——，然后他会用未知的钥匙打开一栋未知房子的未知的门，在这里，在一间未知的屋子中，盖着一床彩色格子的农家羽绒被，重拾梅莉塔和她的甜蜜。啊，一定会是这样！当他被挤到检票处，甚至说最后简直是他自己挤了过去，他真的到口袋里去掏那张想象中的车票，的的确确摸索着要找到它，后面挤上来的人都开始嘟哝起来，直到遍寻无果他才意识到自己梦想的徒劳。他耸了耸肩便往回走，逆着像潮水般无所顾忌往前挤的乌合之众走自然十分艰难，好不容易走了出来后，他站在候车厅的门口，望着火车，望着那些农民，他们在列车员的催促下，慢慢整齐就座，列车在经历了启动时费力的几下颠簸后便开走了；直到尾灯向东消失在漆黑的夜色中，他才回过身去，再次侧耳聆听着车轮最后的回响，向着火车站出口走去，回家，返回城市景观中。

因为火车站的月台和正面是两个不同的世界，前者尽管源于科技，但轨道纷乱，隶属于乡村；想到乡村，总免不了想起铁道线、乡间小路、桥梁或者有着教堂尖塔和墓地的村落；相反，火车站正面则毋庸置疑是城市景观的一部分。如果说乘火车离去的农民就像逃出地狱又驶往地狱的鬼魅，那城市就是另一种地狱，甚或是一种更加天衣无缝的地狱。当然，在月光照耀下，火车站广场伴着三角形中点静静闪光的大钟正宁静地卧在那里，摆脱了所有动态事件，构成了两个地狱之间的一个宁静的区域，但是三角形顶部的广告灯牌闪亮而又无望地指示着地狱的入口，而在地狱的某处，也就是城市蔓延的地方，竟然支着梅莉塔的床，真是不可思议。管他什么祖父，一定要闯进去，把酣睡的姑娘拐走！不，他不会满足希尔德加德的心愿，他不会取消交易，反而要立即行使他的优先购买权。不，对于愚蠢的愿望乃至威胁性的警告，就是不能顺从。狩猎屋就应该成为男爵夫人晚年最后的乐趣，为梅莉塔一定可以找到另外一个没有冲突的折中办法。关键是在两个地狱之间创造一个和平的中间地带，别无他法。杂乱无章的黑暗开始消散。A光着脑袋，手插在裤兜中，沿着公园的纵向来回踱步，不时地望向男爵夫人的房子，瞥一眼阳台，阳台上装点的天竺葵没有开花，再向上看一眼窗户，窗户后的灯光都灭了——连希尔德加德也显然上了床——，就像是辞别。从遥远未知的东边吹来一股微风，它促成了各种景观的统一，把农民和城市的景观联系到了一起，使人的呼吸轻松起来。无限的存在多样性似乎排列成了一个新的整体，一个飘动着的、摆脱了张力的整体，初秋深夜清凉的希望。

A打了个冷战，他来到房前，打开大门；今天的工作已经完成，还需要做个正式的了结。因此他坐到书桌前，起草一份赠予证明；这份证明书为他保留了一定的所有权，尤其是自己的居住权和支配权，把男爵夫人定为老狩猎屋的继承人，而且允许她决定将来传给谁，但是在她死后，只要老策琳还在世，就不能出售，而要由后者享有这一地产的使用权。梅莉塔不予考虑，这样更好一些；为她要做别的准备，当然那就简单了，不需要专门起草文书。因此他只写了一封情书，把今天孤寂的夜晚与完全别样的昨夜做了对比，满怀喜悦地展望了后天，不，明天——因为早已过了午夜——晚上的到来，那时他们将会在宫殿广场相会。是的，她不像睡在那边的小姐那样一肚子花招，不理小姐就对了。做出这番论断之后，他便去休息了。

上床太晚，第二天早上便睡得久了一些。当他走出自己的屋子时，发现厨房门开着，策琳正在忙活着准备午饭；他朝她喊了句"早上好"，她示意他过来："您大概还得要补觉。跟一个姑娘过了两夜就已经筋疲力尽，您可真丢人。这么年轻！"显然是本分的玩笑话；事实上她忧虑不快地看着他。他答了句"对对，我们原本就是虚弱的一代"，她没有理会，而是指了指前屋："她都知道。"——"当然了，我昨天就充分注意到了。"——"我跟您说过，您二位都小声点；她又趴在您门上偷听了。"——"但是没听到的东西也可以幻想。"——"对,但您买了老狩猎屋，而且男爵夫人要搬去那里，却都不是幻想。"——"这话不假……不过是另一码事。"——"不，一码事。"——"是吗？怎么会呢？狩猎屋不合您的意吗？"——"倒是合我的意……"——"那问题出在哪儿？"——"梅莉塔不能跟着……您会把她带去吧？"尽管 A 已经决定不把梅莉塔带到狩猎屋，但还是不由得逆反起来："您现在也开始跟我来这一套了，策琳？您究竟是怎么了？"——"您愿意和她什么时候睡觉就什么时候，多久睡一次、在哪里，就算在这里睡，我都没意见，但就是不要在狩猎屋里。"A 不由得笑了:"真是直截了当。"——"没什么好笑的……我可不只是个给您把风的。"——"没人要求您把风,策琳。"——"由我为您把风够好的了……要是没有我,您既得不到狩猎屋也得不到梅莉塔……"——"我否认过吗?"——"就因为我同情那个姑娘,我才让她进门。"——"等等,她称您的心,您喜欢她,这可是您自己对我说的。"——"我当然喜欢她。"——"对,那一切就再好不过了。"——"没什么好的……梅莉塔一点不比我好,要是她去了狩猎屋,我就是她的用人……我不会听她的差遣。"——"我的天,可怜的小梅莉塔,差遣!"——"她连试都不要试,否则她会吃大亏的。"A被她狂暴的样子吓到了:"请您不要这么生她的气,她明明什么都没对您做。"——"我不能容忍别人把我变成她的用人……否则她会吃亏的,我也会很遗憾,因为我爱她……"——"小策琳,这也太过分了……您难道不明白吗?"她只是固执地重复着:"她不能跟我进狩猎屋。"——"策琳,要是我干脆撤销交易怎么样?我们的小姐会很高兴,您也能确定梅莉塔永远去不了那里。"现在策琳的狂暴更加没有节制了:"这么说您到底被希尔德加德给骗了?啊?您敢!您竟敢这个时候给男爵夫人来这么一下!"——"只是一个建议,策琳。"——她平静了些:"男爵夫人很期待;圣诞节我们会在那里庆祝……和您一起,A 先生。"——"那梅莉塔在哪里庆祝她的圣诞节呢?"她镇定地耸了耸肩:"不在那儿。"——A 受不了了:"或许我该邀请您参加我的婚礼,作为圣诞节的惊喜。"策琳猛地转过身来:"您是认真的吗?"——"为什么不是呢?我和您一样不听别人的差遣。"一道冷冷的目光看向他:"看吧,看吧,希尔德加德说得对……真好啊。"——"我走了,"A说,"我受够了。"——"您的咖啡呢?不吃早饭就走吗?"——"是的,不吃早饭。"一缕恶毒嘲讽的微笑从她脸上闪过;然后她就又转向了炉灶。

他很快就忘记了自己的烦恼,尤其是天本来就变短了,而且还有很多商务要处理:他在市政厅提出了自己对狩猎屋的优先购买权,立马完成支付,并且认为,鉴于货币稳定化的谣言越来越多,这实在是项非常明智的举措,幸好最终没有因妇人之言而耽搁;此后他就回了自己的办事处,让人誊写了赠予证明书,最后又去找了自己的律师,一方面是想和他一起找到一种尽可能免税免费的赠予形式,但另一方面也是要为梅莉塔未来的经济——为此他已经预备了一笔大额的外汇——,以及两人可能不结婚的情况做好法律上的保障。当他此后再次站到大街上时,他对自己非常满意,因为他为每个人都做了充分的准备,就算他现在悄悄地从这座城市消失,那也是一个体面的,甚至高贵的退场。而且他还留在这里干什么呢?购置不动产曾经是项应急的买卖,只为了能合法地留在这里,如果货币稳定化,那这项买卖就完了。那梅莉塔呢?或许他在家中的卧室会思念她,但是在这条商业街上,一想到明天要在那边的宫殿广场相会,他几乎有点不快。他会认出穿着城里人衣服的她吗?他们会不会像没有桥梁连接的两个世界的孩子一样无助地面对彼此？然后呢？以情侣的身份去餐馆，以情侣的身份去看电影？最终，由于他坚决不愿再把她带回家，再以情侣的身份去旅馆吗？和她一起离开将是唯一有尊严的解决办法，但是碍于传奇的祖父无法成行；这是没有尊严的爱情，真令人沮丧。但是当他怀着这些想法时，他发现，自己正朝着城里最好的餐馆走去，他打算明天带她去那儿。他突然有了彩排的想法。实际上，有着五道菜的这次彩排非常令人高兴，他简直都忘掉了梅莉塔。在喝完咖啡和白兰地去看电影时，他觉得，旁观的爱情故事远比自己经历的要美好。影片结尾时，母亲为她抗拒了两小时之久的新儿媳送上了祝福——，母亲的祝福，对，这是关键。

就这样，晚上，或者更准确地说，深夜归家时，A变得比他上午出门时要愉快得多。从花园的树木间刮来了秋意，思念交织在强硬、柔软交织在欲望、放松交织在严厉中，失重在重力之中，一切都好。唯一不合他意的是，楼上客厅的灯仍然亮着；不管谁还醒着——很可能是希尔德加德——，他从昨天起已经谈了够多了，不需要再来一场，而且他有权立即上床安眠。

但是没用。他刚一开门，希尔德加德就出现在客厅门口。"您过来。"她简短地说了句，他只好服从。

她指了指炉旁的靠背椅，等他在对面坐下，她问："您去您的情人那里了吗？"

他思索了片刻，尽管这个问题让他气恼，但更加让他气恼的是，就算现在他也无法找回已经丢失的对梅莉塔的思念和欲望，就好像这是一种过早的思念、过早的欲望、过早的渴望。"我找过她，但没找到。"他据实以告。

她显然觉得好玩。她迷人的微笑瞬间清晰起来，但立马又消失不见。一丝异常警觉的紧张浮现在她的脸上，所有神经的警觉，更加异常的是：她喝了酒。她旁边的小餐饮台上放着一瓶波特黑啤；他前两天给男爵夫人带回来两瓶，某种程度上说是为了向她的丈夫致敬，在提到英国的习俗时，她喜欢半是赞赏半是道歉地讲述，丈夫习惯于用一小杯波特酒来结束一天。但希尔德加德不是喝了一小杯，而是无疑喝了不老少；瓶子的三分之一都空了。她为什么突然喝起酒来，她平时不是连葡萄酒几乎都不抿一口吗？酒瓶旁有两个小玻璃杯，其中一个还有一些残余，作为一名生手，她没有先把杯里的酒饮光就又倒满了；接着她又把第二杯斟满并递了过来："您来杯波特吧……我因为您的缘故而度过了糟糕的一天，我不能一个人待着；您有责任陪着我。"

"您今天过得糟糕是我的错？"

"那当然；但是我没兴趣继续我们昨天的对话……我甚至不想打听您就狩猎屋所做出的决定，要是您做出了的话。"

"我……"

"安静，要是您不想杀死我的话……当然，您要把我母亲带去一座杀过人的房子，但您没必要再在我身上验证……"

"但是，仁慈的小姐……"

"我希望，您在那里会想我；尤其是当幽灵骚扰您的时候，您该想起我……我不想让我的母亲搬去一座发生过谋杀还闹鬼的房子，您能理解吗？"

她喝醉了，A想，醉得比我估计的还厉害，他说："要是您继续喝烈性的波特酒，那您在这里就能看到鬼魂，用不着到狩猎屋去。"

"您不该提狩猎屋……那里杀过人，是一座鬼屋，关于它的事情我一点都不想听。"她拒绝地抬起手来，和服袖子里的胳膊露了出来；胳膊白皙匀称，做出拒绝姿势的手纤细完美，藏在银缎便鞋里的裸足肯定也完美无瑕。她有教养、长得美，却仍是一副老处女的样子，包裹着她的那股紧绷绷的感觉更显老。同样显老的是她毫无过渡、突然提出的要求："但您可以向我献殷勤。"

一个尴尬的局面，A想，非常尴尬，尤其是你想去睡觉；不管怎样，我必须告诉她实话："我怎么能向您献殷勤呢？您对我来说太美了，我不能爱您，不可以爱您。我不敢承担爱您的风险。"

"好极了，没有爱……这一点我同意，非常同意。但是欲望呢？对于欲望来说我也太美了吗？"她半闭着眼，醉眼迷离地看着他；然而，从眼皮缝里透出的目光饱含着清醒的冷静，而且声音也完全没有丢失她一贯的感兴趣又漠不关心的干巴。

我弄错了，A心想，她没醉，她属于那种不会喝醉的人，就算想醉也醉不了，但是会突然像犯了晕船病一样。但愿她不会让我犯晕船病。他放下自己的酒杯:"我就是不相信;我不信您会愿意别人对您有欲望。"

"我愿意……我只是不愿意被爱。"她做了个轻微的动作,让蓝绿色的和服微微张开,于是和服下睡衣的花边带子便清晰可见;就像刚刚囫囵吞枣学会的把戏,尤其是她的一系列动作全都表现出刻意放缓的笨拙。

"当然,您不愿意被爱。纯粹出于对被爱的恐惧,您把欲望也谋杀了。您害怕任何风险。"

"我谋杀了它?我谋杀了它……"——她笑了——,"我谋杀了它,我谋杀了他……还可以接着变格……我们谋杀了他,我们谋杀了它……这在我看来是谋杀……也就是说谋杀的指控要落到我身上?"

"这当然是谋杀。最少也是疏忽致死。前提是,给您酌情减刑。"

"您错了,我不需要您的酌情减刑,不,我一点都不需要……欲望跟在血迹后,谋杀提升了欲望……我们甚至谋杀自己的欲望,来让它变大。"她把杯中酒一饮而尽。

一个嗜杀成性的女学究,A想,我想去睡觉;我累成了狗。但是他说道:"您刚才满含着厌恶说起了发生过谋杀的屋子……"

"我不想听到任何关于那座屋子的事情。"她把两只手插到桃木棕的头发里,捂住耳朵;和服的袖子滑到胳膊后。

欲望被托付给意识后,变得说不出的累人,哎,将非存在遣返回存在是多么累人啊，而人如果要找回呼吸，就必须一再找寻存在！A说道：

"您不允许爱情的存在，但是如果我获准爱您，由您获准，正如由命运、由我获准那样，我将会和您手牵手迈上从存在到非存在，再返回存在的道路……"

"去到死人那里再返回？"

"或许吧。"他点点头，尽管他不是这个意思。

"和您手牵手赴黄泉，"她笑了，"当我们重返世间，欲望就永远不会停止……这算正式契约吗？是个承诺吗？"

"不，不是承诺，是种风险。"

她变得严肃起来。"通往黄泉的领袖，通往非存在，从而抵达存在的领袖，这就是我们所有人的所需……当然了，"——她用清醒冷静的眼神打量着他——，"您不是这样的领袖。"

"我也不想成为这种领袖；我畏惧做决定，也畏惧命运。"

"那您为什么要说非存在中的存在？您不知道，这关乎着毁灭、谋杀和自杀吗？"

"或许我知道，但我不打算知道。"有什么东西冰冷地切开了他的心脏，令人毛骨悚然。

阴森的东西显然让她高兴："那就是不得已而为之的领袖了？没有更好的？[1]"

他被她阴森的紧张传染了："您不要问太多。"

---

[1] 原文为法语：faute de mieux？

"尽管如此还是手牵手吗？"非常谨慎而又缓慢，指尖试探着空气，一定程度上试探着距离，她的手向他伸来。当她的手抵达时，他开始吻那纤细的指尖。

她把手交给他，那手没有意志，没有肌肉，也几乎没有骨头，像蝴蝶般柔软的飘动之物，可以由他展开、关闭和翻转，从而可以从各个角度来亲吻它；他从容不迫地一寸寸地亲吻着，嘴唇最终停在了手掌心，感觉到手心发热：皮肤发热，却又冷淡，横亘在清醒冷静但又流动着热度的非存在上；他渴求温暖，渴求人情，便向上抚过凉凉的胳膊，一直到几乎没有毛的腋窝，连腋窝也是凉的。"近点，"他祈求道，"再近点。"作为回应，她用两只手圈住他向前耷拉着的头，他就像火车上打盹儿的人一样，胳膊肘撑在膝盖上，两个拳头托着下巴。他们就这样坐了很长时间，以至于无时间滑进了时间，时间滑进了无时间，但他们已经不知道了。她的身体和灵魂发热的紧张向他流去，流到他的体内，这是一种没有爱的共同颤抖，没有一点欲望，却仍然强烈，越来越强烈，直到成为优势力量，越来越压倒一切，直到他感觉不到身旁的任何东西，连她又硬又尖的指甲插进自己的头皮都没感觉到。疼痛并非缓慢发作，而是突然来袭，强烈而又无法摆脱，因为她的双手追随着他所有的动作。"耶稣的荆冠，"她笑了，"荆冠。"当血珠从他面颊上渗出时，她才松了手；她几乎温柔地，像舔一样地吻去了流成小溪的血，当血珠渐渐流干，她非常温柔地惋惜着抱怨道："没了。"然后她敞开和服，把跪在她身前的他的脑袋放在自己的胸脯上，颤抖的他依靠在颤抖的她身上，两个人没有爱，没有欲望，秋风从敞开的阳台门吹进来，刮得对面通往前厅的玻璃门发出轻微的咯咯声，两个人在凉凉的秋风中颤抖着。

"我冷，"她终于说道，"来。"她把他拉到自己黑漆漆的卧室。街上的光透过百叶窗照进来，在朦胧中他看到她让和服掉落，脱下内衣，赤裸修长的身子扑到了床上，但是当他想坐到床边时，她不耐烦并气恼地表示拒绝："不是这样，不是这样……真的上床。"如果有爱在等待，脱衣服很简单；如果还要等待爱，那就难一些；最难的是，两者都不会发生；因此他在可笑的与裤子快速对决的过程中——还没有人在这种对决中输过，但也没有人能保留尊严——想到了男性的有失尊严，胜利的提前失败，人在仓促之间肯定会将其忘掉；连他也忘了，因为他在床上用胳膊揽住了她。"唉，您能不能行行好，给我盖上被子，"她抱怨道，"我冷。"——"我称之为冰冷的礼貌。"他说，没想到自己竟有心思开玩笑。她一丝笑容也没有："我真的冷；您肯定注意到了。"他当然注意到了，她摸起来甚至比先前还要凉。"请您抱紧我，把被子拉到我的肩膀上。"尽管她的身体非常柔软，但紧靠着他的时候仍感觉她像一根棍子，他们两个就这样躺在一起，紧紧地纯洁地抱成一团，一动不动，无法挪移。他们望向天花板、望向路灯透过百叶窗投下的横条的时间越长，整个房间就越加分散为多维，并且变得飘荡起来。此时连他们也变得飘荡起来，被非空间所接收，他们就像其中死去的灵魂，一点都不亲密，彼此并列并交织，但又不触碰彼此。非存在是不是已经启程？虽然还在遥远天边的它仍然模糊不清，但此处是否已经直接感到了它的诱惑和威胁？她的手慢慢地从被子里伸出来，经过他的脑袋，他的额头，几乎抚摸着他的脸颊。"刚才这里流过血，"她喃喃自语着，"现在没了。"接着他们又默不作声地躺着，向上倾听着屋顶，向外倾听着远方，向下倾听着大地，但是都一样，因为万物都在相互转化，万物都可相互替换。片刻后她得出结论："不冷了。"她摸起来确实有点暖和了。

但是她仍然没有动；只是屋里更宁静了，几乎可以说让人昏昏欲睡，由于白天骨子里的劳累和大脑中的大量酒精，他真的差点睡过去。但是突然她打破了平静："您现在可以要我了。"天哪，他内心有个东西在回答；他没有大声说出来——这大概是唯一正确的事情——，是因为性崇高的恐怖，就算冰冷、就算无耻、就算荒诞、就算愚蠢——这一切都包含在希尔德加德冷静的要求中——，性仍旧使人战栗和沉寂。但是他没法逃，他被这种罕见地隐藏起来的、无性之性的魔力给迷住了；他静静地躺着，瘫了一样。然后她重复道："您现在可以要我了。"——"没有爱不行。"他回答说。"如果您要我，"接着她又改口说，"如果您有本事要我，我向您承诺，您会获得一个男人从女人那里感受到的最深的快感。"他被打动了，转身朝向她，找寻着她的嘴唇。"不要这样，这是爱。"对她冷酷之美的回忆像是从崖底升腾了起来，驱使他说道："我想要你的呼吸，我想要你的嘴，你的嘴。"——"以后吧。您难道没注意到，您应该强奸我吗？"他不再听令，不想再听，却开始执行起来。他用两只手圈住她的脑袋，寻找着她的嘴，但是每当他的嘴唇一靠近，她就扭到一旁，要么就狠狠地咬过来，咬他的脸，他的鼻子，逮着哪儿咬哪儿，似乎不加选择，同时又充满花招。他放弃了，试图亲吻她的乳房、她的腋窝、她的腹部，她一一躲开，像蛇一样，闪电般灵敏地躲开了他，同时却又气喘吁吁地坚持着自己的要求："请您强奸我，请您强奸我。"他觉得，只有远远克服性欲和预期的快感，完全集中于这个女人，集中于这一个女人，才会给他带来胜利，从现在起他除了她不能再心有旁骛，永远不能，他必须把他的自我献出去，这样才能获得她的自我，他所有的力量汇聚成了这一声因热切而嘶哑的低吼："我爱你！"——"别说话，"她气喘吁吁地回答，"你应该强奸我。"但是光这句重新赢得的"你"对他来说就是种胜利；他扑到她的身上，手指使劲儿抓住她的腰带，一只膝盖挤开她的两条腿，他认为，自己已经驯服了她。只不过，就在这一刻，在这个疯狂的几乎要胜利的时刻，他突然浑身冷汗，或许是因为她引起了他太过强烈的紧张，紧张到发抖，或许是因为在无存在中争取存在的对决持续时间过长，反正结束了。他倒身仰卧："我不行了。"

"你不行了？"先前的气喘吁吁已经没了踪影；她只剩冷淡的好奇。

"我不行了。"

她同情地,然而又带着一丝明显幸灾乐祸的语气问道:"你痛苦吗?"

"我不知道。都熄灭了。"

一缕笑意爬上她的脸:"非存在?到了黄泉?"

"大概吧。"

"你在想什么?当人死去,人会想什么?"

"我不知道……"

她小心翼翼地靠近他,确认他那里已经疲软。"你在想我吗?"

"也在想你,但是也在想房子,想你的母亲……"

"你爱我吗?"又是幸灾乐祸,胜利后的幸灾乐祸,恰恰因为这是温柔的耳语。

"是的,我爱你;我无限地爱你,但是我不行了。"

这时她的喉咙中发出一声沙哑的呻吟,事实上是一声沙哑的欢呼:

"啊,啊,你不行了,再也不会行!啊。我杀死了你!哎,你知道吗?我杀死了你。你永远都不会再行了,面对哪个美丽的女人都不行;再没有女人能让你重振雄风,你永远,永远都会想着我,是我夺走了你的雄风!"

这是胜利的欢呼,这是快感,简直是兽类的,简直是兽类的快感。他徒劳地做了一个逃跑的动作,徒劳:她铁一般钳住了他,她的牙咬进他的肩膀,血流了出来;每个动作都加剧了疼痛。但是，当她注意到他没有反抗、保持不动，她就睡着了，一下子就睡着了。

睡着后她的嘴就松开了，给了他不使用武力脱身的机会；疼痛缓解了，没等他回过神来，他也睡着了。显然过了没一会儿——仍是深夜——他又醒了，或许是因为疼痛再次来袭；让他惊喜的是，大概是由于身旁呼吸着的女性躯体，他又有了欲望。只不过，当他充满爱意地拥抱她时，没有得到半点回应，既没有赞成，也没有拒绝：她睡得像根木头，不，像块石头，不，像具尸体，就好像她仅仅通过皮肤而不是肺在呼吸；不管是充满爱意的欲望，还是满怀着欲望的爱意，都消失于奸尸的轻浮想法中。他明白不会有结果。于是他收拾起自己所有的东西，鞋子拿在手中，衣服搭在胳膊上，穿过前厅溜回自己的房间，他自己终于也能像根木头、像块石头、像具尸体那样，在睡梦中迎接清晨。——

清晨，对于需要休息的他来说还很早的时候，他就被敲门声吵醒了，是策琳："今天您不能再给我不喝咖啡就出门，A先生。"她的话如此友善，就好像二人从来没有发生过争执一样；她把早饭端到了他的鼻子底下，然后又愉快地说道："今早太美好了。"

好吧，友情总好过争执。

但是他刚穿好衣服，前面的客厅突然响起一声尖叫，是策琳发出的尖叫，紧接着她就冲了进来哭着扑到他的怀里。"死了，死了。"她号叫着。"谁？男爵夫人吗？！"她说不出话来，跌坐到长沙发上。他匆匆赶到前面那间屋子。

进屋后他惊奇地发现,希尔德加德正十分平静地坐在她的早饭前;看见他后,她便干脆把自己正在读着的报纸递给了他——白皙的胳膊像昨天那样从蓝绿色的和服袖子中露出来。报纸某处插着一枚发夹作记号,是一则用小号字体印刷的简讯,内容如下:

"(人身事故)昨晚,十九岁的梅莉塔·E 在其祖父、云游教师莱布雷希特·恩德古特的家中——也是她经营的小洗衣房的所在,不幸身亡。在客人希尔德加德·W 男爵小姐离去后,她显然打算操作安装在屋外的绞盘,并因此摔下了楼。事故目击者 W 男爵小姐向警局做了报告。遇难者的祖父从几周前起就在城中不见踪影,迄今未能查明他的居留地点。"

这就是报纸上登载的简讯。"梅莉塔。"A 念叨着,膝盖发软。但希尔德加德用漫不经心的语调说道:"拜托,请您关上您房间的门,还有这扇。如果我母亲听到了那边策琳的号叫,会很难堪。"他机械地听从了指令,又机械地返了回来,坐到希尔德加德对面;就像在做梦:一起自杀,因为他而发生的自杀,但其实是谋杀,希尔德加德犯下的谋杀——,这一点很容易看穿,半夜发生的事情大概就是充分的证明。他对正放下自己手中咖啡杯的杀人凶手极为愤怒:"是您干的,希尔德加德。"

她用冰冷的眼神打量着他:"是的,A 先生。"

"您竟然还在这里悠闲地喝着咖啡。"

"您打算舍去哪顿呢？就算您今天中午斋戒，晚上也会吃得更香。"

"我没有杀人。"

"您做过更恶劣的事。您肆无忌惮地闯入这个家，您闯入我的人生，马上还要闯入我母亲的人生。好吧，但在这种情形下不能和小小的洗衣女闹绯闻。"

"借用您的说法，我闯入您的家中，但这是命运使然；其他的一切……"

"……同样是命运。这是我唯一可以向您招认的。但我曾经要求过您去反抗这一命运；我警告过您。您的罪责，您严重的罪责，就是把我的警告当了耳旁风。我向您说过，我习惯于收拾得干干净净。"

"所以就杀人？毫不迟疑地去杀人？"

"您和我都很清楚，最后这个结果根本无法预料。洗衣女通常都很坚强，也就是说可以承受小小的失恋。而失恋是在所难免的，这一点您和我一样也很清楚。因为无论如何您都会离开这个姑娘。"

"为了让她的未来尽可能幸福，我采取了所有的预防措施。"

"不管您做了什么，您都是为了减轻自己的内疚感。因为把我母亲的未来看得比这个小无产者更重要的不光是我……对，还有您。"

"话虽如此，您的行为方式像恶魔。您对那个可怜的小东西说了什么？"

"实情。"

"什么实情?"

"您爱我,我发出一丁点答应的信号您就会和我结婚。昨天半夜您已经向我提供了丰富的证据。只不过我一直没有答应,而且永远不会答应。"

"然后发生了什么?一点都不要向我隐瞒。我有权利知道。"

"您当然有这个权利。您也知道那座房子。我爬了四层楼上去,遇见她正在干活。她温柔漂亮,我好不容易才向她张开口,她听后虽说脸色有点苍白,但还是平静地接受了,甚至还邀请我去坐坐。然后她把您送的手提包托付给我,让我转交给您。我有理由认为,由此妥善地解决了所有事情,如果这种情况可以用妥善一词的话。但是我刚到楼下,她的身体也嗖地摔了下来,落在离我不到十步远的地方。她伤得很重,但脸蛋仍然迷人;颅骨骨折。"

"地址您是从策琳那里拿到的?"

"当然了。当然她也足够聪明,猜出了我要地址的目的。但是您昨天相当多余地惹恼了她,因此她,"——她压低声音悄悄耳语——"想捉弄您一下;我告诉过您,她的统治欲和报复心有多强。就这样,她毫不犹豫地泄露了地址。她和我们一样,不可能预料到会导致这一悲剧。不能怪罪她。我们就让她号一会儿吧;这是她的乐趣之一。"

"我真希望您没这么冷血。简直不人道。还不如您昨天那个样子。"

"昨天事故就发生在我的眼前,昨天我向尸体俯下身去,昨天"——她挑逗性的、牙齿闪亮、罕见地透着淫荡的微笑又出现了——,"昨天不一样;那时候我还爱着您……是的,A先生。"

"您爱过我?"

她严肃地点点头:"和小梅莉塔的爱相比,我的爱虽然没那么感人,但是很可能却与您更般配……"

"希尔德加德!看在上帝的分上,您的行为真不是一个心怀爱情的人能干出来的!"

"马后炮在我看来很不体面。我只想提醒您,当您来找我时,您满怀着对另一个女人的淫欲……现在我去给您拿她的手提包。"她起身回自己房间。

人死之后听到这样的爱情表白令他大为震动。希尔德加德不是个会撒谎的女人,尽管她经常自欺欺人。就是说她相信自己的爱情。她需要用它来美化谋杀吗?她是利用昨夜来进行美化谋杀的告白?抑或在她剥夺了他的欲望之后,她只是想在他心中插一根永远丧失、丧失了一份与他般配的爱情的刺?她所谓的有尊严的爱指的是什么?这时他突然恍然大悟:她指的是从非存在中升起、从虚无中升起的原初爱情,狂野,低于兽性,恶毒,但同时又摆脱了这一切并上升到存在,上升到作为人的追求和任务的人性。人性——,外面,公园的树梢上仍然晨雾氤氲;公园另一侧的房子沐浴在晨光中,天亮了。

这时希尔德加德又走了进来,手中拿着他非常熟悉的那个银灰色手提包。"给,"她说着递给了他,"可能对您来说是件永远的纪念品。边上这些大块的黑色污渍是她的血。当我向尸体俯下身时,踩到了大摊的血,当时我胳膊上正挎着这个包。不是有意为之,但是仍然很有意义,对您来说很有意义。"

干巴巴的通知让他不寒而栗;他没有勇气去触碰那些血渍:"确实就是谋杀。"

狂野,令人想起逝去的夜晚,可以感觉有些狂野不羁的东西脱口而出:

"您别一个劲儿地假装厌恶谋杀,厌恶流血了……世界上还会有更多的谋杀和流血,您将通通接受,就像您接受了战争一样,甚至轻松愉快地接受……是的,肯定会有更多的谋杀,更大的谋杀,更恶劣的谋杀,您知道这一点,甚或盼望着,但您却继续惺惺作态……这一起,姑且称之为谋杀的事件,至少对您有利……"

"对我有利?"

"是的,您的人生又变简单了。"

"我不得不彻底重建我的人生。"他看到了墙上挂着的几幅樱桃木框铜版画;它们充满了稳定的三维性,连它们都从容地克服了死亡。

"您能不能别装了?哪有重建?您的决定不是早就做好了吗……这就是您所谓的需要时间考虑!您和策琳,您二位都贯彻了自己的意愿,只要策琳下令,我的母亲就会搬到狩猎屋。我只得接受并且盼望这一行动尽量无灾无难。"

"我没必要重申，对我来说无灾无难还不够，我的努力远超于此……另外明天我会当面把有关经济保障的文件交给您。"

希尔德加德听天由命，但也不无满意地耸耸肩。"你们在那里说不定会很安逸，"她说着笑了笑，"安逸的重建，我几乎觉得，该对我热切盼望着那里的母亲说一声……她随时会进来。请您现在把这东西清理掉。"她指了指梅莉塔的手提包。

A把包拿回了他的房间，放到上了锁的抽屉里，里面除了他的机密文件，还藏着他的左轮手枪。当他返回时，男爵夫人刚刚在她的扶手椅上落座，她说："或许也得把策琳喊进来。"一出歌剧的最后一个场景，A想，可以说是一出悲剧，顶多是悲喜剧。他微微闭上眼睛，图像又推移了，存在推移了，在稳定性没有受到损害的情况下，推移到了非现实的更高现实。男爵夫人、希尔德加德以及刚刚进来的策琳还可以被看成个体吗？因为她们的相互配合就像是受了唯一一个更高的，却几乎不能称为神的意志的指引。他不也是其中的一分子吗？他加入，甚至可以说闯入了她们的团队，恰恰为了和她们一起抵达非现实、消解于非现实。这正是他的本意。可是尽管如此，啊，尽管如此他仍旧还是他本人，坚持着他最个人的自我。这就是这一歌剧场景、每个歌剧场景的意义：在察觉的瞬间变得非存在，但又坚持着存在！他，一个赤裸、多骨、多关节的人，却只是多件衣服下的一个歌剧木偶；他向着团队走去。

"您就像我的儿子一样对我。"男爵夫人向他问候道；他俯身行吻手礼，她便如祝福那般把手放到了他的头顶。"确实像，"然后她说，"多希望您真的是我的儿子，那样就达成心愿了。"但就在这时，就如同心愿一词是让想象中的锅嘶嘶响起的提示语一样——也可能真的有锅发出了这种声音——，希尔德加德跳了起来，大喊着"水烧开溢出来了"冲进厨房。男爵夫人动情地目送着她，说道："现在不是，将来可能会是。"相反，策琳则真诚地握着准儿子的手；这到底意味着哀悼还是祝贺，抑或单纯地表达了她对梅莉塔的威胁已经解除，即将搬往狩猎屋、搬往老狩猎屋的愉悦，自然无从判断。

然后大家决定，为了做好乔迁准备，A过几天就先搬过去，以监督整修工作；而且按照策琳的建议，大家决定到时候一起在那里庆祝圣诞节。希尔德加德虽然未置一言，但她也没反对，因此她去参加庆祝的希望至少还在。

礼貌起见，在这一历史事件之后他必须在男爵夫人身边再待一会儿；按理说他们大概应该手拉手地坐在一起，母子二人亲密无声地交流一番。但是这样做自然不合规矩，因此他们没有手拉手，而是隔开了一段得体的距离，但是无声亲密的沉默并未被禁止，因此他们没怎么说话，不过两人的思绪很可能向着同一个方向飘了去，谛听着人类存在自然的、最自然的幸福：诞生，被一位母亲所生，从一具躯体中产生并且本身也是一具躯体，一个呼吸时肋骨会扩展的身体，啊，幸福的变化过程，幸福地迈向尘世并行走在尘世温柔的道路上，不可或缺的母亲的手，孩子的手安稳地握在其中；啊，一生的安稳从童年中生发，日益蓬勃，安稳，并非监禁，而是本身便蕴含着自由的萌芽。她说："现在我不是囚犯了。"

他微笑着对她说："而我却要被监禁了，为此我是多么高兴，男爵夫人，不需要特意向您保证。"这话在很大程度上是对的。因为他的生活空间已经局限在了此处，自愿局限在了外面的三角形广场和这里的这座房子，但他此前却无法说明这一切由谁促成，自己又被谁囚禁。现在他明白了：回家。自愿达成的囚禁对他来说仍将是决定性的，不会因老狩猎屋而发生改变。窗前的树梢在九月柔和的风中轻轻摆动，树叶已经泛黄。燕子从树梢掠过，做好了迁徙的准备，空气中满是鸟鸣啾啾。

她的目光同样扫过文明的火车站广场：

"我们总是重返大的呼吸，这样我们自己才能呼吸；我们总是重返大的警觉，这样我们自己才能观看；我们总是找寻从先祖到曾孙的大的链条，找寻母子间短短的距离，紧紧依附于此，这样我们才能活下去；我等待过，这样找寻过，但究竟是受着束缚还是全然自由——，谁又说得出呢？大概二者兼备。"

在苍穹薄如蝉翼的一层光亮下，城市嵌在了布满街道和铁轨的风景中，它本身也是一道浓缩的风景；然而嵌在前方广场的草坪与后部花园里的绿意之间，就这样在增长与增长之间、生机与生机之间坐落着这座房子，连同附近的其他房子变成了广场的整体；而在房子死去的、无法活动的墙壁之间横跨着活生生的事件、人和人间的关系，活生生，但是凭借着维度的多样性不可挽回地把无生命承载于自己之内，爱与憎横跨着，突然融为一体，由口及耳的言语横跨着，气息悬于穿透万物的苍穹，其中或隐或现地架着一道彩虹，正如一个失重秩序的承诺。

这时男爵夫人说道："让我们感恩地缅怀死者。"

他点点头。她指的是梅莉塔吗？

她站了起来，为了表示亲密，她没有使用手杖，而是扶住了他伸过来帮忙的手来获取站立时必要的平衡；她挎着他的胳膊挪动起来。他们就这样庄严地阔步走向餐厅，庄重地停在法院院长的画像前——A郑重地鞠躬时感到极大的满足。男爵夫人在此过程中自然不会觉得滑稽；她一边小心翼翼地整理画像下方大水晶花瓶中的百日菊，一边悲伤严肃地说，丈夫一直想要个儿子；她一会儿看看画像的面孔，一会儿再看看身边的陪同者，就好像能发现两者的相似之处一样。A觉得别扭；他既不愿做画上穿法衣那位先生的后代，也根本不想记起他的性功能；另外他觉得非常不公平的是，男爵夫人拥有一张亡夫的画像，而同样已经死去的梅莉塔却只在他脑海中空留一幅摇摆不定、注定日渐暗淡的图像。他的内心突然升起一个简直不可抗拒的愿望，他要向她跑去，再看看她，向她躺着的那座朴实的墓室跑去：啊，他必须记住往日的面容，那两夜朦胧的面容。

男爵夫人的胳膊仍然挽着他，她察觉到了他突然爆发的不耐烦，于是放开了他。"我们晚饭见，亲爱的Ａ；您今晚理当由我们款待。"他感谢着答应了。

到了前厅，他抓起帽子，正要开门时，策琳从厨房进来；看到他戴着帽子站在自己眼前，她满意地咯咯笑："难得这次没忘。"但是接着惊奇地问道："您打算去哪儿？"他没有作答，她毫不犹疑地取下他头上的帽子："不要这样做。您不该去她那儿。您就让她安息吧；她应得的，安息。要是我我就这样做，而且我会一直这样。这里而不是那里。"——她先是指指他的心，然后指指他的眼睛——，"她应该长存于这里而不是那里，像您最后一次、前天五号早上见到她的那个样子长存。要是您去，就毁了。到时候留下来的就只在眼睛里，永远不会在它该在的地方，也就是心里。"见他不语，她又加了一句："我爱过她……请您向我保证，不会过去……保证！"他做了保证。

然后他出了门，光着脑袋；但是他遵守了诺言，没有去梅莉塔的住所。真的可能、可以从那个地方返回吗？他想返回，想回家，想留下。回家之人就被释放了！天黑前他一直坐在火车站广场报刊亭附近的一张长椅上，眼前是墓穴之上、三个面的死亡之钟，中点的三个面，他想起了梅莉塔，她被不自由、被牵线木偶的不自由所谋杀，因为她本身是自由的。所有的谋杀都发生于不自由，不自由会杀人。一大群的提线木偶填满了广场，填满了他周围的房屋；尽管一直受制于三角形，但广场又变成了密集体，城市的密集体，物的密集体，拥有提线木偶的属性，无家可归，毫无指望。然而他，坐在这里的他，却有回家的指望，自愿不自由的指望，稀奇地与梅莉塔的自由连在一起，轻松别离的指望。就这样，他越来越想念她，直到她消散，进入他的体内；当华灯初上，三角形的腰会合的顶点处站立的不再是让人畏惧的法庭的标志，而是回家和无辜的信号，孩童的符号——，逃离了地狱。

两天后他搬到了老狩猎屋。他赶在初雪降下之前——时值十一月中旬，公园里树木的叶子被风一扫而光，在火车站广场的柏油路上簌簌作响——，开着自己的新车把男爵夫人接到了新居。当然了，在此过程中有过大大小小的艰难和混乱，因为尽管大部分行李已经提前发了过去，缺少的东西也可以以后再寄或取，但就是收拾不好预备摆放到车里的东西，希尔德加德两周以来一直在忍受着打包的喧闹，眼看着累到虚脱，她朝 A 大发雷霆："果不其然，如今一团糟，完全和我预测的一个样，天知道会怎么收场。"但是男爵夫人愉快的表情证实了她是一派胡言。最后搬家进行得非常顺利。男爵夫人一直很愉快，甚至在接下来的几周里越来越欢喜。她一再强调，自己还从来没有这么高兴过。他们愉快地庆祝完了圣诞节，覆盖着积雪的森林透过窗户望进来。只是希尔德加德在最后一刻因为着凉而爽约，让气氛有点阴沉。但时间不长。

声音

1933

1933年——，你为什么必须创作？
离别的应许之地，啊深层的预感！

我们不想欺骗自己，
我们永远不会变好；
我们被驱赶着
醉生梦死，受刑流血。

我们热爱死刑
皮鞭、绳索和嘶喊；
好好地来上五十下，
皮开肉绽。

绞刑刑具慢慢
勒断了脖颈，
罪人的毛发里
悬挂着一根蓝色的舌头。

多亏了卓越的断头台
我们进步良多；
电椅不痛不痒地
服务于同一目标。

钢造绞刑架，
德国陆军的骄傲，
橡胶轮胎
为两到四人旋转。

笔尖在绘图板上描画，
无人，无人畏惧，
光洁地在轮上移动着
各各他的新十字架
由套管组成
精确到让人坚信，

那人[1]

会被工程师拧住。

请脱帽缅怀牺牲者。

因为只有已经感觉到绳索的人,

才会注意到风中晃动的草茎

从绞刑架下的石子路面上冒出。

啊享乐者,流血者!

恶魔盲目,

禁忌盲目,

幽灵盲目,

无视萌发的新芽,

因为它们自身没有生长。

然而,

人人都曾是孩童。

永远不要赞美死亡,

不要赞美加诸他人的死亡;

不要赞美不端。

但是请勇于咒骂,如若有人

为了所谓信念

煽动谋杀邻人;的确,

---

[1] 影射耶稣。

还不如不守教条、谋财害命的凶手：
啊，侮辱他人，也侮辱自我的
对刽子手的呼喊，隐秘恐惧的呼喊，
一切站不住脚的教条的呼喊。
人啊，请脱帽缅怀牺牲者！
物以类聚：
阴森的人祭，
由何人达成？——一个幽灵；
它站在屋里，一个不被允许之物站在那里，
径自吹着口哨，市侩的幽灵，
循规蹈矩的幽灵！
它学习认字书写，
它使用牙刷，
生病了去看医生，
有时关注父母，
此外只关心自己
却仍是个幽灵。

走出昨天，对昔日怀着浪漫化的好感，却察觉到了今天的好处并念念不忘，一个没有灵魂的幽灵，一个没有血液的行尸走肉，却因此不怀仇恨、单纯客观地嗜血，追求教条，追求合适的标语，并像牵线木偶般受其操纵（间或也受进步标语的操纵），但是一贯懦弱凶残，彻头彻尾地道貌岸然，这就是市侩：哎，悲哉，悲哉！

唉，市侩完全就是恶魔；他的梦想是一项坚定地集中于昔日目标的高度发达、最为现代的技术；他的梦想是技术上最为完善的刻奇；他的梦想是为他演奏小提琴的名家的专业魔力；他的梦想是在浪漫的密集炮火中灼灼闪耀的歌剧魔法；他的梦想是不光彩的光辉。

啊，我们是何等惊恐，
从幽灵柏林飞驰而过
市侩皇帝紫色刻奇的末日预言，
发动机轰鸣，披着白釉皮，
按着白喇叭，非常巴洛克地
坐在宽敞的豪华轿车中；
我们摩肩接踵，
我们的惊恐便是大笑。
这只是开端，三十年后
怪兽迫近、满嘴大话，
说出的话像浓痰，
我们不再言语；言词变得干瘪，
我们的相互理解似乎被永远地褫夺：
谁仍在创作，就是个可鄙的傻子，
从果子中造出干枯的花朵。
我们失去了笑容，我们看到

恐怖的面具，哀伤的刻奇，
把刽子手绑到市侩脸前，
面具对着面具，反常盖着反常，
无泪的面容。

但是自然对反常发起的革命和反抗，对幽灵和极端禁忌，同时也对信仰的纷繁发起革命，但是意欲借助暴政和强制皈依的阴郁怒火彻底将其烧毁，这样的革命本身也变得阴森，因为每一种暴政都会促成新的市侩，召唤来革命的投机分子、革命市侩、才华横溢的暴政专家、无恶不作的卑鄙小人：悲哉，啊，悲哉！

啊革命的正义！革命变成了市侩对革命的阴森模仿，充满掠夺和谋杀，但更加恶劣，因为他们的不守教条是赤裸裸的权力下的不守教条；不再关乎皈依或者强制皈依，只剩内在于所有信念的卑鄙、技术上完备的暴政工具、集中营和刑讯试验室，从而凭借跻身为最高律令的无法无天、上升为真理的幽灵谎言，来实现抽象的全体奴化，背离一切人性。

遗失的存在，我们无法判断：
我曾安卧摇篮，
我将与世长辞，
或许，就在铁丝网后
我等待着他们把我押赴刑场之际，

因为我们的灵魂也只适合虚无
它们不知该向何方祷告，
它们只是在虔诚的孤寂中嗡嗡作响，
就好像存在也在虚无中沉默。
啊，请不要让我忘怀。

为此，生者，请脱帽
缅怀牺牲者，尤其是未来的牺牲者；
对人类的大屠杀仍未结束：
地球上那该死的集中营！
它们与日俱增，不管它们如何自称；
无论是革命还是反革命，
法西斯抑或反法西斯，
它们都是市侩的统治形式，
因为市侩甘愿奴役和忍耐。
该死的盲目！

森林和草地延伸到集中营的栅栏前，
刽子手的家中金丝雀婉转鸣唱；
天门莽苍苍，几度寒暑，
彩虹高架，蕴含希望——，
宇宙不以为然地讥讽着
问人：你还承受下去吗？

你能看见什么？何为谎言？
濒死之人了然；没有什么能让他痛苦，
射向颈部的子弹货真价实。
请脱帽缅怀牺牲者。

尘世的切片——再一次。海岸笔直地落向
大海；
风光不再完整，在天际线
之外
变化之雾笼罩着海面。
因为万物成了人的尺度
昔日不等被接上小船便已飞逝。——
去码头吧；
夜夜都有小船在等待，当然看不见的是
人类的舰队驶向深夜未知的东方：
啊时间的切口！
可曾有昔日存在？它是否要把你愚弄？
可曾有母亲存在？啊，是否曾有东西把你庇护？
哪里是家的方向？啊，永远不存在归家，都是相遇
你所遇皆是以你为靶之物。
因此不要寻找，而是观看；发现安歇的
奔泻，
发现分界线上的变化，

可见与不可见之间的停顿,在停顿中
消散,万物从手艺中诞生并
复归
在权力的终点无能为力。从这里过得去。——
去码头吧;
当夜晚抚摸着防波堤和水平如镜的
海面,
请在它还未出现之时,
望向昔日出现并将变成明日的
地方。
风光支离破碎,但是
比你更伟大的是你的认识;推动你的认知,
再一次,
在夜幕沉沉之前,让它抵达你的认识。

不为自己雕凿我的画像还不够,
你仍然在用图画思想,即使你想起的是我。
怯于指称我的名字还不够,
你的思想是语言,指称是你缄默的胆怯。
不信仰除我之外的任何神祇还不够,
把我与它们并置,
你就会唯它们是从,
而不是我。

我存在，我不存在，因为我存在。我摆脱了你的信仰；
我的容貌是非容貌，我的语言是非语言，
这些为我的先知们所知；
每个有关我的存在或非存在的陈述都是僭越，
放肆的否认以及信徒的服从
同样都是妄自尊大的认识；
前者逃避先知的言语，而后者则曲解，
前者反对我，而后者则妄图用舒适的敬仰接近我，
因此
我拒绝前者，而后者则会激起我的怒火——，
我勤勉地反对驯顺之人。
我是我非之人，是灼灼的荆棘，也不是，
但是对于那些，那些提出如下问题的人
我们该敬仰何人？谁是我们的领头人？
我的先知们回答道：
敬仰！敬仰外部的、在你们的牢笼之外的未知；
那里矗立着我空空的宝座，在无法企及的空旷的非空间中，
在无边无涯的空虚的非缄默中。
保护你的认识！
不要试图靠近。如果你想缩小距离，
那就自动地扩大它，自动地躲藏到
悔悟中，躲藏到自我的不可接近中；

只有在那里你才肖神。

如若不然你将后悔。不是我

要在你们头上挥舞鞭子；你们自己会把它取来，

在鞭打之下，你们会丧失你们的相肖，你们的认识。

因为只要我存在，只要我为你而存在，

我就把我本质的非地点埋入你之中，

把最外部的外部埋入在你最内部的内部——，

只为了

你的认知得以抵达你认识的预感，

你怀着不信得以相信；

认识到你的认知能力，叩问你的问询能力，

你暗的光，你光的暗，

无法变亮，也不能变黑：此处是我的非存在，而非任何
　别处。

我的先知们曾教谕：当时机成熟，

部分民众将会懂得并遵循，他们难以驾驭，只因为被拣
　选，但他们

仍将被拣选。

聆听未知，聆听新的成熟的标志，

当你的认知开始成熟之时，你要在场。

你的虔诚、你的祈祷要向着这个方向。

但是不要向我祈祷；我听不到：

要虔诚，为了我的缘故，即使无法通向我；

这是你的体面，骄傲的谦卑，
使你成人。
看吧，这就够了。

啊，对人来说，一切都是朗朗乾坤，
万难辞行，
除非在辞别时刻，目睹那
既不允许踏入，也没必要踏入的
应许之地。

陌生的兄弟，孤寂的我
虽然与你仍不相识，
但我们准备——时机已到——攀登
毗斯迦山，
虽然有点气喘吁吁（我们的年龄使然，平时也是如此）
但我们一定会成功，然后我们将在
尼波山上休息。
我们不是到达山顶的第一批人
也不是最后一批；不，我们的同类
会前仆后继，我们会一下子成为我们，
忘掉自我。那时我们想说：
我们是被拣选的种族，我们是
处于新的强大变迁中的种族，

我们饥渴、疲惫、风尘仆仆地穿越沙漠
（更不要提害虫和让我们苦不堪言的种种疾病），
我们被四处排挤，
我们渴求家园因此寻找家园，
我们摆脱了恐惧，
保留了保存和观看的幸福，
我们蒙恩，夜对我们来说变得
如此之短，
以至于昨日把我们送到次日时，
我们看到二者合一，奇妙的同时性的礼物。
或许我们得以在山顶幸福地等待，
（而山下之人在出发之际疯狂地争吵并打包）
盛大地告别观看并从希冀中解脱，
未知强烈温柔地吻在
我们的额头上，我们的眼睛上。

X 石客

A 与男爵夫人 W 以及她的女仆策琳已经一起在森林中的老狩猎屋里住了近十年了。男爵夫人逐渐衰老孱弱,而策琳虽然年轻不了几岁,却显然精神矍铄,甚至可以说越来越硬朗。A 现在差不多四十五六岁,身材已经相当富态,难辞其咎的绝不仅仅是他所选择的生活方式造成的缺乏运动,或者更准确地说是敌视运动,不,绝非如此,他就是被喂得太多:自从他们搬进狩猎屋,策琳就立下雄心壮志,要把自己和另外两人变成会行走的圆桶,做饭上菜成了她生活中的主要内容;虽然她的养肥计划在男爵夫人身上起效甚微,但在 A,尤其是在她自己身上却大获成功,因为她的体重无疑已经翻倍,而且有望变为以前的三倍。

A 惊奇地旁观着她的变化。为了继续满足她的喂养热情,他应她的请求,添置了一批小动物。三条大肥狗,其中两条是猎獾狗，另一条是西班牙狗，此外屋里还有一窝不断繁殖因而数量一直攀升的猫；鸡群中最受她喜爱的是肥胖的阉鸡，还养了几只鹅，为了催大鹅肝，喂养得十分精细。偶尔地，特别是痛风发作的时候，她就会吩咐他到鸡舍中帮忙喂食，但通常都是由她一个人打理一切。虽然越来越胖，但她却越来越敏捷麻利，在人和家畜那里的威信也越来越全面、强烈并且更受承认。连那两条圆筒状的猎獾狗，对别人的命令爱搭不理，却唯独对她俯首帖耳；只要她在屋里，那窝猫就安心地呼呼大睡。

菜园的良好长势也离不了她；给他跑腿的帮工，无论多小的事务都要听取她的建议。在城市里生活了四十多年之后，她骨子里农民的血液又复苏了，但是同时也伴随着小农的贪婪。虽然她可能最想把收获的鸡蛋、家禽、蔬菜和水果通通塞到家里人的胃中，但这显然行不通，于是这些东西经常就通过多种途径流通到了外面，大部分用于出售和交换，一小部分时而善意地、时而别有所图地赠予他人——大多是孩童，受赠后他们就会陪她在厨房里坐上几个小时，只要老妇人不让他们帮忙，他们就专注地注视着她——，但是这些交易的收益 A 没有看到过半分钱；显然她把钱都存到了长筒袜里。不管怎样，反正她没有把钱花在自己身上；她仍然穿着和十年前一样的衣服，只不过上衣已经多处开裂，她只好用别针别住，因为早就不值得再把它放宽。要是 A 逢年过节送她件新衣服，她就会怀疑审视地用手指触摸着衣料，看看是不是耐磨，也会走到镜前，端详一下自己穿着是否合适，但是仅仅到此为止；新衣服不知所踪，她继续穿着旧衣烂衫，而且还要时不时地拿出来向 A 哭穷："我什么也买不起；您只关心男爵夫人，对我毫不上心。"

确实，A 关心男爵夫人；他像儿子一样关心她、照料她。把她当成自己的养母，关怀她，给她读报，晚上和她打纸牌或是陪她一起听广播，日益成为他每天生活的意义。他很满足，因为她满足，仿佛他对生活的要求不能比她高。两人也谈不上像真正的母子那般亲密，只是他们十年来彼此相待的那套一成不变、游戏一样的礼仪，虽然只是形式，却构成了两人关系的内容，而且当然也非常排外，以至于男爵夫人因此而逐渐忘却了从前的生活：她的婚姻，尤其是青年守寡的岁月早已化为乌有；她生活过的地方，尤其是城里那套她和女儿希尔德加德住过多年、现在已被女儿出租的房子，都在天际黯然失色；这种消散，平静得几乎值得追求的消散，甚至延伸到了希尔德加德身上，使她变得越来越像个陌生人，她原本就不常来访，到最后偶然来一趟反而像是不受欢迎的打扰。A 小心翼翼地维持着这一切；因为他们在合力玩一个消失游戏，唤醒过去便违背了游戏规则。于是他的过去也被遗忘了。他曾经游历过五大洲，曾经越过证券公司和国际股价的丛林，穿过金融和恶意投机的荒野，开辟出了一条自己的路，驱动他的是一种探险者和赌徒的兴致，因为这种兴致总是在——经常带着思想的果敢——探究着由存在和事件组合而成的概率，所有这一切都黯然失色，只留下个轮廓，消失在日常生活面前，人一日日变得膘肥体重，日子本身也丰腴厚重起来，但同时又不停地消散在无足轻重和影影绰绰中，人的自我也因此随之消散，上升到一个奇特的无欲无求的领域；甚至连情欲都消散了，他无法想象自己曾经爱恋拥有过女人，更加无法想象这种事会重演，但最无法想象的大概是，一位年轻的姑娘因为他——哦，真的是因为他吗？——据说放弃了自己的生命，她，他最后一个恋人，今天只剩了一个名字，一个已经忘却的名字，但他已经拿不准这个名字是否叫作梅莉塔。什么都没留下，存在的只有过去十年波澜不惊的当下，当男爵夫人说"我们聊聊过去吧"，两个人想的都是他们最初相见的那些日子；再就是异口同声的一句"你还记得吗"。当然，考虑到他们客套的表达方式，这句话意味着"您还记得吗"。就像是对回忆怀着畏惧；哪怕一扇门被穿堂风刮得咯咯作响，他们两人也都悚然一惊，他们还习惯于——如果天公作美——去到花园里，在那里短暂漫步，欣赏 A 为了修饰这座庄园新近所做的美化，比如环形小路中央的日晷或者厨房前面新栽的一排倒挂金钟，此后便带着平静的灵魂回屋，尤其因为策琳刚喊过他们回去吃饭。

这就是这里的生活，在这幢人和日子都丰腴的屋子里，A 别无他求；这些年就这样流逝，简直让他开怀，他不在乎，甚至可以说热爱他在这种日常生活中感受到的腐烂的气息。他经常对自己说，现在他的的确确成了货真价实的有闲阶级的一员，简直该为此受到惩罚——，只不过，一直财运亨通难道是他的错吗？国际钻石贸易当然比在金伯利的矿田中挖钻更加有利可图——，但因此就算是不劳而获吗？不，虽然舒适，但他一直排斥真正的懒惰，就算如今日子过得懒散，他也没法懒惰，而是不得不一直保持警惕，不得不天天关注商品行情和汇率，从而可以适时地调度经纪人和银行，而且现在还得考虑到希特勒这种政治小丑的上台，因此如果不想一夜之间变为乞丐，就必须加倍小心。好在他到目前为止的操作都是正确的；他已经尽可能地剥离了不动产，尤其是德国境内的不动产，广泛地把商品投机变现，把投资重心转移到了美国的设备上，并且几乎毫无损失地办成了，在普遍危机和萧条的局势下仍然办成了；尽管外汇法规益发严格、不利于国际贸易，他依然办成了；简而言之，在父亲做梦也想不到的艰难情势下，他办成了，这是对这个刚愎自用、预言儿子将坐吃山空的男人的胜利。让老男爵夫人衣食无虞，更是对父亲的胜利；在自己的遗嘱中，他当然会馈赠给慈善机构一大笔钱，尤其是荷兰老家的那些，但是优先继承人肯定是男爵夫人，他已经把狩猎屋——这是自己仅剩的几处地产中的一处，过户到了她的名下，以防自己身故后男爵夫人老来无依。忧虑在所难免，尤其是当前局势恶化、战争一触即发——，以后是不是需要跟着钱跑？移居对老夫人来说想必是场灾难，对她提这种建议会不会太无理？或者说正是因此才有必要留在这里，拿着换成外汇的财产孤注一掷，推迟实现父亲所做的他会挥霍家财的预言？可是，虽然事实证明这种谨慎的悲观主义仍能带来收益，但这些猜想也有可能太过悲观，因为周围的局势暂时看来有了好转：不管是政治上还是经济上，世界的紧张局面都在缓解，狩猎屋在策琳的喂养下呈现的祥和景象眼下似乎并未受到妨碍，纳粹的支持率下滑，国际金融对外汇管理的规定逐渐常规化，A的人生在已经习以为常的轨道上又进了一大步。"缓慢地消化生活，缓慢地消化命运，"他常说，并愉快地欣赏着厨房墙边招蜂引蝶的倒挂金钟和花园亭子周围的天竺葵，"人就得学着看淡世界。"

有时候，在夏日不凉不热的早晨，抑或是秋高气爽、树叶渐黄之时，他会悠闲地漫步林中，在山毛榉之间信步，不时地驻足，摸一摸布满疙瘩、浅灰发绿的光滑树皮，端详树皮上被城里游客刻上、已经变成棕黑色的大写字母和心形。在这个过程中，父亲以及男爵夫人的形象经常伴随着他，不是以他们真实的面貌，不，前者以经济问题，而后者以遗嘱附言的形态出现，对于这两者，森林都是个赋予他灵感的好地方。他在那里对遗嘱进行的完善堪称高明，可奇怪的是，他却从来没有想到过，自己白发苍苍的继承人比他先走一步才符合自然进程。他似乎觉得她的死亡可以避免，无限延后，简而言之，可以隐藏，只要细心地为她挡住所有可能伤害她的灾难，而基本上这就意味着，他绝不愿在她死后苟活。不能有一丝更改，只要他还在这个世上，她也得活着。有棵树上刻着"至死不渝"的爱情符号，他差点也要抽出刀来，在这几个字下感恩地提上她的名字"埃尔维尔"。就这样，货币汇率和继承法与森林的沙沙声、木头的噼噼啪啪、蚊蝇的嗡嗡嘤嘤、远处火车的哨声，更与森林明暗互现中的一切可见之物融于他一身；所见所闻所思的现实融于他一身，成为一个有着无限多维度的整体，在多维度的更高现实中，所有直接物都在转化，抛弃了直接人性中的此岸性和性别，然而又为了最终的真相大白和时空坍塌的无时间的永恒时刻而将其保存下来。

每次散完步回到家中，他都会向男爵夫人讲述自己在大自然中的各种经历。春天，他为她带回最早开放的雪花莲和紫罗兰、森林边缘黄色的藏红花，秋天则抱回一大枝的野蔷薇，让它晚霞般灿烂的果实在花瓶中闪耀。"您别累着。"男爵夫人这时候通常会说，同时满意地打量着他日渐发福的身材，他变得更圆更胖的脸庞和脸颊上的红晕，——成熟发福的金发男子都会脸颊泛红，而且经常伴随着日益明显的脱发，他也是如此——她的满意带着爱意，这份爱不断地，尤其是在长期的共同生活之后，把对方的缺陷转化成优点。"不，"然后她总是喜欢重复，"您不能累着：您已经到了该开始爱惜自己的年龄。"这时的他刚过四十，此外健康状况无可指摘，但是感动于这份慈母般的关怀，他开始相信要爱惜自己，而且尽管他完全明白，策琳的驳斥"在新鲜的空气中运动一下能开胃"也不无道理，但他还是开始缩减自己散步的范围，当然也并没有因此而失去胃口；相反，他经常偷偷溜进餐厅，享受一下偷吃的快乐。

平时他则通常坐在自己的屋里，让森林探进窗户。他就在这里专注于自己的经济义务，虽然经常要到长沙发上稍事休息；但是工作之余，仍有大量闲暇时间，他便用来阅读。由于他是个机敏、兴趣广泛的读者——城里的书商几乎每周都会寄书过来——，书籍越来越多，很快整间屋子就具备了一个像样的图书馆的外观。当然偶尔他也什么都不干，什么也不想，堕入虚空，但这种出神恍惚的状态却因此对他有了一种堕落伤感，然而又崇高的吸引力。尤其是在冬天，他常常陷入这种状态。遵照策琳对新鲜空气及其开胃功能的建议，他已经养成了习惯，屋里的两扇窗户至少有一扇一直开着，连冬天也是如此，但是为此一方面要让火炉开足马力，另一方面自己也真正像过冬那样裹得严严实实；头顶因为脱发容易受寒，就用一顶老式的无檐便帽来保温，手上戴着毛线（男爵夫人为他编织的）护腕，脚上蹬着毛拖鞋，他就这样坐在书桌前，大多数时候突然地（事实上从来没有值得一提的外部诱因）便陷入如痴如醉的可怕的虚无状态，这时候就算雪暴猛烈地把雪块打在他的脸上，也没法驱动他起身关上窗户；就好像他只能一动不动地在座椅上待到夏天，直到暖烘烘的夏日，那时他才能只穿一件衬衣，遥想着寒冬。因为无论是降雪时的空气还是酷暑的蒸汽，无论是北方还是南方的波浪，对他来说，对这个灵魂出窍的人来说，永远都是同一股洪流，涌进他的房间冲刷着他，带着森林的气息，使它流入他的内部并把他向着预感的方向冲去，因为森林的气息是一种最隐秘的构造的呼吸，是幽暗的包含着古生物根的沉积层的呼吸，尽管如此，却上升为澄明，成为那种最遥远、几乎失重的现实的预感，而这种现实便是秩序。有时候它像歌唱，失重状态的遥远歌声。

有一天传来了真的歌声。

一开始像是伐木工在森林深处边干活边唱歌，然后混合进了鸟儿们的啁啁啾啾，但时值三月，不可能有鸟儿。很快又停了下来，只听到潮湿的雪块从树枝上掉落和融化的雪水从房顶滴答流下的声音。但是不久歌声再次响起。A不堪其扰。他有理由如此。现在不是有比唱歌猜谜更重要的事情吗？他极具超前性的悲观主义不是在三年前就已经正确地预见到了一切吗？现在小丑希特勒真的掌了权，世界局势瞬间灰暗起来，并郁结着战争的威胁；当然，这种看法也可能太过悲观，但是，谨慎起见，还是要把现有的英镑存款兑换成美元。A正要给他伦敦和纽约的银行拍电报，同时思索着瑞士法郎是不是也会变得棘手和不值得信赖，是的，连瑞士法郎都这样。就不能等他想明白再唱吗？唱歌的人不知道这里有多少事要解决吗？而且在饱餐一顿之后，午后小憩已经迫在眉睫；如果头脑得不到休息——天知道他为什么今天这么困倦——就无法做出任何决定。斧子的砍伐声无妨，那是森林自然而然的组成部分，但歌声不是自然，就算像刚才那样压低了嗓门儿若隐若现、如蜂群的低鸣一般的歌声也不是自然。蜂鸣不是歌唱，而是自然的东西，还从来没有妨碍过他，今天也不会妨碍。胡闹，三月的蜂群！夏季是自然，冬天便是歌唱。但是只能忍受，伐木是项沉重的工作，如果伐木工想在干活时唱歌，要午睡的人便没有权利禁止——现在那人竟然扯开了嗓子。但是唱歌的真的是伐木工吗？斧声和歌声难道不是来自不同的方向，彼此分离，然而又相互协调吗？听起来就像一首多声部的赞美诗。然而，主唱只有一个声音；当这个声音一定程度上超越自身，变成一种咏叹调的时候，就会注意到这一点。无疑，只有一个声音，一个男人的声音，这个声音无疑正在靠近，带着歌声，伴随着鸟鸣，穹顶是一道壮烈的雪后彩虹。集伐木工之歌、进行曲、赞美诗和安魂曲于一身，优美动听。歌声中断时，A忍不住惋惜，此后七色很快变为三色，最后黯然失色。斧子的砍击声又持续了一段时间，然后同样也停息了。接着传来了脚步声，沉重、有规律、不间断的脚步声，就好像此人不是走在一块块融雪之上，而是踩在坚实的地面上。他向着房子走来，在厨房门前停住了脚。

"好呀。"那人向策琳打了个招呼；策琳显然看到了他的到来，并站到了门前。

"来了啊。"她像看到老熟人突然造访一样，惊讶地回了句。

"对，对，"他用几乎抱歉的语调证实道，"是时候了。"

不久前，策琳曾说过，想请兽医过来，因为其中一只猎獾狗的眼睛要瞎了；不过很难想象，矮小瘦弱的兽医会有如此铿锵有力的歌声。不，不是他。怪不得她问道："阁下来找谁？大概不是找我吧？"听起来爽朗亲热，几乎在卖弄风情，但又掺杂着一丝恐惧。毕竟，她不会这么问一位兽医。

"很遗憾不是来找阁下。"陌生人笑了。

"阁下都没问过我，我是不是想招待阁下。"

"为什么要问？从阁下看着我的样子就知道，阁下需要一个我这样的家伙。"

老年人都是这样开玩笑，A 想；他们还是一副想和对方上床的架势，不过要是真到了那一步，那才尴尬呢。但是为什么，见鬼，他们要说阁下，而不用您或你来称呼对方？

楼下的交火还在继续，受到了恭维的策琳教训陌生人道："好啦好啦，别夸张了；阁下又没瞎到这份儿上。"

"哪儿的话，我就是瞎了，"他开玩笑地用粗话回敬道，"我们这样的人肯定是瞎了。"

"不管多瞎，走个台阶阁下的眼睛总够用吧，走了这么远的路，阁下肯定饿了……进来，吃点好的。"

"非常感谢，"陌生人回答，"没必要。"

"没必要，没必要，"她讥讽着，"人人都得吃饭，人人都愿意吃饭，要不然就垮了。就算死神也得先喂饱肚子才能成事儿。"

陌生人笑了，从他的笑声中又能听出刚才的歌声："阁下究竟有什么好吃的？"

"阁下要来杯咖啡吗？还是吃点有嚼头的？"

"要是非吃不可的话，那就两样都要。"

她咯咯笑起来:"人们嘴上说着没必要,最后都这样。实际上每个人都想要。"

"确实没必要。我是来办事的,不是客人。"

"啊,办事。谁付给阁下报酬……先吃;然后照我说,阁下再找她,"她改口道,"找男爵夫人办事。"

办什么事呢?这是个掮客吗?A下定决心,不让不懂生意的老夫人受到这种烦扰。然而,接下来他听到:

"谁告诉阁下,我要找她?不对。"

就是嘛,A心想,陌生人只不过在这里歇歇脚,吃饱喝足后就会继续赶路。

"好好好,不是找她,"策琳现在有点惊讶,"咳,无所谓,先吃。"

于是便听到两人消失在厨房,从里面传来寻常的操作声,夹杂着策琳咯咯的笑声,她显然在起了劲地讨好陌生人。

这个陌生人,这个奇怪的歌手现在在楼下吃着策琳的饭,然后上路去往不为人知的目的地,去办不为人知的事,但是他的歌唱依然奇怪。或许刚才唱歌的人并不是他。或许并没有人唱过歌。人会发生错觉,特别是困倦的时候,现在就没有歌声为伐木工再次挥舞斧头发出的声响伴奏。A碰到了一件硬物,它突然摆在桌上的文件下方——活见鬼,我是从哪里翻出的这个东西?——勉勉强强、漫不经心地推到一边,重新为自己的英镑和瑞士法郎的存款开列清单。这是我的工作,他告诉自己。

然后又传来策琳的声音："合阁下的口味，再做饭就不难了。"紧接着她把门打开了一条缝——阿鲁埃特，A 的黑色安哥拉猫，可以说是他个人养的猫，顺着门缝嗖的一声溜出了房间——，她微微笑着，就像是要给他一个惊喜，用她苍老的声音对他说道："来了个人，想和您谈谈……他眼睛瞎了。"

一个外表魁梧、非常老迈的男人走了进来，一头蓬乱的白发，胡子也是白的，当 A 把椅子后撤，想站起来问好并搭把手时，老人抬起一只令人生畏的大手："别客气，别客气。"并且毫不客气地，就像一个视力正常的人一样，径直走向 A 书桌对面包了皮革软垫的扶手椅，手中长满节疤、显然仅仅标志着他跋涉而来的棍子并没有派上用场；他沉重地，但一点都不笨拙地坐了下去，伸出两条腿来，长筒靴上沾满了湿漉漉的雪水："是的，我们只能这样；很容易便能猜到，阁下正探究地看着我；我很快就会向阁下解释，并建议阁下与我一同检查一下阁下的账目……阁下同意吗？"

税务人员？老掉牙的盲人税务官？而且还是策琳的老相识？姑且不说森林中的歌唱，一名税务官怎么会用如此稀奇、如此稀奇透顶的措辞！的确，要不是曾在楼下的厨房喝过咖啡，真的会把他当成一个幽灵，一个税务幽灵，一个考官幽灵。不知不觉中，A 也使用起了幽灵的措辞："谁给了阁下检查我的权力？我不接受任何检查，我的账本全都正确无误、规规矩矩。阁下是谁？"

"对，对，"老人承认，"只有傻子才会怀疑正确性……

但是在阁下账本的数字背后隐藏着什么呢？"

"什么也没有……否则就不对了。"

"什么也没有？什么也没有不就是阁下的亏欠吗？"

"什么也没有，意味着我什么都不亏欠；我谁都不亏欠。"

"不见得吧！也就是说，您的账本无所不知，自己就能把阁下没有亲手登记的东西记录下来……那阁下更要核验一番，或者说最好允许我来……"

"阁下是谁，竟敢如此咄咄逼人？是谁派阁下前来？阁下是什么身份？阁下是法官吗？"

"冠冕堂皇，太多冠冕堂皇的话了……"

"好……但是最起码，我总可以问一下阁下的大名吧……我该怎么称呼阁下？"

"人老了，就会丧失很多东西，连自己都几乎记不起来了；太老的人连名字都没了，甚至连自己都记不清了……不管怎样，称呼我为爷爷吧，因为很多人都这么叫我。"

爷爷？他想到了男爵夫人的父亲，对于此人的样貌他一无所知；他回想起自己年少时熟悉的爷爷和外祖父，但是只留下了几个小片段，肚子上闪光的金表链子，两个闪亮的镜片，海泡石烟斗中升起的烟草味。但是一个痛楚的猜疑突然涌上心头，痛楚，是因为一桩他原以为早已尘埃落定的旧事又被翻了出来，回忆，对梅莉塔自杀的回忆喷薄而出，对于她的自杀，他负有无辜的罪责：这，唉，恐怕就是老人影射的仍未了结的亏欠账目！

"阁下是梅莉塔的爷爷。"他下意识地脱口而出,这与书桌上摆在他面前、他不想再看到的硬物有着隐秘,但幸而无法探究的关联——,最好也不要知道这一关联。

"有可能,有可能。要是阁下看重的话,那我就是那人。我们已经超然于回忆。"

当然重要。现在德国冒出了各种晦暗不明的消息来源,敲诈勒索横行。如果他是梅莉塔的爷爷,他很愿意照料他,但是一定要对骗人的敲诈提高警惕。尽管重新唤醒的对梅莉塔的回忆非常可怕,但 A 还是觉得获得了解脱,甚至幸福,因为他找到了一条绳索,摸着它就能走出所有的离奇的遭遇,也就是返回人生。现在,谢天谢地,他的理智逐渐恢复,他记起梅莉塔的圆框项链里有爷爷的一张搪瓷相片;但今天自然无法再辨认——白胡子倒是不假,那时候就是,整整十年后的今天更是——,得由老人亲自揭晓,与此事有着说不清道不明的关联的策琳,大概也有义务说明情况:

"我当然想知道阁下是否是梅莉塔的爷爷……如果确实存在站得住脚的罪责,尽管我绝不知情,而且索求延迟,但我还是会竭尽所能地去偿还。"

"不要如此傲慢,我的孩子。"老人直截了当。

一阵可怕的羞耻感向 A 袭来,让他无地自容。这比剥光了他的衣服还要令他气恼羞耻。那个物件为什么沉重地摆在桌上?谁放到那里的?是老人提前送过来的吗?要是能往那里看一眼,羞耻感或许会少一点。

"也就是说我们大概一致认为，你无法用钱赎罪……是不是？"

"是的。"A说着，眼神碰触到了老人的盲眼，皱纹密布、色泽全无，然而仍然深邃。

"而且我们都清楚，或者说至少已经相当清楚，你的时间到了，我们应该，甚至必须研究一下这个问题……是不是？"

"是……爷爷。"

"你是不是也清楚，由此实现的，是你自己的愿望？还是不是？"

但是A并不那么清楚。尽管他在遗嘱上费了很多的心思，但是因此便盼着遗嘱实现，不，他从没有动过这种念头。恰恰相反，遗嘱在他看来属于那种谨慎的悲观主义，这种悲观主义不断地让他积累着最好的体验，而且在今天动荡的年代尤其必要。于是他等待着老人说下去，而这等待的间歇有点像判决宣布之前的庄严的沉默。

这不正是一场宣判吗？因为老人的判词如下：

"你不想成为父亲，你只想永远做个儿子。这是你的愿望，甚至可以说誓言，承载着心愿，因此便打不破的誓言。你把你的存在系于母亲，随着它的破灭，你大概也要退出了。你没有给自己留别的选项。"

是的，就像一场宣判，像每一场宣判那样有点阴森，但并不可怕，尤其是其间刮进一阵潮湿的冷风，卷起了桌上列着瑞士法郎和英镑报表的纸张，A徒劳地试图抓住它们，因此没法专心听自己的死刑判决。沉甸甸摆在法庭桌上的东西——是罪证吗？是行刑刀吗？或者两者都是？——似乎一下子也变得不那么可怕了。这阵风也干扰到了老人，因为他的外表尽管冷酷，但是显然冻得颤抖起来，因为他从口袋里掏出一顶羊毛帽来——要不然就是宣判必备的法官贝雷帽？——并盖在蓬乱的白发上。

并不庄重，却是一场宣判。按照规则，老人继续用干巴巴的法官语调做着有关法律程序的指示："阁下是否愿意接受，完全悉听尊便；我是最后一个来催阁下的。如果阁下认为不公平，可以驳回，无须遵守。阁下的意志仍然自由，一切都取决于阁下的见识。"

"因此我可以，如果我觉得不公，继续活下去？" A 询问。

"可以？你必须继续活下去。"

"那我必须去死，如果我觉得公平。"

"必须？全凭自愿，受你最自由的意志的引导。"

"但是那样一来我最自由的意志可能很容易对我误判死刑。"

"这是一个你在今生和来世都不会被原谅的看法。"老人笑了。

"多么不公啊，" A 激动起来，"因为我的见识微小迟钝，可能今天觉得公平，明天深入思考后又证明不公平。只要我的自由意志有必要避免显著的，也就是无法挽回的错误决定，那它就根本不允许自己做出决断。"

"别担心。你所谓的思考，对你的意志来说无关紧要。在你开始思考之前，它已经做出了决断，因此它只遵照你内心最深处的自我的知识，而自我就算想，也永远不能欺骗自己；意志的血肉和灵魂便是自我的一部分。你的思考跟不上，而且经常落入捏造的东西中，从而去迷惑你，至少在少数事情上如此。而我这里所说的涉及整体，不存在迷惑。"

"阁下如何能这样宣称！有罪或者无罪，我感觉自己无法做出决断。事态令人困惑到了极点。"

"只要你能下定决心，真正地让你内心最深处的自我及其知识发言，就不会困惑了。"

"又是一个错误的宣称！恰恰是我内心最深处的知识不同意阁下的说法，并且理由充足。因为让人无法明白的是，恰恰是此生行过的一点善，却意味着罪责。做个好儿子，甚至是圣经戒律。"

老人又笑了："对此我无法反驳。尊敬父母是上帝的诫令；而由于人的不完美，如果只能对半执行，也肯定会心满意足；而机动灵活一点的话，你把父亲抛到一边也可以说得通。做一半总好过不做。我这么理解你没错吧？"

"是的，也可以这么理解。"

"很好，那我们就画上句号吧。"

如此迅速的撤退，A始料未及："当然我不否认，这里也有有罪的因素。"

"它们是？"

"人遵守戒律就有望获得尘世幸福,这句话我一直都完全从字面上来理解,而且我获得了丰厚的回报。尽管算不上是个败家子,但我在尘世的日子过得非常安逸。我喜欢美酒佳肴,舒适的生活对我来说非常重要,或者是曾经非常重要,今天我可能必须这么说。我逃向母亲源于我对舒适幸福的喜好。"

"人就该吃糠咽菜吗?你打算忏悔自己的所有品德吗?哪有逃避可言?策琳烹调技术确实不错,就这些。"

"为了生活舒适可能会抛弃责任。我一向怯于做决断、担责任;尽管我急于承担对母亲的责任,但由于我逃向了她,便把自己与其他所有人隔绝开来。"

"很容易听到这种说法。只不过,每个人都必须限制自己的责任范围;过多的责任导致不负责。"

"但我从一开始便意欲逃跑和不负责。正是因此我才从来没有遇到过真正的爱情;我从来没有爱过。当逃跑的机会真的向我招手时,我毫不犹豫地离开了我的恋人,导致她……"

他突然停住了。他一下子认出了书桌上的物件:那是梅莉塔银灰色的手提包。它沉重得令人费解。

"然后呢?"老人说。

Ａ指着桌上的物件:"这是我送她的,她遗留给了我。那里的黑色斑点是她的血迹。我离开了她,她只能自尽。我是个杀人凶手。"

"别夸张。所有人一说到自己的爱情故事就开始夸大,因为无论结局幸福与否,这些故事都是他们人生中永久的快乐。

我们不需要理会这些鸡毛蒜皮的琐事;这种事世上太多了。你的梅莉塔本该另觅良人。"

"我是她遇到的第一个男人,因此对她来说是命中注定。我夺走了她的生命,因为我没有给她一个对她来说意味着生命的孩子。"

"这只是你的虚荣心一厢情愿,不愿意承认她原本也可以和别的人生儿育女。但是如果自己变成了一个肥胖的巨婴,像你这样,请原谅,就可以放弃这种小男人的虚荣。"

A受到了冒犯:"我是胖点,但不是巨婴……婴孩不怯于不负责地行事,而我在逃避责任的同时恰恰也在躲避不负责,总之是在躲避它的罪责;婴孩不怯于被喂养,而我的一切都是自己拼来的,从来没有接受过任何人,尤其没有拿过我父亲哪怕一个铜板,因为我不想亏欠任何人。"

"值得称赞,"老人说,"你成就了男人的工作,因此不是巨婴。"

"又错了,"A得意扬扬,"我虽然做出了男人的成就,却没有做过男人的工作,这加大了我的罪责。"

"怎么会?"

A思索了片刻,接着解释道:

"我身无分文、年纪轻轻就去了热带……什么重活都干过,尤其是在南非的矿井中;后来我发现,到处都一样,殖民地更糟,欧洲和美国稍微好点,但是根本上差不多,一个男人但凡被饥饿的鞭子驱赶着去从事因此无法摆脱的沉重劳动,那就连单纯的活命都难,更别提安稳了。要不是我很快发现了轻松来钱、小心牟利的伎俩,我大概也是这种境况。这要感谢我对舒适生活的喜好,当然也与一丝警觉的精明相关。总而言之,从此以后,我的所作所为再也没有获得过过低的报酬,而是令人称奇地得到了过高的回报。我把自己的所作所为称为工作,因为我的内心需要把流向我的收益合理化;我察觉到处处都有骗局,自以为要保护自己不上当,但实际上我自己却在设立骗局,并假装是在工作,从而可以让自己满足于工作的假象。我将这称之为罪责。"

"停,"老人插话说,"不工作就一定是罪吗?工作就只是受苦受累、不得已而为之,而且得不到足够的报酬吗?我才不信。那你为什么要做那些称不上工作的事情?"

"为了安稳,"A有点惊异地说道,"尤其是为了在这个动荡的年代让母亲安稳。"

"这难道不合理吗?每一个忍饥挨饿的工作奴隶,如若和你一样精明并像你一样发现了赚钱的门道,不都会如此行事吗?寄生虫的生活当然不算无罪,但是罪责不像你描述的那么大。"

A对于寄生虫生活的说法,比对他供状的贬低更为恼火:"我过得根本不像阁下以为的那样轻松。我的生意对我来说极为艰辛,我经常想,纯粹的手工劳动可能会更轻松。至于原因,到底是出在我的体质,还是由于某种疾病并且需要休养,我没法判断,而且终归也无关紧要。不管怎样,连一封最为简短的商务信函都会耗费我无数的精力。若非如此，我的经济保障远比今天还要广泛，因为那样的话我肯定早就成倍地扩张了我的生意，就不会养成顺其自然的习惯。所有这些可能都会给人造成懒散的印象，这是一种肤浅的印象；进一步观察就会发现，我绝非懒散的寄生虫。"

"那罪责就更微不足道。"

老人不停地反驳大大激怒了Ａ："大错特错！阁下难道不明白，这种繁忙，尽管对我来说非常操劳，却只导致虚假的工作？它是谎言，这是关键。虚伪的工作干成了，给我带来了所谓的成功，所以我就比芸芸众生站得高得多。我是胜利者；驱动着失败者的东西，与我再无任何相关。不管工资压力的鞭子如何在他们头上呼啸，不管他们是困顿而亡还是血肉横飞，我都无须理会；我的道路已经确定，远离工作的汗水，远离其他人死亡的汗水，是天恩拣选赋予了我这一特殊地位。欧洲战火肆虐，我在赚钱；俄国革命把昔日的胜利者阶层转变成了失败者，或者更确切地说，变成了一座尸山，我在赚钱；政治怪物希特勒在我的眼前一步步掌权，我在赚钱。这就是我做出的男人的成就，假艰辛，真有罪。的的确确，就算不工作没有罪，但虚伪是罪。阁下要明白这一点。"

"如果你在俄国，你这些资产阶级的恶行和罪孽——为了彻底清算，我们把引诱可怜的姑娘梅莉塔也算上——不可避免地会让你被判死刑。你认罪吗？"

"不。"Ａ说，连自己都出乎意料。

"总而言之，彻头彻尾的胡说八道，尽管听起来相当理性。不是吗？"

A又一次觉得被剥光了所有的衣服，但是用幽灵般的虚空覆盖了当下的所有时间浪潮却好像开始澄明起来。

"没理由如此羞愤，"老人劝慰着，就好像他的盲眼真的看到了A羞红的脸，"我做了自己该做的；人表现得越蠢，就越容易让旁人放下戒备畅所欲言。但是现在回到原本的问题上……可疑地躲在母亲身边不正是主要的罪责所在，并且你也加以承认了吗？"

"是的。"A说。

老人点点头："我也这么认为。"

接着A请求道："我想试着说出来。"

"来吧，我们在这儿就是为了这个。"

停顿了片刻。风不停地刮进屋里，有时和缓，有时强劲，被风刮起的文件伴着轻微的悉窣声滑落到地上，有些就堆积在那里，另一些最终落到书架的角落和墙角，像是在寻找安宁；书桌台面现在光秃秃一片。

然后A开始说起来：

"我指责自己所犯的过错，从我对梅莉塔的态度到我的社会和政治行为，都不是杜撰，连我的悔过自新也不是。虚假的是我对它们所做的解释，而且实际上根本不是什么解释；虚假的是过于良好的改过态度，就像革命法庭的刑法一样，势必要对无可置疑、情势所迫的人性化行为方式进行惩处，为此便毫不犹豫地接受任何稍微说得过去的理由,尤其是归属某个阶级的理由。正是因此,我对自己虚伪的指控是正确的;不管是不提理由还是理由有误,都带有虚伪的特征,因此便有危险性。——

"但什么才是有罪和知罪的充分理由?连不信教的人都不由得想到事实上无关阶级、每个人与生俱来的恶,想到基督教的原罪。这是不可超越的表述,我绝没有将其现代化的想法。只是我或许可以关心一下我们时代的恶的具体表现形式,如果为此而探求我自身恶行的共同基础,那我认为我最深层、最该受到惩处的罪责便是人所共有的漠视。这是一种原初漠视,也就是对人自身的漠视;对周围人痛苦的漠视便是后果之一。——

"无限地漠视,连人自己都变成了一个模糊的形象,再也看不到周围的人。——

"我在讲话,但不知道自己是不是正在讲话的那个人;就好像有其他人在我的内部讲话;这个城市的人,这个国家的人,很多人,别的人,尽管我知道,他们与我并无差别,都不知道他是在以何人之名讲话,他听到的是否是从他自己的口中说出的话。人突破了自己的界限,进入多维之境,进入自我的全新之地,在其中迷失并四处摸索,迷失在千头万绪中。我们是我们,但并非因为我们是一个共同体,而是因为我们的界限相互交融。——

"在哪里,啊,我们在哪里?——

"我们思维的可能性没有界限,比自然事件的可能性更加没有界限,但是这两种多样性或许会在它们的一致之处统一为一种新的现实,它也没有界限,由人的自我的无限性所激发,并随着自我将虚无隐藏于内,异乎寻常地彼此限定,异乎寻常地彼此结合。人类好奇的目光,从家乡望向异域、从有限望向无限的目光,被褫夺;相反,人被给予了一种几乎无法称之为目光的东西,因为它发生在无限中,就像是重返神秘领域,重返内外流向彼此的魔法,较之于从前的幻术,清空了秘密,然而依然可怖。——

"啊,去往新的人类家园的旅程。——

"你们,父亲和祖父,让我注意到了最内部的自我。我当然拥有自我,从童年起它就伴随着我;感谢它,我的人生才有了持续的关联。我是我的自我。借助于对自我的拥有,我才区别于兽,我才接近神性,因为在自我的深处,无限与虚无结对,二者皆兽无法企及,但对于上帝而且仅仅对于上帝而言才变为一体。这不就是我之为人的不容变更恒定不变的核心吗?但是我却,我们却再也无法将其占有。啊,突破了什么样的界限才强大到能改变恒定不变的东西?"

回答来了:

"两千年复两千年,世界一循环。循环完成的威力不仅震动了宇宙,也同样甚或更强烈地震撼了人类的自我……又岂能别样!终结之时便是诞生之际,在不容变更之中发生着改变,成长的灾难。变革时期的一代人既受天恩又遭诅咒;他们肩负着使命。"

老人沉默。然后他说道:"继续。"

A一边盯着死去女孩的遗物,一边继续忏悔:

"我们如何能完成这种使命!如果世界和自我都在改变,而这两者本身又在相互改变,并且都提升到了没有界限的高度,啊,如此一来我们又怎能自保,重建这两者的关系?简直无法完成,啊,这一使命无法完成,终结却不会重新开始的风险盘旋在我们头上。的确,我们面临着,恰恰是我们这一代面临着被从上帝身边驱逐,沦落为兽,不,沦落为连兽都不如的危险,因为兽永远不会有自我要失去。我们的漠然不就表明我们已经开始向着兽的方向堕落吗?因为兽或许能够悲痛,却永远无法帮助,甚至无法做好帮助他人的准备;它因冷漠而严肃,不会微笑。世界不再对我们微笑,自我也不再对我们微笑。我们的恐惧在增加。——

"我们的港湾被摧毁,不再是避难所。尽管如此却很难离它而去,斗胆迈向无限。——

"我们的使命过于宏大,因此我们以盲目的漠视来武装自己。我们自我的爆破力对我们来说太过强大。它不可阻挡地创造了一个有着一贯性和可怕逻辑的世界,这个世界的多样性变得无法令我们一目了然,它迸发的力量同样也不可阻挡。我们自身爆破成就的一贯性已经教育我们,存在事件是多么难以避免,我们因此学会了耸耸肩听之任之;甚至在面对无法一览无余的密林中随处发生的谋杀时,我们也闭上眼睛听之任之。我们的所作所为麻痹了我们的行动,使我们服从、堕落为战战兢兢的宿命论者,因此我们逃回母亲身边,回归唯一不阴森,并且在无法解释的多样性中依然一清二楚的关系中,就好像母亲的房子是无限之中一座三维的岛屿,超越了每一项使命。——

"被过于宏大的使命所麻木,我们甚至连成为父亲的任务都不愿再承担;没有能力立法,我们不愿再容忍立法者和父亲,我们是无视法律的母亲之子,唤来兽,对我们发号施令。——

"为了躲避麻木,我们麻木地逃向更严重的麻木,为了躲避孤独而逃向更荒凉的孤独;我们被孤独所麻木。因为我们到目前为止一直所做的人类共同体的白日梦,幻想着人类能彼此关心,已经比以往任何时候都更彻底地破灭了,尽管所有的革命都曾不断地自认为是一场勇敢的苏醒,但它们其实始终都只是在追求一种更平衡、更合理的睡眠状态,有的成功些,有的不那么成功;尽管它们产生于人类彼此关心的幻想招致的失望中,但它们设想不出其他的共同体,而且没有了白日梦便无法克服孤独,便没有人生意义,因此它们便努力地继续把这个梦想编下去,它们把当代的同胞替换为下一代和再下一代,替换为子辈和孙辈,为了他们而抛头颅,因此也期待着他们,可以说怀着预先传递下去的保守主义,能继承并实现这种革命的共同体……今天仍然可以抱有这种期待吗?这一共同体的梦想不是仍然附在它所产生的三维空间中,因此嵌入无限变得完全没有可能吗?每一场革命不是由此都不幸地变成了无意义的大屠杀吗？或许明天会有一个新的共同体的梦想，适应无限，或许为此需要具备人类至今仍未找到的孤独的勇气和孤独死去的勇气……但是谁敢对此做出预言和规划，谁敢将此设为目标？我们什么都不再做。一方面我们鄙视政治上的行动派，认为他把自己三维的设想幼稚地强加于一个变得无限多样的世界，另一方面我们更愿意猜测，他仍有可能是日新月异的现实的一件神秘的工具。我们纵容希特勒，我们麻木的受益者。——

"但是在自我的深处，无限与虚无结对，二者皆兽无法企及。世界被夹在无限和虚无中间，被人认识、由他所创造的世界，兽无法企及，尤其是政治怪兽。人类的责任场横亘于无限和虚无之间，兽同样无法企及。——

"我们的妥协令人作呕，更加令人作呕的是，它们出自纵容。我们奔赴战场，我们在战壕中腐烂，我们的脸庞和目光被烧成可怕的灰烬，我们被开膛剖腹失去内脏，但是红十字来了，我们的战地医院大多装备现代，幸运的人可以安上假鼻、假嘴和银脑壳。这是兽为我们所做、我们接受的让步，兽也苛求我们和我们身旁的人妥协，安慰我们，世界末日毕竟还可以忍受。当最终连这一面具也被兽抛掉，代之以消过菌的断头台，更别提电椅，再一次用上鞭刑，用火刑和钉上十字架进行处决，那时我们仍会觉得还可以忍受，因为否则我们只能厌恶死自己。——

"我们漠视他人的苦痛，漠视自己的命运，漠视人的自我，漠视人的灵魂。谁被第一个拖赴刑场也变得无关紧要。今天是你，明天就是我。——

"我们偶尔行善；我们照顾母亲，偶然扶老助弱，常常心怀同情。所有这些都是妥协。良善的成果是妥协。善理所应当，但混乱不堪，只有在三维中才会具体化，只有在这里才遵从使人类的行为转向无限的命令，这一命令是绝对神性的对责任的吁求；与之相反，善会失去其指导性的力量，甚至已经失去，因为人自身被置于无限之中，在多样的维度中根本不再有照准点，因此绝对的方向无法再通过转向，而只能通过避开来保持，也就是说，无法再通过转向善而只能通过避开尘世的恶，简而言之，通过与正要达到其最高限度和极其具体的绝对的兽和怪兽作斗争来保持。向此时此地的末世怪兽宣战，这是最新的对责任的吁求，我们必须承认它的绝对有效性，承认主动抗击恶的命令，同样也远离愚蠢虚假、盲目的和平主义的善良，远离愚蠢直白的好勇斗狠，后者为了后代及他们的梦幻世界而赞成并推进流血，由此行事如兽一般；我们远离后者，也远离前者乌托邦一样的伟大，纯粹正直的义务落到了我们身上，我们有义务直接面对正直，因为如果要改变善与恶卑劣不祥地混在一起的状况，使得善恶分明，那就只能涤净此时的世界。没有什么可以免除我们这一极具战斗性的正直义务，连它毫无指望的开端也不能；每一次对它的违背，不管理由多么充分，都表明了我们的漠然，任何善行都不能抵消。——

"这是我重新找回的记忆,是我对自己行为的说明。对自我丧失的说明,对我和世界面临的兽化危险的说明,世界限定了我,我规定着世界,处于共同的危险中。——

"尽管纯粹的正直意味着抛弃尘世的恶及其绝对性,甚至最直接地抛弃连兽都不如的兽性,但我无法判断,单凭纯粹的正直是否可以将世界重新带回上帝身边。然而可以肯定的是,只要我们继续漠然,甚至更罪恶地助纣为虐,推动世界不可阻挡地向着犯罪和兽行堕落,那就不可能回到上帝身边。原罪和世袭的责任同源,对被害兄弟的问询面向我们全体,就算我们对罪行一无所知。我们生来便担负着责任,只有这一点,只有我们出生和存在的神秘位置才有决定性的意义;只有代表着不断反抗的自我牺牲才能将我们释放。我对这座房中曾经或许发生过的谋杀负责,对周围将会可怕地增多的谋杀负责,虽然它们由别人犯下,我没有参与。因为自我在无限中破裂,摆脱了自我的限制,我们却恰恰由于缺乏共同体而结成了一个冷淡神秘的统一体,冷淡地结合在普遍的不负责任和漠然中,如此一来,无论罪责还是赎罪都由所有人来承担,神秘的新一轮清醒的血亲复仇,然而不失公正,因为被波及者没有一人曾经反抗过。我原以为,自己是在躲避不负责任,而实际上,我避开的是责任。这是我的罪责。我向正义低头,尽管我的自我牺牲迟到了,但我仍然做好了准备。"

A 结束了自己的忏悔。

风透过窗户呼啸而来,窗扇咯咯作响;炉里的火熄了,灰烬下仅有不多的几个火星仍在闪烁,屋里异常寒冷。但是恰恰从这寒冷中升腾起了一种迄今为止不为人知的希望,对完全揭晓秘密的期待。A,由于寒冷和期待而脱离了自我,重复着:

"我做好了准备。"

"我知道,安德鲁,你早就做好了准备。"

老人对他直呼其名,就像是不断增长的恐惧中的一个巨大的安慰,这种恐惧明白,遗产包含着自我毁灭及其武器。

风又卷起了地板上的几张纸,A望着它们,问道:"但是该怎么照顾老夫人呢?"

"你理解力迟钝,安德鲁。"

他承认这一点;他只是不愿意去理解。因为对母亲的担忧掩盖了自己对死亡的恐惧。

而且恐惧在增长。"帮帮我,爷爷。"他哀求道。

青筋道道、放在桌面上的苍老而有力的手向他伸了过来,他握住了。尽管这手像钻石一样又冷又硬,但他并不害怕。相反,几乎像是一种召返,把他召回人类世界,他自问,这位老人虽然吃了策琳的东西,但他的内心是不是也纯粹由钻石构成。就在这时,他听到了回答,很小的笑声,其中甚至又混杂了歌声,这歌声虽小,却也清晰可辨:

"如果我是个幽灵,不是你这样的血肉之躯,我就无法为你带来消息和帮助;话语在此岸,在尘世的时空中产生,由尘世的嘴说出,被尘世的耳朵听到。"

这也是个安慰，当然只是尘世的安慰，因此 A 怀着对死亡的恐惧问道：

"为什么要赎罪的恰恰是我？为什么恰恰是我必须赎罪？"

"每一个遭遇到的人都这样问。"

"谁会遭遇到？"

"或许是一种恩宠。因为赎罪是改过自新，而非服刑，因为关键不是惩罚。你不是罪犯。你不会受到惩罚。但会因此获得回报，报酬是秘密。"

"有一天我会知道这个秘密吗？"

"我只能给你协助。剩下的需要你自己争取。"

老人的手紧紧地握住他的，这是父亲的手，孩子的手、儿子的手永远踏实地放在其中；在这只铁骨铮铮、永远值得信赖的衰老的手中，他感受到了绝对散发而出的秩序，这秩序透过所有的维度给了所有的现实最后的根基。这就像一个承诺，这个声音对他承诺道："我在你身边，直到你的恐惧消散。"

他们就这样面对面坐着，平静的力量从父亲的手中传到他的手中。他闭上眼睛，等待着恐惧慢慢消失；恐惧离开了，像沙漏中的沙子一样无声地流淌而去。然后他感到头顶像是抚过一阵柔风；这是祖父，先祖，在向他俯下身来，用飘动的胡须和钻石般的嘴唇亲吻他的额头，为了唤醒他，第三次对他直呼其名，就好像他要像父亲一样把孩子从无名中打捞出来：

"不难，安德鲁。"

"我知道，爷爷。"

他同样站了起来，摘下了帽子，耷拉着脑袋，几乎如乞丐般站在盲人面前，害怕着离别和作为孤独前导的被遗弃感，一副乞求的神情。

但是盲人只是了然地把手放到了他的肩上：

"你没有被遗弃。戴上帽子吧。在永恒面前遮住脑袋，都这么说，神父如此，法官也如此。承认了自己的罪责，便已被征召。"

由于他是血肉之躯，长筒靴下的楼梯被他踩得咯吱作响。如果他是一个钻石幽灵的话，楼梯当然也会响。

不久之后歌声再次响起，与伐木工的斧声有节奏地相互呼应。伐木工之歌、进行曲、赞美诗和安魂曲，唱着歌的森林。森林上方雪灰色的天空暮色初显，但北部的穹顶仍然被看不见的光照耀着，亮得几乎让人痛苦，一个浅灰色的三角形令人宽慰地显现出来，三角形的中间是世界之眼在深邃清澈又充满戒备、毫无色泽而深不可测、永远老态龙钟地俯视着，充满令人生畏的亲密感，全盲，却什么都能看见并知晓。三角形的边缘真真切切地流淌出非存在，消解着三维；非存在被中间盲目的眼神托举着，潮水般涌入这眼神，被看不见的星辰包围，被辨不清的太阳环绕着，不可见的东西清晰起来，星星清脆地响起，非存在涌了下来，被歌声吸收，而歌声现在也逐渐消失在无限多维中。簌簌地下起雪来，简直像是圣诞节，上下相连，时空相融，在雪花的轻柔中，天空消失了，歌声消失了，尘世像彼岸一般消失了，但仍然坚定不渝地留在那里，留在宇宙的星空合唱中，回响在从现在起共同中心的坚定不渝中。

屋里的寒冷似乎要接近绝对，但是房间不再存在。墙上的挂钟停止了嘀嗒作响，表上显示五点十一分，但它与它所显示的时间都不再存在，因为所有的时间浪潮，彼此抛弃，一同涌向存在的中心，涌入失重的空间并将其生产出来。他由此所到达的不也是自我的中心吗？这种存在的失重不也是灵魂的失重吗？不就是所有生命与生俱来、摆脱了死亡重量的失重吗？执迷于形体之人，死亡的重量仍寓于其内，与他悬浮于其中，不，站立于其中的失重状态分离，他的灵魂就会变成欲望，不可抑制地变成克服分离的愿望：如果成功地消灭了最后残存的尘世重量，存在于灵魂之内的死亡就会自我抛弃，人类的遗产就会被归还，并借助自我消灭而实现永恒，进入并被听不到的声音的王国收留，借助于不可见重新盛放出五彩缤纷。语言也是如此，也受到实体的牵累，处于重力中，因为它由实体的嘴巴说出，只能说出实体化的东西，它要求毁灭和自我毁灭，从而，如它所言，进行清算，并为不可预知的、克服了语言的纯粹思想创造空间。这一切虽然发生在中心的非空间并超越了高度、宽度和深度，但并不虚幻，仍在尘世，并且完成得自然而然。因为三维之物仍存在于自己的实体、存在于自己的记忆之中，追求着熄灭，而回忆般沉重，仅仅可以根据回忆的斑斑血迹而无法再根据其形体辨认的构物，展现在仍然可以看见的眼睛之前，悬浮于不再存在的桌子之上，这一构物也参与其中，同样打算摆脱重力：他伸手去抓了吗？它是被风刮来，受强大的力量，中心的、将实体嵌入实体的力量驱使而来吗？物被打破。谁把它改造成了武器？它不威胁，不引发畏惧，它的发生自然而然。

他两腿叉开站在那里，从而得以在悬浮、失重、无维度之间找到一个支撑。他摘下便帽，放到前方的非存在中。他看着它被风刮走，然而此时他已经倒下了，太阳穴被击穿，两条腿叉开，胳膊向两边伸展，就像是要被钉在圣安德鲁十字上。

策琳听到了枪声，急忙上了楼。看到尸体时，她衰老的嘴迭声发出"呲，呲，呲"的声音，但她实际上并不感到意外。她平静地拖了一把椅子过来，肥胖的身躯坐了上去，仔细地观察着面前的死者，就好像他突然瘦了下去一样，变回了那个她十多年前刚刚认识的金发青年。"他的罪赎了。"最终她大声说道，连自己也不知道为什么要这样说，为什么一定要这么大声地说出来。但是由此开了话头，她便继续说道："偏偏是今天，我用五香鸡肉丁做了肉丸，就因为我在里面加了白葡萄酒，还有松露，他爱吃得不得了……他走得太急了。"然后她又咕哝了几句，最终决定："把他就这样放着，不能动；警察是这么要求的。"

尽管如此，她并没有考虑立即通知警察，而是转身下楼，收拾餐桌准备开饭。慎重起见，她像平常一样摆了两套餐具。

男爵夫人落座等了几分钟后,便不耐烦地摇铃唤来了策琳:"A先生呢?"

"哎,我忘了告诉男爵夫人了……他在半小时前被急匆匆地叫到了城里,用电话。"说着不动声色地撤下了另一套餐具。

"稀奇……他为什么没和我告别呢?就这么走了不是他的习惯啊……他,一向那么有教养……"

"我们以为,男爵夫人在睡觉。"

男爵夫人觉得可疑。但她没有再说什么,并在往常的时间上了床。

策琳确定男爵夫人已经睡着之后,才通知了医生和警察,骗他们说自己刚刚才发现尸体,因为A,显然是为了行事不受干扰,谎称要进城,因此就没喊他来吃晚饭,而且下午狂风大作,也听不到枪声;所以她直到现在才上楼来,想给他铺床。没有理由要怀疑她,应她的要求,尸体在当天夜里便被送去了城里的殓尸房。

次日男爵夫人已经极其不安。策琳斥责道,A先生不是小孩子,不用非得成天在家里守着妈;就算是孩子也得让他有一定的自主权。"对,但这不是他的习惯。"老夫人抱怨道。"行了,他现在有新的习惯了。"策琳粗鲁地回了句。下午她一副开怀舒展的表情走进男爵夫人的房间:"他刚刚打来电话,询问男爵夫人身体如何,并道歉说,他要去外地一趟,明天才能回家。男爵夫人看到了吧,您是自寻烦恼。"但是男爵夫人不相信:"我没有听到电话响。"——"可我听到了。"策琳斥责道，接着回了厨房。晚饭时男爵夫人抱怨没有胃口。"我相信，"策琳训斥道，"活该；男爵夫人坐立不安，既没有意义也没用，到头来还得惹一场病。"——"没有意义吗？"——"我明明已经说过，他是个成年人，他会完好无损地回来的。我更担心那只猎獾狗。"她指了指眼睛已经瞎掉、闷闷不乐地趴在炉子前的那只圆滚滚的狗。男爵夫人只是悲伤地摇了摇头，她在桌前又坐了片刻，吃了没几口，便坐到那群狗旁边，抚摸着它们，并抱起一身金毛、小老虎一般的西迪，两只安哥拉猫中的一只，放到自己腿上，而另一只，黑色的阿鲁埃特则爬回了窝，怎么逗也不出来，于是在策琳又走进来时，男爵夫人再一次抱怨道："阿鲁埃特也想他了，它躲了起来。"——"阿鲁埃特一直都这么难缠。"——"不，不对，动物们想他了，我知道。"——"为什么不消停点，男爵夫人又胡思乱想……西迪的呼噜打得多带劲啊。"男爵夫人低头看了看打着呼噜的西迪："不对劲，动物们都有点怕。"然后她轻轻地把这只猫放在了其中一把软垫座椅上，回屋休息。"把药给我，策琳；我不想一晚上都睁着眼。"——"这个想法不错，男爵夫人。"——"给我两片。"——"要我说就得两片，对男爵夫人肯定没坏处。"策琳把安眠药融在水杯中。第二天清早，男爵夫人躺在床上，已经咽了气。

希尔德加德被喊了回来。多年以来她对母亲辞世早就做好了准备，因此没有什么大的波动便接受了。几名老友来参加了葬礼，数量很少，不光是因为昔日的熟人已经没剩几个，也是因为逝者生前与世隔绝地生活在狩猎屋中，差不多已经被人遗忘。她被安葬在了三十多年前就已故去的丈夫身边。自杀者A的新坟就在附近。

按照遗嘱，策琳现在接管了狩猎屋的统治权，希尔德加德在她去世后才能接手。"实在是您应得的。"希尔德加德告辞时说。"我也这么觉得。"策琳答道；她原本想加上一句"仁慈的小姐"，但及时地咽了回去。

掌权后，策琳首先补充了牲畜数量；主要是两头牛，她养在了先前的车库里。活儿多了，但她不再亲力亲为，相反，她在院子里帮忙的次数越来越少。她穿上了这些年A送给她，被她存放在衣箱中的新衣服，雇起了用人。

XI 乌云飘过

古怪，小姐的一部分灵魂对另一部分说，古怪，对面的男人需要多久，才能走到我的面前？

开阔的街道在她的眼前延伸。一辆汽车消失在远方。这是夏初一个晴朗的早晨。绿树洒下浓郁均匀的阴影，从近处看斑驳摇晃，稍远点便汇成一条黑带，沿着林荫路给车行道镶上了一道边。人行道上望出去老远也见不到一个人，只有那个男人顺着街道和缓的斜坡往下踱着步子，向她走来，花的时间久得离谱。

小姐要去宫殿教堂做礼拜。赞美诗集斜握在戴了手套的手中，微微抵着腹部，因为她另外还要拿一个小手包。这构成了一幅端庄的画面，小姐在这幅画面中与无数做礼拜的女子联系在了一起，不仅与眼下也正去往中欧所有其他教堂的女子，而且也与过去的几百年间做过此事的女子联系在了一起。这是一种非常保守的体态。

等到登上街道平缓的坡顶,房屋底座构成的斜线也将结束,所有底座和窗户全都会令人安心地变成平行线,不远处,坐落于街道尽头的宫殿广场也会展现在眼前。在优美的巴洛克背景的衬托下,大公的宫殿非常引人注目。

一排排房子只被少数几条横路切断,所以很难正确估计迎面走来的男人的速度。这多少令人有些不自在,小姐考虑着,自己是否该换到街道另一侧。这一想法并不十分清晰,而且刚一看到另一侧灼灼的太阳便已消失,因此小姐留在了这一侧的人行道上,并且放慢了脚步,就好像她也只能——是恐惧还是期待呢?——像对面的那人一样,缓缓地向着对方挪动。

或许是因为周日的林荫道本就宁静,让人不由得也跟着慢了下来;尽管这大概只是一种表面的宁静,因为在大气层的上部,白色的小块卷云已经汇聚成了一条狭长的带子,匆匆地向前推进着。但凡这种带子出现在太阳前方,晴空就会暂时变得似明实暗,如同年少时的忧愁,虽然不会让人留意,因为没有人愿意承认变幻的云层对自己生活的影响,却是宇宙中更大事件的使者,留在了人类的眼睛和灵魂中。

此时肯定也有其他行人出现在这条人行道上。但是小姐眼下只注意到了那个从宫殿方向缓缓走来,或者更准确地说是漫步而来的陌生人,而恰恰是这种漫步让他和宫殿、和期待中的终点处的巴洛克背景产生了一种一时之间说不清道不明，而且很有可能永远也理不清的关系。倒不是说，小姐认为慢慢靠近的那个人是昔日的一名外交官，或者是战前，那时她还是个黄毛丫头，经常而且总是怀着如愿以偿的喜悦在此处遇到的那些军官：这种愿望，早就被看上去当然还很年轻，但极力保持端庄的小姐抛到了九霄云外，现在更没有理由再把它们召唤回来。因为根据她的记忆，昔日与宫廷有关的一切绝不会给人造成谨小慎微的印象，而是会让人觉得果敢或者至少是优雅，而眼前的一幕恰恰与此相反。因为正如移动的卷云看上去几乎是一堵仍然看不见的云墙的一部分，那个人的谨小慎微——他的缓慢接近很容易让人联想到是一个上了年纪的宫廷官员在低三下四地跛足而行——也像是从广阔的宫殿立面中散发而出。

大概要扎根于一个城市和它的建筑方式，才会怀有这种想法。而一旦怀有这种想法，便已深深扎根，这些想法便形成了一种自然而然的氛围，人实际上根本察觉不到。小姐从童年起就生活在这座城市，这座宫殿有很多理由让她珍视看重。但在诸多理由中，建筑艺术方面所起的作用最微不足道，因此她同样不知道，当她终于看到那个男人时究竟为什么要失望。他走得根本不像她猜测的那么慢，这一点无关紧要；真正的原因在于，他有着一副根本不像贵族，而更像小市民的外表。对于一个看重自我、正在去往宫殿教堂的人来说，对于一个日日都在惋惜着这座古老的大公宫殿由幽静世袭的私产变为面向公众的博物馆的人，惋惜着几百年间孕育和诞生金枝玉叶的卧房变成了今天随便什么穿着肮脏的靴子、怀着肮脏的念头，比如说想着藏身于衣柜的无耻情人的人都可以踏足，简而言之，对于这样一位视矜持为世间头等大事的大家闺秀而言，把自己的注意力放到一个周身都散发着这种人生观的对立面的男人身上，客气地说，毕竟很难堪。近乎惊讶地，因为她不愿意相信眼前看到的一切，或许也是因为她自小便习惯了命令式和审视性地看着男人，却不会由此而受到伤害，所以小姐的目光钉在了对面男人的脸上，甚至径直看向了他装备了眼镜的双眼，看向那张脸的是一种命令式的然而空洞的眼神，一旦接触到对方的眼神，又立马消失并坠入虚无，坠入对方脸后延伸的远方。虽然小姐被这个寻常男人半是胆怯半是专横，事实上又痛苦的表情所打动，有一瞬间甚至忘记了让自己的眼神躲进冷漠的保护伞下，但当她的惊讶与对方的惊讶相遇，她很快回过神来，换上了往常视若无睹的神情，并目不转睛地漠然与之擦肩而过，像一名白璧无瑕、如修女一般的淑女。

现在整个街道真的空荡荡地展现在她的眼前，这是一种无望的空洞。当然也不必夸大：毕竟路途更短了，很快就能抵达宫殿广场以及教堂。尽管如此仍是无望，这种无望绝不限于那一段要走的路程，绝不限于这个夏日，而是包含了整个人生。因为，假如对面再有一个人走来，还是如此缓慢或者如此迅速，小姐恐怕不会再鼓起勇气，再次对迎面走来的人产生兴趣，并再次承受这种失望。这当然不是誓言，尽管在一个性格端庄的女孩灵魂中很快就具备了誓言的形态,但是不管怎样,小姐一边向前迈步,一边突然有了一种忠贞感,但她不知道忠贞于何人。这一经历并未完结,小姐觉得自己吃了大亏,因为内心和外部的律令都禁止她长时间地盯着一张愿意回应的脸。她所陷入的处境中隐藏着一种深深的不公和一种严重的危险性,因为她身后的那个男人无疑停下了脚步,看着她,然后跟着她,而她却不能转过身去确认。

由于所受的教育和所持的信念,小姐习惯了无畏地承受各种处境,因此她迈着平静的步伐继续前行。她没有逃,就算逃也没用,因为那个陌生人反正可以追上她。她把赞美诗集抵着身子,不是因为她期待着通过这种与上帝的联系而获得一股特别的力量,而或许只是因为抵着心窝给了她一种安全感,能平复这一身体区域中的巨大不安。只不过,她相当清晰地听到了自己身后的那个男人停下了脚步;她感到了他盯着自己后背的目光,片刻之后她又听到,他隔着不远不近的距离深一脚浅一脚地跟着她。她打算走得更慢一些,因为她不光觉得今天爬起坡来比往常更为费力,而且认为让跟踪者超过自己十分明智。但此时她已经到了坡顶;所有的房屋底座和窗户全都变成了平行线,离她不远处便是巨大的椭圆形的宫殿广场,广场中央的选帝侯立式雕像面向林荫道,仿佛要疾驰而去,只不过被雕像周围沉甸甸的大铁链拦着才无法成行;这些铁链构成了一个个的小椭圆,在大石块间绵延。

那个男人究竟长什么样子呢?他已经不那么年轻,大概五十来岁。不管怎样都是中下层，差不多像个无产者，尽管如此，脸上却有一副专横的神情。幸亏希特勒彻底消灭了共产党人，否则这人恐怕就是这种货色。他看起来痛苦而又放肆，像个教书匠，戴副眼镜，留着微红的胡须——，还是已经变白？这个人来宫殿周围干什么呢？

广场左侧被宫殿教堂投上了一层阴影，两座塔楼的影子一直延伸到纪念碑外。右侧则是通往宫殿花园的凯旋门，两扇富丽堂皇的锻钢门敞开着，可以看到洒满阳光的笔直的林荫道，看到那里众多由砂岩建造而成的、肢体歪七扭八的雕塑，以及人造瀑布。一个保姆正推着一辆婴儿车穿门而过；这在过去是被禁止的，因为婴儿车及其内装的下流胚根本就不应该出现在体面的宫廷区域。小姐一时之间忘了，连统治者家族也会繁衍：人上人不可以再和人性的东西有关联，社会阶层越低，小姐心想，丑陋的性冲动就越是活跃。纯净高于不纯的分层被世界的民主化摧毁了，就算小姐没有意识到这些，但她知道，在一个有序的国家绝不允许一位淑女被一个下层人穷追不舍。宫殿前昔日曾设有双人岗哨，他们仿佛仍在守护着这里，因此小姐觉得安心了一些：一名摄影师在宫殿入口处架起了照相机，相机上盖着一块黑布，等待着想和骑士立像合影的异乡人，——勉强算是对哨兵的替代；小姐觉得安心了。她径直穿过广场向教堂的台阶走去，确信跟踪者没胆量把自己的无耻企图暴露在大庭广众之下，只能在广场边缘盯着她。确实，她身后的脚步声停了下来，然而她仍然不可以把头转过来确认一番。由于强撑着不回头,她的脖子痛了起来,仰望上帝和卷云所在的高空也没得到缓解;但她还是有点感激,因为危险已经解除。

只是那个男人究竟长什么样子呢?他不是——回忆此时显然更清晰了——佩戴了一枚党章,而且是枚金色党章吗?如果属实,那他可能是纳粹最早的追随者之一,肯定不是共党,难怪他这么放肆。总的来说,自此纳粹掌权以来,他们的粗俗放肆就越来越昭然若揭。他们是衣冠禽兽:无论如何,她不愿意再想那个人,她也没必要再想他。

但她走进教堂,想到自己的座位上时,她再次感到自己脖子紧绷,感到了自己背上那道火热的目光。她犹豫不决地停了下来;被一个目无上帝的人的目光污染,被这个目光吸引,无法摆脱、无法忘却,如果这时还去参加祷告,那就是对上帝的亵渎。教堂里满满的人,反正也来晚了,完全可以逃出去。小姐在人群中缓慢地往前挪动,向着侧厅走去,那里的地面上铺着石子,走路时如果踮起脚尖,声响比在中厅这里的木地板上要小。接着她经过柱子,来到以前供王公贵族出入的侧面出口,无声地推开装了软垫的门,当它轻轻地、像是屏气叹息一样地在身后关上时,她也轻舒了一口气,她抓了抓自己的脖子,就好像要拂去什么一样,也像是要揉一揉疼痛的部位。她来到了教堂和宫殿侧翼之间的小院中,真是解脱啊,在这里真真正正只有她一个人。小院像个没有房顶的前厅,严肃而又庄重,宽阔的路面嵌了一层特别平整的方形石块,麻雀疑神疑鬼地来回蹦着，实际上什么也找不到。有一把长椅的话，就可以待在这儿，尽管此时从教堂里传出的平缓的合唱声像是一种警告。小姐犹疑地穿过敞开着的、同样庄重严肃的双拱门，来到宫殿广场，并用近乎狡猾的眼神环视着广场。摄影师还在老地方，纪念碑旁站着一对夫妇，显然是外国人，旁边走过几个女人。此外别无旁人。也就是说，她施计骗过了跟踪者，她甚至骗过了上帝，因为她现在望向了先前不可以望的地方；为了看看身后，她绕了个圈，如今成功了。不，现在已经没人在她的身后了，尽管她的脖子仍能感受到那道目光，火热的目光；似乎是想一劳永逸地做好防护，彻底地清除身后所有不确定、所有晦暗的危险，她倚在了两道拱门之间的柱子上，或者更准确地说，挪到柱子附近、后背能感觉到背阴的石墙所散发出的凉气的地方。她不可以倚在这里观赏这美丽的广场吗？她不可以倚在身后背阴的庭院与面前洒满阳光的广场之间的分界线上吗？很多人都曾经在此处或是那边的教堂台阶上欣赏过广场的风光，曾经望向那些花园，花园的林荫道消失在丘陵的下坡处，而现在纪念碑旁的那对夫妇也走了过来：他们的腿并排着前行，四条腿，扛着两个头颅和两具身躯；丈夫手拿着一本红色的旅行指南。摄影师的器材立在三条腿上，纪念碑上那匹马有一条弯曲的腿悬空，扬蹄向着蓝天；天空低垂在花园之上，被沉浸并迷失在下方的无限中的大地所吸引。那个美国丈夫翻开了旅行指南，他的妻子也看过去，看向那些字母，两人的目光在它们身上交汇。

行走于林中之人，有能力摆脱邪恶，因为魔鬼跛足，再狡猾也只能直行，因此到头来终被愚弄。

小姐倚柱而立，万一追踪者出现在小院中——但他没有，唉，他肯定不会出现在那里——，他也不会看到她，因为柱子把她挡得严严实实。但是现在她拿着赞美诗集的手垂了下去，而且由于她觉得有一点虚弱，她便向柱子的边缘伸出手去；她只是碰了碰冰凉的边缘，只用小指，而且可能并不灵活地碰了碰，因为黑色封皮的赞美诗集此时打了开来——啊可怕！——跟踪者眼镜片后泛红的眼睛很可能不只看到柱子边缘的手指和打开的书，而且还会辨认出书上的文字！小姐迅速地抽回了手和书。只不过她为什么要这样做呢？这本神圣的书难道无法驱赶那个恶人吗？还是她害怕，那人更为强大，他的目光会使这本书的神圣性丧失？她是在害怕婚姻，害怕魔鬼的婚姻，害怕自己的目光与他的交汇于字母之上吗？啊，他不能碰她的手，否则这一切就会发生！

宫殿中部山墙处的旗杆上挂着纳粹的卐字旗——背弃传统的象征。没有风，卐字旗一动不动地垂在旗杆上，这条狭窄的红线，被蓝天衬托得分外清晰，上面的那缕红突然与不远处那两名游客手中的红色指南联系了起来，彼此结合，一起向里看着，两处都是暴发户的红，都引人堕落。

拱门下，麻雀叽叽喳喳。夫妻俩离她更近了；他们结了婚，因此有着平等的社会地位。他们来观赏椭圆的广场，缅怀建造它的公侯；他们觉得正常，他们刚刚从自己的红色指南中获悉，这是座美丽的建筑。院子里的跟踪者是个下等人，但是她摆脱不了，着了魔似的倚在柱子上，像个丐妇。小姐现在又把赞美诗集抵在了身上，但她同时也清楚，被书抵着的那颗心，无法破译那些文字，黑色封皮下的白纸上写着的只不过是些字母。天空的圆反映在广场的圆中，广场的圆反映在围着纪念碑的圆圈中，天使的歌声反映在从教堂里传出的歌声中，而教堂演唱的歌曲就在她心口的这本书里，但是人们必须知道这些，必须知道，上帝反映在王侯中，王侯反映在穿越广场的凡人中：如果不知道这一点，那纪念碑周围的圆就永远不会成为天空的圆，赞美诗集中的词句永远不会变成天使的歌声，那时就可以推着婴儿车穿过公园门，而且令人愤慨的，竟不会有人以之为忤。婴儿车是黑色的，像黑色的摄影器材了无生气的目光那么黑，这道目光把一切都固定在相片中，啊，固定，从而使它们泾渭分明，使天地分开，恰如神在第一天发出的命令，分开，却仍然统一于神之道。

救世主从上界降临，集神性与世俗于一身，这样一来，他，成了肉身的道，就能用人类的语言来宣布神的真理，作为深受肉身之苦的祭品为尘世赎罪。反叛天使同样也从天上降落，却跌入火红的邪恶深渊，继而以人的形象爬上来，虽然彻底摔瘸了腿，却更加贪婪地追求与人子的肉欲之欢，而人因为俗世的弱点一次次地遭受着诱奸，屈从于强暴的诱惑，巫师和巫婆，与成为肉身的罪恶联姻，当然也像它一样沉迷于清除，并且最终无力招架赎罪的行动，但一次次威胁着后者，并把邪恶一代代地传下去，直到末日审判。

然而，每一片云不都是地与天之间的使者吗？它不是在溶解大地，拉下天空吗？这样一来，天空的圆就可以挤到房屋和广场的围墙之间，并挣脱出去，挣脱出这仿制的不可饶恕的圆。墙是白的，先于黑压压的云层飘来的云是白的，书和书上的字词是黑的，但目光火红灼热，从漆黑的眼窝里射出，吸收着自我，不断后退，穿过使人失去行动能力的死亡之门，不断后退，进入黑暗的刻骨寒冷中。公园笔直的道路彼此纠缠，绕了一个又一个的弯，缠成了一个淫荡的线团，其中的一切都一模一样，彼此纠缠，相互吞噬，又不断地孕育彼此。此时岗哨没了用处，一本红书力求反映熊熊燃烧之物也毫无用处，因为大反映于小已被抛弃：美好的事物和美均被抛弃，纪念碑上的马匹冲出了其凝固的美，飞奔而去；人的肺在教堂的回声中窒息，没有相片可以再固定住发生的事情，因为最大的秘密突然迸发，喷涌到公共广场之上。小姐伸开双臂，甚至向后伸去，依着、紧贴着柱子，这是她眼下唯一的依靠，她紧紧地抓牢，不再担心跟踪者可能会抓住她，拉着她的胳膊往回走，把她拉到自己身旁、拉到他所在的深渊，也丝毫不考虑自己的黑色大衣会沾上污垢。拱门下麻雀的叽喳声越来越聒噪，变得如鸣笛的呼啸一样响亮；阴影已经移走，就好像所有的遮蔽已经离开了这个世界，任凭已经不能再称为世界的世界令人难以忍受地一丝不挂，成为暴发户和引人堕落者的猎物，魔鬼的猎物。

无法逃脱的强暴！在毫无遮挡的阳光之下，魔鬼的线团跳起了圆舞，无影的瘸腿舞，跟踪者很快就会低三下四地跛足而来、低三下四地鞠躬邀她共舞，无法逃脱他的诱奸。

此时，那对外国夫妇，仍然是四条腿，已经来到了教堂的台阶上，手中依旧握着打开的旅游指南，两人甚至准备闯入小院。可能现在已经无所谓了；就让他们去吧，让他们发现那里的秘密和耻辱，发现获胜的跟踪者；大概无关紧要了，因为现在已经没了任何遮蔽，连那座院子，那座曾有一个出身低下，却仍然如纪念碑一样矗立于中央的男人站立和发号施令的院子，都没了遮蔽。或许是为了保护跟踪者——她从现在起注定永远是他的牺牲品和床伴——，她准备施展巫术，或许是想趁着还来得及和他一起逃跑，或许是要把他藏在衣柜里，免得被两个陌生人发现，小姐极力从墙边挣脱开，转身走向小院：但是——唉，失望，同时如释重负——背阴的院子依然空荡荡的，一如她离开时的样子，麻雀仍在铺路石上蹦跶。四堵墙围住了这个四方形的院子，严肃冰冷，像朗朗晴空温和地转暗，对于一个下等人、共产党人或者诸如此类的人，这里没他们的空间。院子干净得连鬼都没有。

此时小姐再次鼓起勇气回望了宫殿广场一眼，那里也干净得连鬼都没有一个。因为无人跳舞。旗杆上的旗松松垮垮地垂着，强暴再一次被击退，或许只是被延迟，但今天肯定已被击退。小姐的灵魂中升腾起一种惋惜的幸灾乐祸。的确，昔日和既成之物冷酷的美再一次，或许是最后一次，战胜了卑贱的瘸腿恶魔和他的愚蠢丑陋。宫殿广场在庞大庄重的建筑物前伸展成一个美丽的大椭圆，反映着天空的圆和静谧，——一种不足与外人道的体验；塔楼的影子现在勉强只能遮住纪念碑的小小椭圆，选帝侯的马三脚而立，有一种僵硬的美，摄影师的三脚架也是三脚而立，花园的林荫道投下一线漆黑笔直的影子，沿着山丘一路下坡，笼罩其上的是浅蓝的穹顶，卷云正缓缓飞过，——纯净，高于所有的不纯。

教堂里传出合唱声。小姐满怀忠贞，穿过小院，进入教堂；她所穿过的门正是昔日大公一家去做礼拜时所走的那扇，而今，蒙神的旨意，她将不断地从这里经过。小姐的一部分灵魂不需要再和另一部分交谈，两部分的声音如此和谐统一，使得她满怀着甜蜜的无望感，几乎无法再想到自身：她像修女般打开了赞美诗集。

成书记

《无罪者》的产生方式有点冒险。作者的一系列中篇小说二十多年前发表于不同的杂志和报纸上，在此期间下落不明，甚至连他自己都已遗忘，出版社认为，找到这些旧的篇章并把它们结集成册出版是自己的本分。确实也找到了，是几个短篇，《伴着微风启航》《条理的构思》《惘然若失》和《乌云飘过》，但是在这五篇以校样的形式寄给身在美国的作者后，他并没有因这次的重逢而雀跃：除了合乎时代潮流，紧扣德国战间期的气氛，除了这种梦幻般的、几乎如幽灵般的在各篇小说中闪烁的共同元素，一定程度上可以作为对时代精神的暗示，此外似乎没什么再版的理由。这些理由足够吗？或许吧，那就要突出表达时代精神现象；稍做迟疑后便是大胆尝试：为了提高共同的气氛和意义关联，作者又构思了六篇新的小说，并把新旧小说全都嵌入诗的框架中。通过这种方法，已经印刷过的旧篇章（仅做了技术上的微调，比如名字的统一等）尽可能地保留了原样。只有开篇和末篇，也就是《伴着微风启航》和《乌云飘过》做了较大补充。这一切都表明，旧篇章的题材结构拥有着对于新篇章来说也充足的承载力；整体的一致性由此得到了保证。

以此种方式产生的整个构造是否可以而且应该被称为长篇小说是十分无关紧要的术语方面的考虑。长篇小说的形式——甚至连那种炮制而出的、没有特别的艺术雄心的娱乐性的叙述形式——在近几年都发生了深刻的转变：和每一种艺术一样，长篇小说也必须表现世界的整体性，尤其要展现小说人物的生活整体性；随着世界变得越来越分裂和复杂，这一要求也越来越难完成。长篇小说今天所需的素材广度远胜昔日，同时为了驾驭这些素材又需要更为敏锐的抽象化和组织能力。以往的长篇小说涵盖局部的领域，可以是教养小说、社会小说或者灵魂小说，它们在这些局部领域经常是科学，尤其是心理学的先驱，这是它们的一大功绩。今天，在这个极端性的时代，已不再有纯文学方面的伪科学，由长篇小说传递的这种认识至多只能是人所共知的陈词滥调。与此相反，科学提供不了整体性，它必须把这一任务留给艺术，也留给长篇小说。对艺术提出的整体性的要求由此获得了从前未曾预料到的极端性，为了满足这一要求，长篇小说需要层次多样，而多层次的确立仅凭老的自然主义的技巧肯定是不够的：人的整体、他经历的所有可能性，从身体的和直觉的经历开始，一直到道德的和形而上的经历，都应该得到表现，由此直接唤起了诗，因为只有诗才具备必要的精辟。这也是插入诗体的《声音》的原因之一，尤其是中篇小说本身无法给出生活的整体性，而只能给出情景的整体性，就算有雄心壮志也无法改变这一点，但是如果就像本书那样，把它们嵌入纯粹诗体的、有责任赋予意义的媒介中时，它们大概就有能力揭示出自己更深远的意义。如果有幸做到这一点，由此实现的对整体性的表现大概就可以被称作长篇小说。

最后——联系上一段的"多层次"——再说一下这部长篇小说的问题：

小说描写了前希特勒时期德国的状况和典型人物。为此选择的形象完全是"非政治的"；就算他们有什么政治想法，也缥缈模糊。他们中没人对于希特勒灾难直接"负有罪责"，因此本书叫作"无罪者"。尽管如此，正是从这种精神和灵魂状况中——历史就是如此——纳粹获取了真正的力量。因此政治上的麻木不仁就是道德上的麻木不仁，由此最终与道德上的反常相当接近。简而言之，政治上的无罪者大多已经处于道德罪责相当深的区域。表现这一点并探究内部的根由是本书的任务之一，为此便需要多层次的方法。因为那种有罪的无辜一方面向上延伸到神秘的和形而上的想象领域，另一方面向下探身到最黑暗的本能。

这种无辜在市侩身上表现得最为清晰；就算是罪犯，他们的行动也坚持不懈地从最高贵的动机出发。以希特勒为纯粹化身的市侩思想——从本书的主要形象来看，也可以说是扎哈里亚斯这种人的思想——，一再现出装模作样的食肉动物的原形，毫不犹豫地接受各种残暴的行为，尤其是骇人听闻的集中营和毒气室，相反，如果提及和性有关的事实，哪怕是不合情理的事实，他们也会感到内心受到了深深的刺痛和侮辱，但他们也因此而暴露了自我。可以列举出这一邪恶现象的诸多理由，比如西方价值传统的断裂以及由此导致的灵魂上的不确定和无凭依，像市侩这种传统薄弱的中间阶层无疑受到了最深入的波及。果真如此，那这一阶层就会几乎自然而然地以为，在德国恰恰是中间阶层注定要掌舵，因为由于1918年战败，价值崩溃的过程在德国最为广泛迅猛，甚至可以说达到了完全的价值真空，在这种真空中，没有一个人会听别人说话，人与人之间的沟通必然缩减为赤裸裸的、毫无同情心，甚至最为抽象的暴力。多么可怕的进步，领头的市侩大步向前！而且眼看着还在势不可当地前进。世界各地的集中营都在增多，各处的恐怖都在加剧，市侩的纳粹精神简直像是要成为虽然不打算在抽象的谋杀中找寻人生的内容，但大概要在其中找寻他们死亡内容的整个人类的范例。

但是把长篇小说形式的镜子拿到这些市侩眼前又有什么用呢？只为了艺术的乐趣吗？只为了表明，在一个恐怖和抽象谋杀的世界中，任何传统的东西都已不复存在，连长篇小说都无法再满足于传统的手段？只是为了表明，自然主义的写照（长篇小说比其他所有艺术更久地坚持了这一点）尽管正确并且真诚，却仍然需要——如果愿意的话，抽象的——补充？简而言之，只是为了表明，艺术的真诚不能再满足于直接给出的可视性和可听性，而要潜入不可到达之地，从而发现人类看不见的形象以及听不见的言谈？所有这些都被乔伊斯以纪念碑般的效力回答过；他在自己的作品中阐述过，只有通过运用多维的手段，只有通过特别的象征结构和象征缩写，才能接近于表现一个已经变得超级复杂的世界的整体性。然而市侩（假设他读小说）会在一面按照这些原则构造的艺术之镜中辨认出自己吗？他会认识到布鲁姆指的是谁吗？他甚至在最朴实的漫画中都认不出自己，因为他严格地注意着不去看最表层之下的东西，所以他也看不到。那么这样一部小说有什么用呢？

这个问题涉及艺术的一个最本质的问题，即它的社会问题。艺术想把镜子持在谁的面前？它希望由此获得什么？顿悟？起义？还从来没有哪部艺术作品让任何一个人"皈依"什么。市民读者被《织工》[1]、被布莱希特的戏剧所振奋，但没有因此而变成社会主义者，天主教没有通过克洛岱尔[2]、高教

---

1 诺奖得主格哈特·霍普特曼的剧作。于1892年首演，以1844年西里西亚的纺织工人起义为题；另外海涅于1844年发表的为声援这次起义而做的《西里西亚织工之歌》也非常有名。
2 Paul Claudel（1868—1955），法国诗人、剧作家，早期作品带有浓厚的宗教色彩和神秘感。

会派没有通过艾略特[1]赢得新的教徒。始终都只是作者在表达自己的信仰，而他由此引发的震动却停留在审美领域；只有已经信服之人才会信服。舞台上的宗教英雄是为这种还是那种信仰而献身，观众完全不在乎；重要的只有牺牲的壮举。因为不管一部艺术品的道德意图是怎样的，反对宗教迫害或道德过失，甚至是明显的犯罪，它最终追寻的都是美学效果，并把所有道德的东西置于这一效果之下。正是因此，以此为出发点便无法抵达一个其罪责仅仅在于对自己和他人的命运与痛苦完全无动于衷的人；如果他被打上应受到惩处的罪犯的烙印，那他有充分的理由反抗，道德过失（与司法上具体的罪行及其通过惩罚来赎罪正相反）要求的弥补或者改过自新对他来说毫无意义，因为他感到有罪的指责并不针对自己。然而，尽管艺术作品很少能让人"皈依"或者在任何具体的案例中唤醒对罪责的认识，但改过自新的过程仍属于艺术作品的领域；艺术作品可以用实例来说明这一过程——《浮士德》就是经典的例子——，通过这种表现以及（更多地）传递改过自新，艺术便实现了它一直延伸到形而上层面的社会意义。

应该强调的是：在此过程中，艺术作品——恰恰是《浮士德》表明了这一点——并不是宗教虔诚甚或道德训诫的工具，而是它自身的工具。因为在艺术品（通过对整体性的表

---

[1] George Eliot（1819—1880），英国作家，曾在宗教气息浓厚的学校就读，受宗教影响颇深。

现而实现）的存在整体性中，本质上既囊括了无限也包含了虚无；二者都是概念认知的前提，是（动物所不具备的）所有人类能力中最人性的——即说出自我——的那种能力的前提，因此两者对人类来说都是坚定不移的绝对，但脱离了人的知识，只因为虽然一直可以向着无限以及虚无的方向思维甚至清点，但是还从未向那里迈出过如此多的思维或者清点的步伐，因为此在最后的前提（否则它们就不是最后的前提）寓于脱离了此在的第二逻辑领域，也就是说，用第一领域的手段无法获得：这就是绝对，游离、无法到达，但十分突然地存在于艺术作品中，可以直接获得，是人性的奇迹本身，是美，是人类灵魂改过自新的开端。绝对坚定不移地沉入自我，就算人被深深地抛入了不安和无所凭依，被抛入孤独、被遗弃和赤身裸体的状况，就算他深陷麻木不仁，对自我以及对他人麻木不仁并因此有罪，只要他有能力说出自我，存在于他内部的绝对性的火星就能再次冒出火焰并被扇旺，如此一来，就算身处鲁滨孙的孤岛，也能用他的自我重新找到他人的自我：就这样，被点燃和再次扇旺，进行改过自新，艺术作品——并非每一部，很可能只是那些接近整体性的作品，却没必要一定得是部《浮士德》——有时只需要全力呼吸，有时只要一口气，一个轻柔的示意，甚至运气好的话，只要轻轻地指向小猫阿鲁埃特，便具备了这种点燃的力量。

赫尔曼·布洛赫

在地狱中寻找家园

——《无罪者》译后记

赫尔曼·布洛赫（1886—1951）是一位伟大的奥地利作家，米兰·昆德拉对他极为推崇，在《小说的艺术》中对他多有论述，其中一篇专门探讨了他的长篇小说《梦游人》（1931年）。除该部小说外，布洛赫比较重要的作品还包括长篇小说《未知量》（1933年）、《着魔》（1936年完成第一稿）、《维吉尔之死》（1945年德文版和英文版同时面世）、《无罪者》（1950年）以及剧作《赎罪》（1936年瑞士首演）等，期间还发表了诗歌、艺术评论、政治和哲学论文若干。与其丰富的文学成果、高超的艺术手法和深刻的思想内涵相比，布洛赫的知名度并不高。或许我们可以从他的生平和创作中寻找原因。

布洛赫出生于维也纳的一个犹太商人家庭。他偏爱哲学和数学，1904年与1905年曾在维也纳大学旁听哲学、数学和物理等课程，但遵从父亲意志，子承父业，完成纺织工程师的培训后接手父亲的纺织厂，期间也发表了一些评论和随笔；1927年不顾家人反对，毅然卖掉纺纱厂，专心创作，重要的作品相继问世，1950年获诺贝尔文学奖提名，次年心脏病发去世。从其履历来看，布洛赫文学创作起步晚，创作期相对较短，加之1938年离开奥地利，经英国流亡美国，孤身海外，既远离德语读者，也远离同时期其他的德语作家，因此受众较少，影响力势必要弱一些；另外，工厂主的经历也让他有别于其他象牙塔作家，他更加关心社会、政治和现实，相较于文学，他更注重哲学和政治思考，如汉娜·阿伦特所言，布洛赫一直是位"不情愿的诗人"（Dichter wider Willen），怀疑文学的价值，不重视文学创作；最后，正如昆德拉的分析，很重要的一点是，他的小说形式和美学理念都迥异于其他现代小说家，他反对媚俗，认为艺术的终极目标不是美，而是善。对于这位被忽视的作家，我们可以从长篇小说《无罪者》中一窥他的创作理念和艺术魅力。

《无罪者》发表于1950年，是布洛赫的最后一部长篇小说，但其中部分章节写成于二三十年前。美国的出版商魏斯曼打算整理出版布洛赫1917—1934年间的中篇，在这些小说的长条校样寄往美国后，布洛赫发现了它们在情绪和意义上的内部关联，于是便在原有的五篇小说的基础上又构思了六篇新的小说，并把它们全都置于诗体的框架中。凭借作者的高超技巧，各部分天衣无缝地融合在了一起，成为一件绝妙的艺术品。

这部小说形式独特，开篇以一则简短的寓言统摄全文，继之以"前奏""故事"和"尾声"三部分，分别追述了1913年、1923年和1933年这三个相继的历史时期，每部分之前各有一篇诗体的《声音》，以精辟尖锐的语言来概括性地描摹时代的图景。

"前奏"的两个故事发生于1913年，钻石商人安德鲁和数学助理教师扎哈里亚斯两个人物先后登场。二人名字的首字母分别为A和Z，代表了德国所有的普通民众，他们两人就像幽灵在游荡，一个无家可归，一个家如地狱不想回。"故事"是主体部分，共七篇，十年后的1923年，A来到德国中部的一个省会城市，遇到了已经升任参议教师的扎哈里亚斯；A租住于W男爵夫人家，并且很快就卷入了她的家庭矛盾。推动性的因素是女仆策琳。她向这个年轻人讲述了自己当年的风流韵事：出于对女主人的妒忌，她试图诱惑W男爵未果，后又和男爵夫人的情夫勾搭成奸，在男爵去世后，策琳处心积虑，把夫人与情人生下的孩子希尔德加德培养成了母亲的狱警。A偶遇洗衣女工梅莉塔，受策琳的推动与她共度两夜；后在策琳的操纵下，梅莉塔自杀。小说"尾声"发生在1933年，由两个故事组成，"石客"指的是梅莉塔的爷爷，他来到老猎舍，帮助A认清了自己的罪责，A举枪自尽；《乌云飘过》描述了希尔德加德与扎哈里亚斯在宫殿广场相遇，纳粹的旗帜已经飘扬在宫殿广场，预示着更大的不祥即将降临。

相较于情节的相对简洁与清晰，小说涉及了"爱情""孤独""人性""责任""金钱""殖民主义""共同体"等丰富的主题，但最为宏大与深刻的还是对时代精神的追问。作者以二十世纪最初三十年为经，以主要人物的刻画为纬，呈现了历史变革时期人的遭际与精神状态。全书有二十多处提到"地狱"，约十处提到"魔鬼"一词，而这既是作者回顾这一历史阶段时的中肯评价，也是小说人物的切身感受。A在各大洲的城市中游荡，追逐金钱，但密密麻麻、商业化的城市像地狱般让他窒息，为了逃离，A试图找寻一个家，找寻母亲的庇护；但家给人的未必是庇护，反而很有可能是折磨。男爵和男爵夫人没有爱情，就算男爵故去，他的照片也时时都在凝视、制约着自己的妻子，使她无法逃离，对男爵夫人来说，家便是监狱，女儿和女仆则是看守自己的狱警；扎哈里亚斯和妻子曾经热恋，但他们的家也远不是幸福的港湾，他们在家中高悬党派首领的照片并顶礼膜拜，把孩子教育得无比顺从，在压抑的家庭氛围中，两人只能以虐待—受虐的方式求得稍许的释放和快感。

生活在地狱一般的世界和时代中，人们无疑承受着巨大的痛苦，但小说没有止步于此，而是更深入地探讨了他们所负的罪责。

除了扎哈里亚斯对纳粹抱有热情，小说中的其他所有人物对政治都很冷漠,从这个意义上来说,他们都是"无罪者"。但政治上无罪不代表他们道德上也无罪。生活在地狱中,与魔鬼共处的他们,罪责之一便是对恶人盲从,对恶行无动于衷,对旁人麻木不仁。由此,原本无辜的普通人也变成了恶魔;人与人之间要么冷漠残酷、要么充满算计与控制,人际关系畸形、扭曲。

如何才能逃出地狱、避免做恶魔的帮凶呢?小说第十章《石客》探讨了这一问题。在梅莉塔爷爷的帮助下,A不断地寻找自我,发挥自我的认知,认识到自己对他人的苦痛、自己的命运和人的自我及灵魂的漠视,重新发现了自我、提升了自我,从而走出了麻木不仁的状态,认清了自己的罪责,并以实际行动来改过自新,涤清了自己的罪责。

布洛赫1933年发表的《艺术价值体系中的恶》("Das Böse im Wertsystem der Kunst")是对自己所处时代的精准描摹,也阐述了他的艺术观,因此可以帮助我们更好地理解《无罪者》的成书背景和艺术追求。他在文中指出,"美"是"艺术"这一价值体系的最高目标,但是艺术家在"求美"的过程中要脚踏实地地执行"求善"这一道德要求;正如宗教的目标是上帝,但是对上帝的追求体现在日常行为中对教规的遵守。在艺术体系中求善,既包括技术上的完善,更包括对价值自主性的思考,后者就是艺术的认识性特征,即艺术在表现内部和外部的世界时要提供直接性和真实性。由体系内部产生、用体系特有的手段来进行的自我毁灭便是"极端的恶"。艺术中"极端的恶"便是媚俗，它以"美"的要求取代善，以体系已有的要求为基础，追求"效果"，也就是毫不犹豫地采用任何低级的手段来实现短暂的情感满足。媚俗的本质是混淆了道德和审美范畴，只追求美的效果。每个价值崩溃的时代同时也是媚俗大行其道的时代。当前最深层的必要性便是对信仰的追寻，他呼吁分裂的价值领域能重新融合成一种新的整体的价值体系。通过价值的统一来克服人灵魂上的分裂，而彼时，世界的统一性将清晰地体现在"美"中。

在布洛赫看来，长篇小说的使命是表现世界的整体性，尤其是小说人物的生活整体性；但是仅靠自然主义的技巧，无法立体地呈现越来越分裂和复杂的世界与世人，因此势必要运用缩略和象征的艺术手段，其中，象征是布洛赫创作理念中的一个重要概念。

布洛赫认为，所有的理性概念都可以回溯到原始的自然象征。虽然拥有自然的核心，但是随着时间的推移，象征代表的内容、覆盖的思想领域却越来越广，因此变成了普遍有效的缩写符号。象征因其抽象性和丰富多样的含义，非常适合用以表现世界的整体性。

在《无罪者》中，三角形是一个反复出现的象征符号。女人侧脸的上下颌之间形成了一个三角形，火车站广场上的公园是三角形，三条街道中央的弧光灯构成了三角形，A 希望得到的好望角邮票也是三角形；从各组人物关系来看，埃尔维拉—策琳—男爵先生、埃尔维拉—策琳—朱纳先生、埃尔维拉—策琳—希尔德加德、埃尔维拉—策琳—A、A—希尔德加德—梅莉塔均构成彼此纠缠又相互牵制的三角关系。人物的名字也具有象征含义，如石客、埃尔维拉、策琳、朱纳［Juna 与 Juan（璜）相近］，均出自莫扎特的歌剧《唐璜》；作者实验性地把各个人物典型化，用以代表某一类人，来折射当时历史处境中人们的普遍面貌。如果给这些人取一个共同的名字，那便是市侩，他们循规蹈矩、懦弱凶残、道貌岸然、甘于忍耐和被奴役，他们就是媚俗的代名词，是恶本身。个体的孤独和麻木、家庭关系的扭曲和畸形，都是那个恐怖、暴虐和不公的世界的缩影；个体对策琳的习惯、依靠、容忍和屈从，象征了在更大层面上对纳粹的屈服。

但布洛赫并不悲观，他指出了走出这一困境的道路："一种导致了个体绝对孤独而且过失性麻木不仁的生存局面……本身已经包含着一种新的现实意识的萌芽。"这一萌芽便是人的自我、人对绝对自我的认知，重新发现自我、意识到自我和他人的重要性、认识到人肩负的责任，一定可以建立起温暖的新家园。

反思德国在"二战"中的罪责并不是一个新鲜的主题，《无罪者》胜在以普罗大众为切入点，描写小人物在价值崩溃时代的孤独、麻木与痛苦。尤为令人赞叹的是，布洛赫关切的并非一国之民，而是整个人类，1937 年撰写的政治小册子《国际联盟分析》（"Völkerbund-Resolution"），以及1945年撰写的《论〈国际权利与义务法案〉的乌托邦》("Bermerkung zum Utopie einer, international Bill of rights and of Responsibilities")都在探讨建立一个各民族平等的世界乌托邦；小说《无罪者》贯彻了这一思想，批判了殖民主义和人类由于共同体的缺乏而彼此冷漠的状况，呼吁人们树立新的共同体的梦想，这与当下推动建设人类命运共同体的倡议不谋而合。赫尔曼·布洛赫不愧是一位伟大的具有超前意识的思想家和人道主义者。

虽然布洛赫以求善为文学的宗旨，注重思想的表达，但这部小说并非道德训诫或哲学著作，而是一部可读性强、文学性高的优秀小说。首先，小说炉火纯青地运用了不同的文学表现方式，诸如诗歌、神话、童话般的表现以及漫画手法，并在不同的章节分别呈现出浪漫主义、表现主义和现实主义等风格；其次，小说塑造了性格特征鲜明的人物形象，传达了丰富、细腻的情感，能引起读者的强烈共鸣。

作者认为人的救赎存在于人的自我意识中，因此难免有很多对人物意识的描写。小说常用词组、短句，以最简短的文字表达丰富的意象和活跃的思维，行文流畅，毫不拖沓，人物奇妙的时空感受、在丛林般的城市中孤独无依、以金钱为法则的生存状态正是现代人时常遭遇却无法精准言说的体验。这在阅读时无疑是一大享受，但如何用汉语把丰富细腻的感受忠实地传达出来，却对译者构成了极大的挑战。另外，多义性的语句也是翻译的难点，希望译者的辗转反侧、斟酌推敲能帮助读者领略到原著的魅力。

  在本书翻译过程中，任职山东大学外国语学院德语系的奥地利籍专家 Josef Suppan 博士曾给予我莫大的帮助。布洛赫是一位奥地利作家，行文中经常出现奥地利德语的某些词汇和表达，为了确认自己对这些语句的理解准确到位，我曾多次请教 Suppan 博士，每次他都会在认真细致阅读原文相关章节的基础上，提出自己的见解，为我答疑解惑。在此向 Josef Suppan 博士表示诚挚的感谢！

图书在版编目（CIP）数据

无罪者 /（奥）赫尔曼·布洛赫著；李晓艳译. -- 北京：北京联合出版公司, 2022.8（2022.11 重印）
　　ISBN 978-7-5596-6159-3

Ⅰ.①无… Ⅱ.①赫… ②李… Ⅲ.①长篇小说－奥地利－现代 Ⅳ.① I521.45

中国版本图书馆 CIP 数据核字（2022）第 066453 号

无罪者

作　　者：[奥] 赫尔曼·布洛赫
译　　者：李晓艳
出 品 人：赵红仕
策划机构：明　室
策划编辑：赵　磊
特约编辑：赵　磊
责任编辑：李　伟
装帧设计：山川制本 workshop

北京联合出版公司出版
(北京市西城区德外大街 83 号楼 9 层　100088)
北京联合天畅文化传播公司发行
北京市十月印刷有限公司印刷　新华书店经销
字数 206 千字　787 毫米 ×1092 毫米　1/32　10.75 印张
2022 年 8 月第 1 版　2022 年 11 月第 2 次印刷
ISBN 978-7-5596-6159-3
定价：68.00 元

版权所有，侵权必究
未经许可，不得以任何方式复制或抄袭本书部分或全部内容
本书若有质量问题，请与本公司图书销售中心联系调换。
电话：(010) 64258472-800